魔豆

玫瑰色鬼室友

My Dear Ghost Roommate

vol.4

昔日病因

林賾流——著
哈尼正太郎——插畫

玫瑰色鬼室友

vol.4 昔日病因

目錄

楔子 05
第一章 成為某人的女朋友 11
第二章 小妹妹 43
第三章 南北作戰 71
第四章 玫瑰的封印 97

第五章　告別式的人們　125
第六章　王爺來作客　155
第七章　味如嚼蠟的遺書　179
第八章　福禍無門　205
第九章　解冤　241
第十章　對面不相識　269
尾聲　307

楔子

北部某間公立國中二年級教室的英文輔導課時間，學生們埋首應付小考。

少數幾個好學生胸有成竹、不急不徐地塡上每個答案，有些人則帶著心虛跳過那些不會寫的題目，好歹給自己掙些分數，至於那些早早放棄的人則在考卷上寫好名字，胡亂塡些字母後便玩著鉛筆盒或趴睡發呆，幻想著晚餐菜色。

二十七坪的面積裡放置著一群年輕躁動的心，以及負責駕馭這些青少年的指導者。約五十來歲的導師在課桌椅走道間緩步監督，不時舉起手錶看看時間，沙沙書寫聲不絕於耳，考試中的教室充滿奇異寧靜，彷彿等待著被什麼打破一般——通常是一連串下課鈴聲與學生們鬆了口氣開始收卷嬉鬧的噪音，老師則習以爲常地帶著考卷回去，之後便是大人的作業時間。

這一天，距離放學還有十五分鐘，窗外烏雲密布，大雨將教學樓封鎖成孤島，雨滴則發出不亞於子彈的啪啪聲，大夥心思浮動，不停想著從學校中撤退的事情。

天色很暗，相較之下教室的燦燦照明令人安心，但沒有人想在乏味的教室裡多留一刻，包括有點年紀的導師都頻頻看手錶。這麼大的雨，沒帶傘或雨衣走到校門前就渾身濕透了，當然，一個班級裡鐵定有那麼幾個沒帶雨具的傢伙。

放學前下暴雨總會引起一些學生返家的交通問題，來接送的家長可能遲到，或者根本分身乏術只能讓學生自行返家。麻煩就在這裡，一定有學生來借雨具，有時沒帶雨具的人太多，還得為借不到的學生善後，處理完這些事情都不知幾點了。這名教師習以為常地在心底嘆了口氣。

坐在第三排第二個座位的女生忽然起立，臉色慘白按著桌面不發一語，考卷在她指尖緊抓下發縐。

她就這樣彎腰呆站著，在俯首作答的班級中顯得無比突兀，由於考試還沒結束，無人敢說話，只是抬頭用疑惑目光注視那名少女。

導師被這個插曲打斷思慮，揚聲問：「李心玲，有什麼問題嗎？」

可能只是想上廁所，通常女生都會忍到下課，除非真的很急。但李心玲是班上的好學生，向來令人放心，因此這名教師未曾多想。

留著披肩長髮的少女沒有回答，逕自走到講台上，砰的一聲推倒講桌，眾人尚未回神，她竟當眾解開制服裙開始脫安全褲。

「妳在做什麼！班長！女生們快點擋住她！」導師氣急敗壞地怒吼。

男生立刻發出嬉鬧聲，然後在李心玲的高亢尖叫中啞然不安地閉嘴，少女被包圍，一度試著衝撞，差點就這麼衣衫不整地離開教室，被勇敢的女同學勉強攔在講台邊。

「李心玲瘋了！」

「女生好變態！」

「不要說話！男生統統坐下！班長快去找訓導主任和校護來！」不敢靠近少女、怕被告性騷擾的導師趕緊命令。

這名叫李心玲的國二女學生見逃不出去，原地蹲下，一陣排泄水聲與深色塊狀物落下，靠近她的女生倒抽一口涼氣，異味飄散。

「她尿尿還有大便了！」

這時再也沒人發出戲謔嘲笑，彷彿有頭怪物跟他們一起待在大雨中的教室。

李心玲抱著膝蓋前後搖晃，哼著不知名的流行歌曲，瘦小身子縮在制服襯衫下，臉上滿是淚水與口水，意義不明的笑容讓許多人回家嚇得睡不著覺。

校護阿姨趕至，用大毛巾披在李心玲身上遮起她不當的裸露，和訓導主任及兩名自告奮勇的女生前後挾持著明顯異常的少女前往保健室休息並通知家長。

班長不停抽著面紙覆蓋起那堆穢物，下課鐘聲響起，考卷被機械性地傳到前面，在大雨停止前，五班有人發瘋的謠言已經飛傳整個二年級。

Chapter 01 /

成為某人的女朋友

新學期開始，柔道社又有幾個人畢業，並加入一些新血，殺手學弟如願成爲社長，我不禁覺得自己愈來愈像社團裡的守護神，萬年蹲在更衣間角落的那種。

當然，眞正的社團守護神其實是我身邊這尊紅衣女鬼，嚴格說來她守護的是社團裡的腹肌資源，某女鬼從大一還在世時就派我潛入柔道社臥底調查腹肌，到我畢業兩年後她從地縛靈狀態中解脫，第一件事就是向我索討社團學弟的腹肌錄影，此乃萬夫莫敵眞正的「死守」。

我的好朋友許洛薇，綽號玫瑰公主，本人也的確擁有花容月貌與魔鬼身材，加上有錢的父母，單純又善變的強烈性格，一度是風靡校園的美女偶像，和她相比，我就像醜小鴨腳邊的雜草一樣不起眼。

我一點都不羨慕許洛薇，美女有美女的煩惱與不足，而我完全不會把自己比成醜小鴨或灰姑娘。這個世界連童話都是殘酷的，醜小鴨會變天鵝是因爲ＤＮＡ就是天鵝，灰姑娘的親生父母是貴族才能接到皇宮舞會邀請卡。

身爲玫瑰公主的管家兼保鑣，好處受用不盡，坦白說我非常喜歡這個角色，沒事還能喝茶看好戲。後來命運似乎嫌我揹負學貸的貧窮人生不夠倒楣，好友跳樓自殺後只剩下孤伶伶一個人，又多了冤親債主來索命。

幸好許洛薇回來幫我了。

我們一邊和其他惡鬼結仇一邊努力過日子，許洛薇追逐著腹肌，我則追逐著她的死因，她遺忘死時的關鍵記憶，表現一如生前。但她的魂魄卻會變成異形，雖然這一點使她成爲我對付冤親債主和其他惡鬼的強力戰友，我卻擔心這樣的許洛薇總有一天會失控。

隨著調查冤親債主與其他靈異事件的經驗增加，我在相關領域的人脈也愈來愈廣，想拉我當代言人的瘟神王爺，ＩＱ與ＥＱ都超高的族長堂伯，榮退的媽祖娘娘御用乩童葉伯，擁有會變白的左眼可以看見各種眾生的學長刑玉陽……

扣掉靈異受害者家屬不談，就連我的社團學弟，如今現任的柔道社社長，葉伯的孫子葉世蔓曾經也是個天分屬一屬二的乩童，只是爲了追求眞愛不幹神職了。

我和這個小我六歲的年輕人有著狼狽爲奸的美好友誼，誰教我倆同是天涯淪落人，在邊緣人生上頗具共鳴，如果我有個弟弟也會擔心他誤入歧途，因此我一直很在意殺手學弟的發展。

今晚社團練習時，殺手學弟特別激情地扯開許多男社員道服，把他們摔得哀哀叫，連友善退位相讓的前社長都不放過，抓準時機朝我使了好幾次眼色，還用口形問我滿不滿意。

我眞想用腰帶勒死他。

自從我拍了殺手學弟的腹肌照片拿來當使役許洛薇的道具，殺手學弟理解腹肌可以作爲某種對價關係中的支付貨幣，他知道許洛薇一定會跟來看我練習，非常親切地付了大量訂金。

殺手學弟沒有陰陽眼，看不見許洛薇，但這不妨礙他接受我身邊有個紅衣女鬼，甚至時不時還會透過我跟她一起聊天，前乩童就是這麼開放。

社團練習結束後，殺手學弟主動提出送我回家，被桃花眼小帥哥護送的好事似乎沒理由拒絕，但我更擔心他有麻煩了。

刑玉陽被老符仔仙推下月台樓梯的傷勢徹底痊癒之後，我也從「虛幻燈螢」這間夢幻田園咖啡館搬回許洛薇的老房子東山再起，順便央求主將學長解除安全監控，不用顧忌兩個學長的眼光自由地生活暢快多了，還能隨我高興在深夜接待客人。

殺手學弟跟著我們走進老房子，我泡了杯三合一咖啡端給他，和許洛薇一左一右坐在對面的沙發上。

「說吧！你今天晚上強迫推銷腹肌有何企圖？」我問。

「貴精不貴多，那種只有肥肚的就不要掀了，現在要脫嗎？」紅衣女鬼專業地提出意見，然後被我用過期時尚雜誌搧到一邊。

嘴角生得翹，彷彿無時無刻都在微笑的小青年丟出一個炸彈。

「想請小艾學姊當我男朋友的女朋友。」

空氣「啪嚓」一聲出現裂痕，這個時候該怎麼回答呢？

字面很好懂，邏輯很奇幻。

「呃……學弟，你不生氣嗎？如果葉伯那邊你不小心被懷疑了，我是很樂意當你的擋箭牌啦！但怎麼會是你替你男朋友來問我這個？」我壓根沒想過爲不熟的人提供這類服務，對象是殺手學弟我才特別破例。

學弟的情人是他的同系研究生學長，兩人交往得非常低調，據說在系上就是一副完全不熟的樣子，我和學弟偶爾也會像閨蜜那樣聊天，可恥的是關於男友話題我只有聽的份。

「似乎有人把消息傳到他父母耳朵裡了，說他和學校裡的男生互動過度親密，但還不知道是誰。」

「你的身分沒暴露嗎？」我吁了口氣。

「我們通常很小心，被學姊看見那次是例外，嘉賢平常也對其他學弟很好可當作煙幕彈，可能是討厭他的人暗地嚼舌根。」殺手學弟解釋。

我和殺手學弟對彼此留心往來是多虧某次我不小心在停車棚角落看到男男接吻，本來以爲只是一對比較開放的同性情侶，結果發現其中一個是柔道社的重點新人，忍不住多看了兩眼，這才被殺手學弟捕獲視線，是說他接吻都不專心嗎？

在那之後我們才算眞正認識，也因爲意外知道殺手學弟重要的祕密，我刻意針對他比較放開心胸去相處，就是想讓他明白我沒有惡意，否則也不是哪個社員的腹肌我都有膽拍照給許洛薇看。

「都什麼時代了，交男朋友有什麼好不敢說的？遲早會被發現，長痛不如短痛！」許洛薇不以為然。

「薇薇學姊說什麼？」殺手學弟看不見許洛薇，但他是觀察入微的類型，很容易就能從預留的空位、桌上裝著咖啡粉的茶杯和我的視線與說話停頓意識到老房子真正女主人的存在，便很自然地應對著。

「她說你們這樣隱瞞不太好。」我瞪了許洛薇一眼。「家家有本難唸的經，學弟這樣做也是有苦衷，我不覺得談戀愛就要向大眾交代自己的性傾向，不出櫃沒差，但我不喜歡為了感情的事刻意去對家人朋友演戲，原則問題。」

仔細想想，殺手學弟真的將性傾向保密到家，所以才會連圈內朋友也沒有，需要救火時只能找我了吧？

「他家相當保守，嘉賢除了不喜歡女人以外，其他觀念都和一般人沒兩樣。找個好工作打拚，存筆錢養家活口等退休享受生活，不相信怪力亂神之類。」

「難怪你連當過乩童的事也不敢說。」我撐著臉頰說。

殺手學弟聳聳肩，慵懶地一笑：「這倒不能推給他，我也不想讓別人知道過去，鬼神之事不信者頂多嗤之以鼻，被相信的人聽見麻煩更大吧？」

「可是我對你的男朋友完全不熟，也沒興趣扮演他的女朋友，還有學弟你沒回答我前面的問題，想找人假裝女朋友應該有更好的選擇，上網租個假日女友銀貨兩訖又敬業。」雖然我故意這麼說，但殺手學弟若是認爲女生可以任意出租身體演戲乃至婚姻和子宮的沙文豬，我對他還是會有點失望的。

「我只相信小艾學姊，還有假裝女朋友不是主要目的，是可以讓小艾學姊光明正大進到他家裡。嘉賢想找個有陰陽眼的人去他家看看，而我也想跟去，如此一來只能請小艾學姊幫忙了。」殺手學弟輕聲說。

「你男朋友家裡出事了？」我恍然大悟。

他點點頭，並在我和許洛薇催促下說出男友有個正值國二的妹妹在校行爲脫序，目前只能返家靜養，家中卻開始出現詭異跡象。

「李嘉賢不相信鬼神，怎會想找個陰陽眼去家裡看鬼？」我連名帶姓不客氣了，讓年幼男朋友來替他找冒牌女友不是懦夫是什麼？被懷疑性向不當面承認，有難言之隱也可以裝傻否認到底呀！找替身女友這種事不管說得多不得已，本質就是不尊重伴侶。

「我委婉建議過認識的學姊裡有人能通靈，說不定能發現原因，當時他為父母四處求神問卜卻不幫妹妹找精神科醫生的事正在氣頭上，認為都是迷信，有人從學校告密也讓他很煩躁，於是順著我的話說，那就讓眞的陰陽眼鑑定沒有鬼也好，讓我去找個『眞正的』陰陽眼回家。」殺手學弟攤手。「至於實際執行的部分，想來想去還是假扮女朋友這招最簡單好用，還可以說和弟弟一起旅行，學姊不用和他單獨相處，我會在妳身邊。」

「學弟，這樣你不會太委屈嗎？」

「是學姊就不委屈。」

殺手學弟低著頭，我擔心他正隱忍淚水，許洛薇忍不住湊過去蹲下觀察，說他好像在偷笑。

「你該不會覺得很有趣吧？」我模仿刑玉陽發飆前的狀態瞇起眼睛，他每次露出這種表情都讓人寒毛直豎。

「沒有啦！只是覺得不能束手不理，他家人裡只有妹妹我還有點喜歡，偏偏就是那孩子出事，再說我最討厭對兒童出手的鬼怪。」殺手學弟語氣中多出肅殺感。

愛護兒童這一點我和許洛薇非常有同感，我開始認眞考慮他的請託。殺手學弟幫過我那麼多，如果是爲了鑑別靈異事件還有守護殺手學弟的戀愛幸福，假裝成某人女朋友忽然沒有想像中那麼荒謬。

□

「荒謬！」主將學長拍桌。

身為柔道社初代社長的丁鎮邦是我們永遠的主將，我現在打死都不敢再把他的名字忘掉了，只是日常稱呼還是習慣叫綽號。

童年好友和社團學妹實在招惹太多惡鬼，深深為此感到憂慮的主將學長現在一放假就南下來探望我們，除了保持和刑玉陽定期切磋的好習慣，還會順路回柔道社激勵士氣。

「蘇小艾，憑妳也想假扮別人女朋友？」刑玉陽從嘴角溜出不屑的冷笑。

戴著墨鏡的咖啡店長頭髮留得和我一樣長，附近國高中女生全是他的粉絲，此人往吧檯一站就是妥妥的偶像劇畫面。

我也覺得刑玉陽要是肯穿女裝，身高不是問題，精靈臉蛋加上那睥睨眾生的氣質肯定是超模等級，說服力比我強太多，但我沒傻到當著合氣道三段高手面前說實話，美麗生物不是有毒就是有刺，刑玉陽是又毒又刺。

「刑學長你這麼說就不對了，小艾學姊很好的！再說這次委託有額外給治裝費。」殺手學弟立刻站出來替我說話。

「謝謝你，學弟，可是我不想穿裙子和化妝耶！」許洛薇試過在我臉上塗抹，結果反而更糟。其實我也沒醜到不堪入目的程度，刻意作不喜歡的打扮反而奇怪，就是長相路人了點，還頗討長輩歡心呢！

「當然不希望小艾學姊為難，畢竟是我的學長有求於人，我們可以趁機去換個髮型，買幾件可愛實用的外套和衣服，鞋子也能順便換新。」殺手學弟一副很有經驗的樣子。

「真像《麻雀變鳳凰》的情節！」許洛薇在旁邊交叉雙手貼在臉邊陶醉。

哪裡像了？

「小艾，妳真的要這麼做？去不認識的男人家看鬼已經不安全，為何要扮成委託人女朋友？」主將學長從剛才就一直被濃厚低氣壓籠罩。

「這樣很容易就能潛入，仔細想想也沒有其他身分好用了。還有，這次學長你們不需要插手，我真的只是去看看，確定有沒有鬼而已。如果有，我一定馬上撤退，叫李嘉賢他家自己找高人處理。」我很想直接和殺手學弟出發，畢竟讓兩個學長知道我的行蹤就等於得把目的和手法和盤托出，他們一定有意見，我更不想讓學長們知道我要去當假裝女友，聽起來太好笑啦！

但卡著冤親債主和戴佳琬的問題，這些休養中的惡鬼不知何時又會發動攻勢，掌握彼此行蹤對安全也有保障，我考慮良久還是徵得殺手學弟同意，請他一起來「虛幻燈螢」說明情況。

既然打定主意要幫殺手學弟，就算學長反對我也要說服他們。

「如果情況真有嚴重到要找個陰陽眼，那個委託人為何不親自出面？而是由你這個學弟牽線？」主將學長轉向殺手學弟質問。

「這麼說吧，小艾學姊的能力是我見過最好的，嘉賢學長不信鬼神，我擔心他的妹妹真被邪祟了，主動推薦小艾學姊，情況比較類似打賭有沒有鬼，學長則答應配合相關鑑定行動，讓我們去他家看看。」殺手學弟輕鬆地說出事實。

「葉世蔓！我們不是說好這部分沒必要提嗎？」我跟著拍桌，這樣主將學長就會認為主動挑事的殺手學弟要負全責，我本來打算把這部分壓力推一點給那個李嘉賢的說！

「我只是想尋個心安而已，既然學長們會擔心，我就順便表達在這件事上我和小艾學姊隨時可以撤退的立場，這不是什麼正式的委託。」殺手學弟一攤手。

「但這個學長卻願意為了『不正式的委託』出治裝費和食宿，表示在他看來，正式的委託是假女友這部分。」刑玉陽犀利點破。

我滿頭大汗猛灌咖啡牛奶。

「你和這人什麼關係？還是他給你特別好處，又或有把柄在對方手上？讓你給他找個女孩子假扮女友，你就來約這個好騙的笨蛋了？假設到了他家沒看到鬼自然皆大歡喜，不過捉鬼本來就不是李嘉賢的目的，難道不是嗎？」刑玉陽步步追擊。

「眞的家裡有問題，看來不是沒錢，請專業的就好了，專業的不行，找蘇小艾是多此一舉，倘若家庭因素需要弄個假女友交差，一樣出錢就行，總有人會想接這類case，眞的非她不可嗎？」最後刑玉陽指著我。

殺手學弟深呼吸，下定決心打算開口，敏銳猜到殺手學弟竟想乾脆出櫃的我立刻打斷他。

「算了，學弟，你不用解釋那麼多啦！本來就是我勉強你過來，學長你們知道我和誰要去哪裡做什麼事就夠了，又不犯法，中間你們想聯絡我隨時歡迎，幹嘛這樣刁難人家！」

頓時三個男生都用有點複雜的眼神看著我。

蘇晴艾就是婦女、兒童與同志之友，怎樣？就算敬愛的主將學長就在面前，我也不能讓學弟受了委屈！

主將學長輕咳兩聲遞來紙巾：「小艾，嘴巴上沾到奶泡了。」

好吧！帶著白鬍子嗆聲是少了那麼點氣勢，殺手學弟有必要掩嘴偷笑嗎？我這是在幫他忙耶！

「其實學長們只是不放心妳，小艾學姊，我能明白，對象是他們，和盤托出也無所謂，畢竟小艾學姊說過這兩位是值得相信的人。」殺手學弟語氣柔和地對我說，我怎麼覺得他有些不懷好意？

「妳到底還瞞了什麼？蘇小艾。」刑玉陽不耐煩了。

「我和嘉賢學長目前正在交往中，我當然會擔心他的家人遭邪祟，不過無意讓小艾學姊替我出手，真的只是請她去看看，我雖然沒有陰陽眼，但有自己的處理管道。」殺手學弟站起來秒答。

「……」學長們表情僵硬，一時沒有回話。

不知主將學長是否想起當年社團學弟向他告白時的海風？我有點壞心眼地想。

「我本來不想說，是你們堅持要問的。我和學弟是一起打過怪的好姊妹，現在他需要我，我當然義不容辭。」我攬住殺手學弟窈窕有力的腰身，他則一手按著我的肩膀，許洛薇趴在我們前面比出蘭花指。

刑玉陽額角的青筋多了好幾條，我可不同情他。

其實我們早就知道在主將學長和刑玉陽面前出櫃風險很低。殺手學弟跟著我們聽了不少主將學長八卦，明白丁鎮邦並非歧視這方面的人，而個人主義的刑玉陽更是懶得對別人的性傾向指手畫腳。殺手學弟主動曝光，該不會算好出個櫃反而能讓這兩大學長投鼠忌器？不玩白不玩？

以殺手學弟的聰明程度，還眞的有可能利用自己的祕密反過來暗算正直異男。

「別的不提，至少嘉賢學長是我的人，我保證他會對小艾學姊很客氣。」殺手學弟霸氣十足地道。

主將學長揉了揉眉頭，我覺得他壓力很大，好像看到揹負許洛薇生活指導任務的自己。

「主將學長你的繼任者是不是很棒？自從你畢業後，殺手學弟是第一個鎮得住我們社團裡珍禽異獸的高手，跟他一起出門很安全。」我賣力地推銷。

「我一直都很聽小艾學姊的話唷！」帥氣又魅惑的學弟和我一搭一唱。

「你成立的社團什麼時候出了正常人，記得通知我一聲。」刑玉陽對主將學長吐槽，看起來放棄了。

「別忘了你也加入過。」主將學長微慍道。

「只有一個月。」

刑玉陽當時大二，忙著「虛幻燈螢」的開店，綁白帶到主將學長的柔道社團打個醬油沒多久就走了，倒是正好遇上我加入柔道社的時間，還將他當成新人。

「我懶得管了，你們自求多福。」刑玉陽說完瞪了我一眼，轉身去製作冰滴咖啡。

還剩下一個障礙，我巴巴地盯著主將學長。

「小艾，非去不可？」主將學長一臉不贊同。

「對。」

「用普通朋友的名義去不行嗎？」

「那樣很不方便，而且不好解釋葉世蔓跟去的理由，他和我們差這麼多屆，還是男女朋友混水摸魚空間最大，我說他是我弟，他和李嘉賢親近些就不會有人懷疑了。」我老實地說。

「那我也……」

「學長你多久沒回老家了？那麼忙就別老是跑我們這裡啦！我有禮物想拜託你轉交張阿姨，謝謝她上次替我找王爺廟驅邪。」我不管三七二十一先搶話。「又不是找鬼打架，有人請客買單，我就當和葉世蔓去玩玩走走，探望那個小妹妹，若真的需要公權力介入輔導就醫，我再聯絡你好不好？」

現任派出所警察的主將學長非常勉強地點點頭，將刑玉陽泡給他的普洱茶一飲而盡，對殺手學弟說：「葉世蔓，等等去社團切磋一下。我不管你交男朋友還女朋友，但我要看看你的實力比起上次有無進步。」

「沒問題！」殺手學弟把他那盤餅乾推給我。

「有件事……學長，我相信你們不會對外亂傳，不過希望學弟交男朋友的事情就幫他保密吧！」這話讓殺手學弟來說就有示弱的味道了，他既然主動出櫃就不會在主將學長面前再說些央求的話，只好由我來雞婆了。

「我不在意被柔道社的人知道，只是擔心他們以後有顧忌不敢放手打。」殺手學弟有些無奈道。

「我沒有散播他人私事的嗜好，不用擔心。」主將學長仍舊不太高興。

「謝謝主將學長！」我趕忙道謝。

從頭到尾旁觀納涼的許洛薇湊到我耳邊說：「腹肌黑帶真的生氣了耶！熊熊的～怒火，我站在旁邊好熱。」

「聽妳胡扯！」我小聲回玫瑰公主。

該解釋的都解釋了，主將學長是明理人，頂多是我上次被戴佳琬附身自殘的事嚇到他，表現得過度保護了點無可厚非，許洛薇這傢伙就愛煽風點火！

□

初春三月，天氣寒暖不定，冷的時候很冷，熱起來又讓人想穿短袖。

我把三天兩夜的行李清點一次，替換內衣褲和生活用品佔不了多少空間，最吃重的是那好幾瓶濃鹽水。別小看這些鹽水瓶，那可是淨鹽加淨水製作出的威力加強版防身利器。

刑玉陽嘴巴不饒人，結果還是偷偷塞了一管老檀香讓我先禮後兵。這些物資並非萬能，但至少讓靈異之物明白我蘇晴艾有備而來，背後有專人指點，好比一個人拿起刀子起碼不會被認爲是軟柿子。

手上有裝備，底氣就足了，許洛薇雖然很猛，但她在關鍵時刻是有名地會掉鏈子，我一直都做好靠自己戰鬥的心理準備。

小花留在「虛幻燈螢」裡，這回許洛薇沒附在貓身上，直接跟著我，必要時就附我的身，一切安排妥當，我和殺手學弟向李嘉賢老家出發！

反正扮演女朋友需要知道的事情我已經透過殺手學弟了解得差不多，也就沒必要增加和舞台劇男主角的相處時間，我們於是約在市區一間卡拉ＯＫ集合，在隱密包廂裡核對計畫無誤後接著就能正式上場。我直到這時才第一次正眼打量殺手學弟的男友。

「妳就是小艾嗎？謝謝妳答應幫忙。」青年後腦頭髮略長蓋到頸子，皮膚蒼白，眼角有顆淚痣，戴著細框眼鏡，李嘉賢朝我伸出右手，我們非常文明地握了握，假交往開始了。

「不客氣，我也是在幫學弟的忙。」我仰頭看著他露出平凡的微笑。許洛薇曾經說我的笑臉堪稱天衣無縫，非常適合背後陰人，我當然不屑做壞事，但也不想讓人覺得我有特別值得注意的地方。簡而言之，關於蘇晴艾的事別人懶得多想最好，此謂之平凡。

李嘉賢和我同年，那就是二十四歲，之前根本沒看清楚長相，當時對方正被殺手學弟抱在懷裡親，我又有人臉速忘症。接下來三天的假男友是個斯文俊秀的青年，渾身洋溢翩翩佳公子氣質，殺手學弟果然是外貌協會會員。

之前憑著情況判斷，對李嘉賢這人印象不是很好，多少覺得他懦弱沒擔當，實際會面卻稱得上相處愉快。青年態度誠懇，和我們這些練柔道又和鬼神打交道的怪胎相比的確柔弱不開竅，以致於冒出了幫他掩飾也好的衝動，忽然明白當時還是高中生的殺手學弟爲何會對我這位隔系如隔大海的校友一見鍾情了。

「臉蛋長得不錯，可惜沒有腹肌。」許洛薇照例用她的X光眼掃瞄中段後說。

礙於外人在場，我無視玫瑰公主，她已和殺手學弟達成破廉恥的腹肌協議，讓殺手學弟在夏天邀請其他學校的柔道社去溪邊戲水烤肉聯誼，屆時便有許多穿著短褲的青春肉體任君挑選。

爲了迎接那歡愉的一天，許洛薇幹勁十足，迫不及待認識李嘉賢的妹妹李心玲，調查她無端中邪是怎麼一回事。

「所以，妳眞的有陰陽眼？」李嘉賢好奇地問。

豈止陰陽眼，現在還有隻紅衣厲鬼站在你旁邊呢！我忍住爆料衝動。

「也不是很穩定的能力，能看見的眾生不多，總歸有看見過。學弟找我來也只是我們剛好比較熟，眞要有什麼東西盤據在你妹妹身上，還是要請你找專家處理。」我將自己形容得像爛大街的靈能力者，實際情況太複雜了不想解釋。

不過我還是補了句實話：「我在遇到這種事以前是無神論者，坦白說我也支持令尊令堂先帶心玲去看精神科，也有可能是大腦出問題，是病就拖不得。」

李嘉賢的表情流露出更多認同，看來是可以溝通的類型，我鬆了口氣。一口咬死鬼神不存在的人某種意味上也是迷信，比如說主將學長和我本來就討厭迷信，但遇到眞正的超自然現象也只能摸摸鼻子認了。

既然是以假女友身分切入這次事件，意味著我掌握了李嘉賢最在乎的性向祕密，投鼠忌器之下，他不管內心有何想法，表面上絕對會客氣友善直到把我送走爲止。

「放心好了，小艾學姊很快就能確定事實。」殺手學弟幫腔。

「那就拜託了。我妹妹心玲眞的是很乖很好的女孩子，我不希望她的將來就這樣毀了，如果她的情況繼續惡化，轉校也無濟於事。」李嘉賢憂慮地說完後輕輕搓了搓手臂問：「怎麼忽然變冷了，是不是冷氣故障？」

經他這麼一說，我才發現室溫似乎過低了點，難道是許洛薇的影響？但她從剛剛到現在不曾出現異常反應，應該沒有鬼魂能躲過我們注意進到這間包廂才是。

然而，今天許洛薇頻頻出神，不知是否屬於電力即將用盡的警示？我可不想她眞的壞掉。

玫瑰公主從跳樓地點甦醒已過了大半年，爲了保護我或增加實體觸感的生活樂趣，許洛薇經常附在生物與小型物體上四處奔波，ＨＰ與ＭＰ變化相當頻繁劇烈，這對只剩精神存在的鬼魂來說無疑耗損過度。許洛薇本身更缺乏作爲一縷幽魂的自知之明，反而繼續跟我胡鬧生活，我常常忘記她已經死了。

「外面好吵。」許洛薇忽然偏頭朝門外看。

包廂雖有隔音，但我也聽到吵鬧聲和混亂腳步聲正通過走廊，接著四周迅速安靜下來。

我有股不祥的感覺，寒毛根根豎起，李嘉賢提及的寒意像是會移動般，不一會兒就堆積在角落，宛若濕透腐化的草堆，令人心煩意亂。

約在ＫＴＶ集合是李嘉賢的主意，當時客隨主便我沒多想，可以吃東西又能避開旁人眼光暢聊聽起來不錯，其實我是第一次踏入此類隱密又封閉的建築物，空氣不流通，全靠空調，進了室內就日夜不分，我不喜歡這個地方。

我慢半拍才開始懷疑，李嘉賢是否故意約我到貌似比較容易碰見鬼的場所，好測試我的陰陽眼能力？但我一路走上來啥都沒說，因此他也沒多問。

「我出去看看。」殺手學弟說。

他剛開門看就見一道背影衝過門口，想也不想便一把抓住。

「幹！」滿臉青春痘的服務生大罵一聲，回頭發現掙脫不動，看見殺手學弟與他背後的我們，表情更加慌亂。「裡面怎麼還有人？不是都疏散了嗎？」

「到底怎麼回事？」

「發生火災了！你們沒聞到煙味和聽見警報器聲音嗎？還不快跑！」服務生快崩潰了。

什麼都沒有！天花板也沒灑水！

「這是電視節目惡作劇嗎？」李嘉賢不悅地問。

殺手學弟再度壓制掙扎的服務生，逼他回答問題，服務生說剛剛他從外面跑進這條走廊，見到我們這間包廂門敞開著，裡頭沒人，認為我們已經離開，於是往更裡面確認包廂已淨空，以免漏失利用隱密包廂做些奇怪事情導致無法避難的客人。

英勇殿後的服務生正要折返逃跑，沒想到卻被三個平空冒出的白目客人抓住，嚇得他大罵髒話。

「我們一直都在裡面，不知道出事了。」殺手學弟說。

「火已經燒了一陣子，就剩你們還沒走——奇怪，煙味怎麼沒了？」服務生茫然道。

不妙！非常不妙！

「薇薇！」我低語。

許洛薇往前跑了幾步又停下來感應，紅光與熱風吹亮她姣好的臉龐。

火焰映入許洛薇眼中，彷彿近在咫尺即將灼傷紅衣女鬼。

「好熱！眞的燒起來了！爲何我剛剛沒注意到？」反射在鬼魂身上的意象火焰道出明確的危險，她不敢再往前，退回我身邊。

鬼魂對環境變化非常敏感，許洛薇反常地沒能感受到應有的衝擊，但她至少意識到火焰存在，在我們這些活人眼中，KTV內卻是一派平靜正常，令人毛骨悚然。

「遇到鬼打牆！快撤！」我大吼一聲。

像被按下開關，殺手學弟鬆開服務生，所有人開始狂奔。

從服務生被攔下到現在不超過一分鐘，人都走光了，出路應該是暢通的，既然如此，跟著疏散方向逃跑就能活下去！此時我們只剩下這個簡單的思維。

跑了一會兒，遲遲沒看見出口，空氣彷彿凝結，這樣下去不行，我正要叫住殺手學弟，驚覺許洛薇沒追上來。

玫瑰公主心有靈犀地嚷嚷：「等等我！別跑那麼快！」

都要被困在火場裡了，妳叫人家跑慢點？這隻紅衣女鬼的移動速度一如往常地遲緩。

雖然她已經是鬼了，我還是不想讓她再被烈焰燒烤一次，咬牙轉身往回跑去接許洛薇。

「妳剛剛就該主動附在我身上！快點啦！」我催促。

「呃，一時沒想到，對不起嘛！」許洛薇嘟著嘴道歉，立刻摟住我的脖子。

確定她抓牢後，我趕緊繼續跑，殺手學弟停在原地等我，一邊朝李嘉賢和服務生大喊別分散，但性命關頭誰理他，服務生一溜煙不見人影，只剩李嘉賢還站在殺手學弟前方不遠處催促。

「蘇晴艾，妳爲何往回跑？」李嘉賢不可置信地問。

「我以爲車鑰匙掉了。」我總不能回答去撿女鬼了吧？

他一副「妳是白痴嗎？」的表情。

「冷靜下來，現在亂跑也沒用，我們看不到那個服務生，表示他跑出鬼打牆了。」我說。

「小艾學姊，妳的意思這鬼打牆是針對我們？」殺手學弟馬上反應過來。

「那害我們的鬼現在在哪裡？妳不是有陰陽眼嗎？」李嘉賢喘著氣問，他看起來開始呼吸困難了。

我趕緊拿出背包裡的瓶裝濃鹽水及手電筒。

「這是我帶來預備驅邪用的鹽水，你們先倒點在前襟上，用濕衣服遮住口鼻別吸到濃煙，那隻鬼應該躲起來了，我暫時沒發現對方蹤影。」

更糟的是，仇家實在太多，我甚至無法肯定到底是我的冤親債主、戴佳琬，還是李嘉賢那邊的惡鬼搶先埋伏，或者根本就是這間ＫＴＶ打算找交替？

等我們都弄濕衣領蒙住半邊臉，我又拿出一瓶鹽水握在手中叫李嘉賢閉上眼睛，朝他頭上澆下去，他忍了一下沒有躲開。

「聽好，鬼打牆會影響活人的正常感官，如果有清醒一點，現在就由你負責帶路去逃生門那裡。剩下的鹽水備用，我來斷後。」剛才我們進入ＫＴＶ前，受過良好安全教育的我不管到哪裡都堅持要先看逃生路線，於是三人還花了點時間找到大樓平面圖研究。

「好暗！後面好像有火苗！」李嘉賢叫道。

「別被煙嗆暈就有時間逃生。」我愈來愈習慣生死關頭了，似乎不是好事。

分秒必爭時人人發揮強大的專注力，大夥很快抵達逃生門。

「媽的！」男生們很有默契地飆髒話。

逃生門被雜物堵住，這還不是最混蛋的，我們破壞眼前的一切後，發現門還是打不開，不知上鎖抑或卡住了？

此刻背後通路已經被濃煙封鎖，我盡量憋著氣不敢呼吸，就算有濕衣遮住，喉嚨還是嗆傷了。殺手學弟瘋狂扭著門鎖，認爲門只是卡住，我則心下一冷，覺得按照台灣人心存僥倖的惡劣性格，既然都在門前堆滿雜物，不可能沒鎖上逃生門防小偷。

薇薇！破壞這個門！把鎖砍壞還是把門砍爛都好！不然我們就要死在這裡了！

許洛薇發出一聲尖嘯開始變形，膚色變爲赤紅，手腳骨骼與脊椎拉長，宛若貓科動物般伏低上半身，對著我身後低吼，嘴角裂開露出參差尖銳的長牙，不停從牙縫逸出半液態的黑氣。

殺手學弟雖看不見許洛薇，卻也本能地避了避。

我順著紅色異形的示警往後看，由於樓層斷電了，來時路一片漆黑，只剩逃生門上方的緊急照明。我一把奪過剛才借給李嘉賢找路的手電筒朝走廊深處照去，一團煙塵混著熱氣格外突出，朝著逃生門這兒接近，隱約竟有人類形體的感覺。

就是那玩意陷害我們！但它不是任何我熟悉的惡鬼樣貌，當下緊急情況也不容許我想太多，我一個箭步上前，旋開寶特瓶瓶蓋朝那團煙霧潑去，煙霧劇縮，我趁機由左而右在地上劃出一道水線。

別管那隻鬼了！先弄開逃生門再說！薇薇！聽到了沒有？

我不敢開口以免吸進更多濃煙，許洛薇跟著攻擊逃生門，但她沒有實體，收效甚微。

還以爲威脅最大的是那隻纏著我不放的冤親債主，沒想到就要這樣糊裡糊塗地被燒死了嗎？我緊握拳頭。

「啪嚓。」身畔傳來像是石頭碎裂的細微聲響。

「嘉賢！學姊！門開了！我們快逃！」殺手學弟驚喜地叫喊。

原本卡得死緊的逃生門不知怎地鬆開，我們連滾帶爬衝下逃生梯，在消防隊員的接應下撿回一命。

從醫院出來後，我們站在剛入夜的停車場思考下一步，除了被濃煙嗆傷嗓子，萬幸沒受到嚴重傷害，我有種踏入新噩夢的感覺。

「謝謝你，學弟，幸好你沒放棄，我們才能從那扇逃生門出來。」我沙啞地對抱著一堆運動飲料走過來的殺手學弟道謝。

他示意我們先補充水分潤潤嗓子，這才從口袋裡掏出裂成好幾塊的玉墜。

「該謝的是媽祖娘娘，是她保佑了我們，不過，恐怕機會只有一次。」

據殺手學弟說，這塊玉墜是他從小戴到大的護身符，今年開春葉伯還特地拿回澎湖天后宮過火。雖然當過乩童，殺手學弟本人卻沒怎麼見識過神蹟，他自己也只是聽從大人吩咐習慣了在脖子上掛塊玉墜子而已。

神明並不會頻繁地用不合理的奇蹟拯救活人，其實殺手學弟當下也感覺出逃生門上鎖了，這是他事後私底下告訴我的小祕密，他只是不想讓我們絕望才沒放棄搖晃門鎖，說不定還能讓救難人員注意到門後有人。

「眞是夠了！到底怎麼回事？」李嘉賢用力將喝了一半的運動飲料摔到地上。

「去你家吧！」我說。

「小艾學姊，妳確定不緩一緩明天再去？我們先找間旅館避避。」殺手學弟體貼地問我。

「你們身上都是鹽水應該很不舒服，總得找個地方梳洗乾淨，另外得盡早確認在ＫＴＶ襲擊我們的玩意到底和心玲失常的原因有無關係，剛剛那隻鬼用煙霧裹著自己，或者本來就沒有固定模樣，這樣根本查不出來歷。」我看著李嘉賢，他則不安地換了換站姿。

「妳想說什麼？」

「沒事，但我眞的不確定它是否衝著你來。」也有可能是針對我，這可讓人頭痛了，但我有自保意識和戰友，李嘉賢卻明顯狀況外。

「妳的意思是……有鬼想殺我？」他結結巴巴地反問。

「我是說『不確定』，萬一死掉就是死掉了，信不信都不會影響結果，反正你要多加小心。」我斟酌著用語。

「妳怎能說得這麼籠統？」李嘉賢非常不滿意。

「因爲現實裡遇到這種狀況只能這麼籠統，要不然你也可以去城隍廟報警，雖然用處不大，但多少有點效果。」我一想到陰間辦事效率和曖昧轄治就頭暈。

目前我不想把時間精力花在被李嘉賢質疑，更不想被他當成大師崇拜，這男生本來就是殺手學弟負責的範疇，我還是趕緊做好本分工作，還得向主將學長與刑玉陽匯報呢！

想到刑玉陽的特殊本領就讓我扼腕，方才火場裡那隻又灰又霧的怪物，要是有刑玉陽的白眼在說不定能看得清楚些。

「既然如此，今晚還是按照預定計畫住我家，我去叫計程車。」李嘉賢無奈道。

我讓殺手學弟去煩惱晚餐外帶什麼，悄悄湊近許洛薇，她直到現在還是很不對勁。

「薇薇，連妳也沒有看到那玩意的眞面目嗎？」我避開李嘉賢的注意力偷偷問她。

有個關於靈異界的小常識，其實鬼魂能看到的東西比活人還少，許洛薇實在太奇葩了，我也不懂以她的情況算多還是少？

「沒。小艾，我覺得很奇怪，自從踏進這一帶開始就覺得好悶，而KTV那隻鬼，我甚至沒感覺它在附近活動。」她跺跺地發洩怒氣。

許洛薇說了半天就是死不承認能力衰退的可能，我也沒戳破她。

我終於確定一件事，和薇薇的心電感應只會發生在生死關頭，被戴佳琬掛在繩圈裡以上吊姿勢控制時，由於並不眞心覺得自己會死，我就沒有發出足夠驚動許洛薇潛力的「心音」。

被冤親債主附身將要跳樓時，即將沒命的危機讓我本能地呼喚許洛薇，迄今沒有一次變身比得上那次的變身威力，但那也是我見過最不像人類的許洛薇，不只是外表，幾乎連人性都喪失了，我也是接觸她的鬼魂姿態後才漸漸有了陰陽眼的體驗。

或許我們的力量具有某種連帶關係，至少明顯地會互相影響，而許洛薇只能被動等待我的呼喚。要是我錯估形勢或中了敵人的迷惑伎倆，許洛薇無法二十四小時無死角地感應我的狀態，我仍然得面對眞正的危險。

或許只是生前同居那段情誼讓我和這個女鬼之間產生特別的交流頻道而已，我不能把這個珍貴的例外狀況視爲常態。

「如果妳沒把握，我們現在就可以回去。」我近乎無聲地問許洛薇。

雖然對李家兄妹感到抱歉，但我的最優先保護對象只能是玫瑰公主。

「沒事啦！還有，不去確認那隻鬼衝著誰來，回去也沒辦法安心睡覺。」許洛薇很現實地說出她與我共同的憂慮。

「謝謝，我會讓殺手學弟多邀幾個體院的腹肌，必要時把畢業學長也找回來同樂。」我不禁心算起究竟要幾塊腹肌才能把玫瑰公主的戰力衝到最高？

「這是妳說的，不能反悔喔！」許洛薇捧著臉頰不停扭動，小洋裝的裙襬跟著一飄一飄。

無論如何，打從在落雨的深夜牽起那雙蒼白的手，就註定了我倆並肩作戰的命運。

Chapter 02 / 小妹妹

李嘉賢一家住在中古電梯公寓七樓，早些年住六樓的鄰居搬走前，他父親抓緊時機談了個優惠價向對方收購房產，三房一廳一衛的小家庭格局，自此當起了包租公。

不過李嘉賢說他們家地點不太好，很少有租滿的時候，目前更招不到半個房客，他乾脆住到樓下去避風頭。父母打算將這套小公寓留給他將來結婚成家用，目前則收租，不無小補。

我看向殺手學弟，他朝我咧咧牙齒，好似聽不懂結婚這兩個字的中文含義。

「天啊！新聞才在報ＫＴＶ大火，居然就是你們唱歌的地方！幸好人沒事！」瘦削憔悴的中年婦人誇張地驚叫。

「媽，是我不好，本來想帶小艾和她弟弟去玩，卻選到消防設施有問題的地方，還好我們反應快逃出來了。」李嘉賢面露愧疚說。

「伯父伯母，不好意思打擾了。我們沒事啦！」我趕緊裝出靦腆樣配合道，輕輕拉了拉殺手學弟的衣角，他跟著端起清純害羞的微笑。

「別這麼客氣，你們聲音都啞了，我去泡個菊花茶來。」家庭主婦登時起身去廚房忙碌，我們則相視一笑，乖巧地和家長一起坐在沙發上看新聞。

原本李嘉賢提起要帶客人回家借住，他母親還頗有意見，認爲家裡正是多事之秋，不宜讓外人作客，這下火災事件倒是意外打消隔閡，使李嘉賢的父母對我們多了幾分憐惜。

「妳和我們嘉賢認識多久了？他怎麼從來沒提起過妳？」李父直接問話。

李嘉賢的父親大概五十出頭，看起來挺硬朗，職業軍人退伍，目前和朋友合作經營茶行，多虧柔道社和主將學長耳濡目染的訓練，我對應付這種威嚴內斂的長輩並不覺得辛苦。

「他研一的時候我們在圖書館遇到，相當聊得來，不知不覺就變成好朋友了，我讀設計的，現在還是住在學校附近。」我直視對方眼睛流暢地報告。

要博取這類長輩歡心很簡單，要訣就是該說的話一次到位，別讓人家一直問問題，態度有多誠懇就多誠懇，加上適當撒嬌就更好了，想當年我對付爺爺還不是手到擒來？

李父有些愣住，可能沒想到我半點都不怕他還非常適應的模樣，兒子連忙來打圓場，李嘉賢坐在我旁邊插話道：「爸，我不是已經和你介紹過小艾了嗎？」

我們商量出的標準版本是：蘇晴艾個性單純內向，第一次交男朋友，最近才確認關係，千萬不要嚇跑人家。弟弟則有亞斯伯格症，和同齡人處不來，很黏姊姊，爲了打好關係邀請姊弟一起來玩，不致於孤男寡女出遊惹人閒話。

因此檯面上我只承認「好朋友」的說詞，這聽起來比掛個女朋友招牌在身上更寫實！

「呵呵，我有點忘記了才又問一下。」李父笑了兩聲明顯在裝傻。

他果然懷疑兒子是Gay，就不知他想的是兒子連我也騙了，還是認爲我和李嘉賢合謀？算了，反正不重要。

「對了，心玲妹妹呢？還在補習沒回家？」我故作不經意提起。

氣氛僵了一瞬，最後李父若無其事地說：「心玲人不舒服，在房間睡覺。」

「這樣啊？那還是不要打擾她，讓她好好休息。」得趁明天家長不在時讓兒子替我們開門，至少也得見那可憐的少女一面。

「我可以借一下洗手間嗎？」我把戰場留給殺手學弟，即興演出他比我強太多。

李母端著菊花茶出來，順口指示方向，我遁入洗手間找許洛薇會商觀察心得。

「沒看到鬼嗎？」我問許洛薇，至少我是沒見到，很普通的一家人。

「沒有，等等我再去別戶找找看好了。」紅衣女鬼蹲在馬桶蓋上托腮道。

「別不長眼打到門神或地基主，被通緝就麻煩了。」

「放心啦！我會很溫柔地探聽滴。」

「心玲還好嗎？」我不能穿牆透視，許洛薇的便利性在這時候就很明顯了。

「嗯……」她昂起下巴沉吟。「難說。」

「拜託，我可不想她變成第二個戴佳琬。」這句話一說出口我立刻毛骨悚然了。

「她現在算是清醒？看上去沒囈語，但是盜汗虛弱得很厲害，就像他老爸說的，人不舒服只能躺在床上。」許洛薇說出直觀情況。

原來這對父母沒把女兒關在房裡，真的是在照顧她，我不禁鬆了口氣。但他們又是如何應對女兒疑似中邪的反應呢？李嘉賢說家裡忙著求神問卜，但他顯然沒有深入了解的興趣，回頭我得叫他去打聽清楚細節，總不能讓我這個待兩天就走的外人來問私事。

「薇薇感應到這房子裡有驅鬼設施或法器嗎？」照理說，既然家長相信女兒中邪，總會有驅邪行動。別看許洛薇平常那副賣萌傻貓模樣，論實力她算是大厲鬼了，換句話說，對辟邪物的耐受性也高，更別提我一開始就經常帶她在白天行動，若無特地確認，從許洛薇若無其事的反應實在看不出房子到底有沒有受高人作法？

「……沒有吧？就沒感覺呀！妳剩下的那兩瓶淨水還比較猛。」許洛薇聳肩。

「那當然，刑玉陽說過那是他試了三十七種配方後最有效的版本，我也有帶些淨鹽來，可以調鹽水給被邪祟的人喝。」說不定就是我自己要喝。

「我有個想法。」許洛薇這回為了春日腹肌戲水獎勵活動非常拚命。

「說。」

「事發過程聽起來像邪祟，我們卻沒看見有鬼跟在小妹妹身邊；父母為了女兒四處求神問卜，家裡卻沒有驅邪裝置，會不會是被下咒？」

「有可能，不過這樣一來我們陰陽眼再強也沒用。也不排除李嘉賢父母找了沒本事的道士法師，這得考慮大人在外結仇的機率了。」法術是門消費市場，所以才有老符仔仙那種爲人施術的能力者。委託下咒的花費想必不少，能讓一個敏感害羞的國中生當眾脫衣排泄，法術威力之強絕非便宜買賣，仇家針對的是李嘉賢父母可能性最高。

「在火場跟著我們的那玩意也很古怪，不像一般的鬼。說不定來附身的是西洋魔鬼，驅魔電影好像很少拍到陰陽眼看見魔鬼，刑玉陽沒叫我抄聖經可能是他也沒看過。」我在胸口劃了個十字，自覺非常不虔誠。

「那樣要去教堂找神父了吧？如果弄點聖水回來，不知道可不可以來個淨水特調、中西合璧？」許洛薇興致勃勃地問。

到時候澆到妳頭上測試效果？我面對許洛薇無語凝睇。

「現階段我覺得精神科或神經外科醫師比較好用。如果吃藥或接受治療後好轉，不也能證明李心玲的情況是生病嗎？」沒發現明顯的靈異證據前，我和李嘉賢算是站在醫療優先的相同立場。

「要父母承認小孩子精神有問題很難，他們寧願相信是中邪，多燒幾車紙錢就會痊癒，都是野鬼的錯。」許洛薇作出犀利發言。

「不過李嘉賢也說家裡有些怪事出現，像物品不在原來的位置，食物快速腐爛變質等等。這些現象不是不能解釋，可能家人健忘、順手拿東西沒放回原位，或者買到品質有問題的食材，但累積多了感覺就是很不好。」我說。

我在火場目睹某隻怪異身形，許洛薇卻看不見，這件事玫瑰公主似乎很在意，現在這麼積極多少有些想扳回顏面的味道。坦白說，我和她一樣煩惱，人鬼交往就像電腦故障一樣，搞不清楚的地方實在太多了。

自從被戴佳琬附身傷害後，我的體質似乎有些改變，且是往不好的方向傾斜，簡單地說，我感覺得到陰氣了。

雖然我心燈滅了，屬於死了一半的人，但許洛薇說我熄滅的部分還很熱，加上可能和紅衣厲鬼日夜相處被薰陶習慣，之前我並未對靈異氣息有特殊感想，而戴佳琬可能進一步更加削弱我已經出狀況的防禦能力，現在我像成了另類過敏人士，經過許多地方小則產生違和感，大則發冷反胃或莫名麻癢。

到處都有陰氣，說白了就是不暢通不乾淨而且待著讓人不舒服的感覺，KTV和李嘉賢家都有，我實在也分不出來何處有異，只知孤魂野鬼更喜歡這類地方，好想快點回鄉下。

鄉下雖然有妖怪，但生態平衡下也有會圍毆妖怪的神明，至少草木水流生機勃勃的氣息很舒服。

不禁想起從鄉下外公家跟著父母搬到都市上小學，到我十八歲父母臥軌自殺中間的歲月，那時我除了家裡和學校幾乎不會外出冶遊，總是被同學說成超級乖寶寶或戀家狂人，忽然明白刑玉陽說除了自己的地盤沒一處安全地方的意思，如今迴避危險的潛在直覺已經變成某種我完全不想自誇的感應力。

我把這種變化告訴許洛薇，她很誠摯地建議我可以採陽補陰，不能怪我刪掉她的腹肌照片，反正她已經吃了殺手學弟好幾回豆腐了。

我想了想又問許洛薇：「那有沒有鬼汁或類似痕跡呢？」

許洛薇站起來搖搖頭，鬼魂應該沒有伸展筋骨的必要，好室友卻總是說她被我使喚得渾身痠痛。

死時支離破碎或魂魄被攻擊破壞的鬼魂可能會留下像分泌物一般的痕跡，陰陽眼也看不見，只有同類能感應到，那些痕跡往往是該鬼最污穢強烈的執念，甚至可能侵蝕其他魂魄。一旦許洛薇爲了自保或保護我而出手，就非得立刻淨化不可，幸好我們在土地公廟後方的古老小水溝找到淨化點。

「先待一晚看看，如果再沒發現就先撤退，看ＫＴＶ那玩意到底是盯上哪邊。現在有點難搞，只有我看到某隻朦朧不清的鬼玩意，又是在KTV被鬼打牆，這種情況不知該怎麼算？」

淨水也不太夠了，走之前全留給李嘉賢好了。

「欸？小艾妳不幫他們喔？」許洛薇嘟著嘴問。

「怎麼幫？殺手學弟本來就是委託我來看看，等他們找高人啦去醫院啦能做的事都做了還需要我們出手時，到時候再說。」我抓抓頭老實說。

「有道理。」紅衣女鬼抱胸托起豐滿可口的弧度。

我忽然有股讓她去色誘門神也不是不可以的衝動，反正能充當門神的武將型靈體總該有腹肌，就怕許洛薇一下手就無法停止被拖去打板子。

主意既定，只剩下幫李嘉賢放放煙幕彈掩護他和殺手學弟的工作要做，心態上輕鬆多了，我並非精神醫師也不是高人，無論心理輔導開處方藥還是起壇作法降妖伏魔都沒我的事，佔了專業人士的名額結果笨手笨腳搞砸一切並非我所樂見。

「只要確定心玲的父母會照顧她，這點比我們外人瞎攪和要有用得多。」我摸了摸許洛薇的手低喃。

她蹙起柳葉眉。「小艾，妳眞的變冷了。妳還是跟著我去淨化，不，我們找殺手學弟組團去深山瀑布修行吧！」

「好啊！回去可以計畫看看。」此刻我心裡糾結著一團亂毛線，有點呼吸困難，彷彿那些濃煙還塞在氣管裡。

聽見我應得爽快，許洛薇笑逐顏開。

又一次差點死了，說不在意是騙人的，其實我眞的很害怕。

最害怕的是，死的不只是我，連身邊的人也被拖下水。

從廁所出來後，我發覺客廳氣氛有些古怪，殺手學弟和李嘉賢面色凝重，才短短時間沒有我盯著就被抓包了嗎？

「姊姊，待會去樓下再說。」殺手學弟說完盯著新聞畫面沉默不語。

被殺手學弟叫姊姊的感覺出奇地好，一個人孤單太久了，就算是假裝的弟弟也讓人開心。

我偷偷觀察李嘉賢父母，他們顯得很正常，反倒是兩個年輕男生神色凝重，要是出櫃了應該不會心平氣和坐在一起看電視吧？

既然今天見不到李心玲，問候家長的目的也已達成，我們便以需要梳洗休息爲由告退，由李嘉賢充當東道主帶我們下樓，幸好李家有出租房，這和入侵別人生活領域過夜相比還是輕鬆多了。

我不禁好奇，萬一東窗事發，李嘉賢願意放棄這套房子和長男能享受的優惠待遇，捍衛和學弟的愛情嗎？一無所有對一個人的打擊影響，難道不會讓原本美好的關係變質？愛情輸給麵包說的就是這個道理。

我不相信愛與勇氣可以解決一切難題，不過還是先搞定迫在眉睫的靈異問題吧！

「你們剛才怪怪的，怎麼回事？」我抓住馬上就想往浴室走的李嘉賢，他盯著被我抓著的上臂露出怪異的表情。

「小艾，妳力氣眞大。」李嘉賢說。

「當然，我練柔道呀！」這裡就可以看出練武之人與一般人的差別，像殺手學弟平常乾淨整齊到令人覺得他太自戀或有潔癖，但在柔道練習時被汗水口水灰塵洗禮卻是習以爲常，而李嘉賢此刻已經受不了一身鹽水加上從火場逃出來時沾染的髒污了。

「妳錯過一段新聞快報，ＫＴＶ大火剛撲滅，消防隊在儲物間找到一名死者。」殺手學弟沉重地說。

「當時還有別人被困在火場沒逃出來？」我有點恍惚。

由於我們是最後逃出的客人，消防隊和警察當下都有向我們確認火場裡還有無受困者，服務生似乎很確定包廂都疏散了，後來也趕在我們前面逃離，我於是很肯定地回答火場裡沒有人了。

如果我們的證言導致有人被燒死了呢？那一瞬我的臉色絕對比殺手學弟他們更白。

「不是妳的錯，小艾學姊，當時消防隊不是已經和KTV業者核對過逃生人數無誤嗎？這是另一件怪事。」殺手學弟望著客廳尚未開啓電源的液晶電視，畫面仍是安靜的黑色。

繼續追新聞應該可以看到重播消息，他不想讓我看新聞？坦白說，如果可以選擇，我也不想接收肯定會讓自己睡不著覺的訊息。我走上前打開電視，轉到新聞台。

李嘉賢頹然坐進沙發，十指插入短髮中。「死者是我們遇見的那名服務生，他的生活照已經被播出來了，我們當時看見的是鬼嗎？」

「不，是活人，我抓住他了。」殺手學弟咬牙保證。

「活人。」許洛薇很肯定地對我點頭，如果服務生是鬼，第一時間就會被許洛薇踩在腳下蹂躪。

「但他明明逃走了……」我說到一半閉口不言，途中失散的我們根本沒親眼看見服務生逃出火場，只是當時他逃跑的路線通往大門這點沒有懸念，加上濃煙還不明顯，我一直以爲服務生沒事。

「不對呀！我們在醫院作筆錄時有向警察打聽那名服務生的情況，警察很明確地說他早我們一步逃出來了。」我開始感覺出整件事不對勁的地方。

「如果警察把其他服務生當成我們問起的那個人，某種邪惡力量誤導問起那名服務生……楊亦凱的人，讓他們相信大家都逃出來了呢？」殺手學弟反問。

「他才是KTV大火的眞正目標嗎？」我用力按著發抖的左手。

「我們會在那時遇到鬼打牆，那隻鬼跟著我們到了逃生門，最後服務生楊亦凱死在儲物間，整件事背後一定存在著看不見的關係。」殺手學弟說完偎著李嘉賢輕輕拍了拍他的肩膀。

「最好馬上查清楚關聯性，拖下去可能還會有致命危險。」我想起家族裡不少前人包括父母糊裡糊塗死在冤親債主手中就氣憤。

「你們怎能如此冷靜？那是會殺人的鬼啊！」堅持無神主義二十四年的李嘉賢終於掛不住那張端莊面具。

「呃，行得端走得正，神明會保佑好人，我的玉墜就有擋災。」殺手學弟繼續省略他曾是神明代言人的特殊背景，一派淡定。

我不好意思地承認：「我差點被冤親債主推下頂樓，算打過預防針了，鬼也不一定都很壞，我家巷口去世的雜貨店老伯人就很好。」現在你旁邊有一個紅衣女鬼正在做鬼臉。

李嘉賢還想說些什麼，被殺手學弟勸去洗澡。

「抱歉啦！小艾學姊，他滿纖細的。」殺手學弟拉起T恤下襬擦擦下巴，惹得許洛薇尖叫連連。

「看得出來。」我嘆了一口氣，旁觀殺手學弟像逗貓一樣逗許洛薇。

「薇薇學姊辛苦了。」他順著我的視線向許洛薇精準無誤地投擲了一個飛吻。

「不辛苦，不辛苦，學姊太感動了！小艾妳怎會有這麼上道的學弟？」許洛薇挺胸扠腰一副捨我其誰的英勇姿態。

「薇薇說她很高興。」我對殺手學弟說，跳過那段希望殺手學弟只穿短褲和球鞋靠著沙發坐在地板上的性騷擾要求。

「太好了。」殺手學弟輕輕說。

「我可以問你一件事嗎？」我遲疑地開口。

「當然。」殺手學弟說。

「你還沒問我要問什麼耶！」我有點傻眼。

「我相信小艾學姊。」

「你為了李嘉賢才考上我們的學校，還和他同一個科系，你們怎麼認識的，當初為什麼會喜歡他呢？」其實我想知道的是殺手學弟到底有多喜歡李嘉賢，換個方式聽聽學弟的說法，我總覺得他們很難走得長久，不是因為同性，而是沒有共識。

「在高中夏令營的營隊裡，那時我當乩童當得很累，人不但陰沉又有點凶，其他人都不是很想和我一組，嘉賢卻對我很好，有個大哥哥博學多聞又親切熱心地幫你……」

「而且長得很帥。」我幫他補充。

殺手學弟挑了挑眉毛。「小艾學姊覺得他帥？」

「客觀地說，長相還滿像少女漫畫男主角，學弟你是外貌協會會員喔。」我早就想當面對他說這句話了。

「因為學姊是女生，女孩子容易喜歡這種長相，可惜他完全不是我的菜，結果還是陷進去了，為了考本島大學還差點跟我阿公鬧翻，只能說感情的事沒什麼道理。」

戀愛話題比討論ＫＴＶ大火犧牲者要好多了，我們下意識持續著日常對話。

「你也很厲害啊！剛考上大學就被你把到手。」我說。

「夏令營時他主動在沒人的角落親我，我覺得自己很有機會，只要上同一間學校大概就沒問題了，他回去時我們也有交換e-mail，有他幫忙我才順利甄試上企管系。」殺手學弟若無其事地說。

還好我沒在喝水，這眞是太勁爆了。

「原來這世界上還有和我一樣天生喜歡男孩子的人，那時候我覺得他眞的很有勇氣，全身閃閃發亮的呢！那一天的驚喜實在刻骨銘心，要是兩個人能夠不受外界打擾，那就很幸福了，不過人類很難離開社會生活。」殺手學弟少年老成地說。

我本來以爲李嘉賢有些勢利，現在看來，殺手學弟對他的期待委實太夢幻，或許當白馬王子其實壓力很大。

既然社會很難祝福兩個男生的感情，我決定全力支持他們，誰教我對邊緣人總是心有戚戚焉，大不了這兩個人以後誰出軌我就揍誰，這樣就算對得起我自己的一份心力了。

「你們在說什麼這麼起勁？」李嘉賢大概在浴室裡聽見模糊對話聲，按捺不住好奇心很快就淋浴更衣完畢過來關心了。

「聊我們怎麼認識的。」殺手學弟說。

「沒什麼好說的！小艾妳也快去洗乾淨吧！」李嘉賢滿臉尷尬。

許洛薇盯著一身香噴噴、正在吹頭髮的李嘉賢半晌，福至心靈開口：「小艾，問他這裡有沒有死過人？」

我倒是沒在樓下出租房感應到特別強烈的陰氣，眞的要說，過來公寓大廈前經過的巷子陰氣還比較猛烈。許洛薇認爲問題出在前房客？想不出特別原因時，這倒也是個值得懷疑的切入點，我從善如流問了。

「我完全不了解家裡租房子的事，至少沒聽說這間房子死過人，我這陣子都一個人住在這兒。」李嘉賢說。

「可你是無神論者呀！」我說。

「經過KTV大火那件事，要是房子裡死過人我還會帶你們來住？再說，若這裡鬧鬼，不該是妳先發現嗎？」他說得有道理。

「說不定李伯伯在放租時和房客起過衝突？也可能人搬走了，因故去世後怨念未消又跑回來復仇。」我轉念繼續推測。

「這我怎麼可能知道？我大多數時間都待在學校趕論文。」

修飾得真好，不過我們都知道真相是他和殺手學弟在校相親相愛，樂不思蜀，誰想回家管房租房客的無聊事。

「所以，就靠你去打聽清楚了，事無鉅細可能都是關鍵，反正將來要繼承這套房子的也是你。」我說。

「好吧！心玲是我妹妹，任何可能性都要試試，我比誰都不想看見她被送進瘋人院。」李嘉賢難過地抓握手指。

「不見得要專問出租的事，重點是，找出誰和令尊令堂有仇而且已經去世。」我趕緊提醒李嘉賢。

我們有默契地不去提起某個遺憾的想法——倘若當時強行把服務生留在我們身邊一起逃生，他是否就不會死了？

那一夜並未發現在李家作祟之物的蛛絲馬跡。

□

穿著睡衣的清秀少女坐在床沿好奇地看著我們，據說我是她哥哥的女朋友，而站在我旁邊的小帥哥則是女朋友的弟弟。

先不提衣服藏不住的精悍身材，殺手學弟的氣質談吐本來就極具魔性，某方面而言，他的綽號也可解釋為少女芳心殺手，至少對自尊嚴重受損的少女來說有相當於麻醉藥的效果。

無論如何，李心玲在學校發生的事對正值荳蔻年華的少女來說委實太殘酷了。該怎麼突破僵局呢？對李心玲說妳老哥請我來安慰開解妹妹，有什麼心事盡量發洩出來這類八股發言鐵定沒戲。

也許應該來點戲劇效果？我想起第一次踏入「虛幻燈螢」咖啡館時，店長對我說了一句話，仔細想想也許就是那句話讓我卸下心防。

「妳相信有鬼嗎？」我問李心玲。

她瞪大眼睛看著我。

有些事並非能輕易對外人啓齒，除非確定你和對方站在「同一邊」，無論這個就讀國中的小女生怎麼看待發生在自己身上的事，這段日子當事者的感受也是判斷她有無被邪祟的重要依據。

「我……我不知道……」她回答得很模糊。

「聽嘉賢說，妳似乎中邪了，他很擔心妳，可是我沒在妳身邊看見有鬼，嗯，我也不知道該怎麼辦。不過我可以去問這方面的專家，只要妳願意和我說。」

「小艾姊姊，妳有陰陽眼？」李心玲表情亮了起來。

參考刑玉陽當初亮白眼的開門見山法眞是太好用了，其實我不覺得自己有聰明到能對一個孩子套話，但我相信小孩子看得出有人眞心對自己好，或許就願意說出困擾。

「算是有吧？」我聳聳肩。

「那我身邊眞的沒有鬼嗎？」她抓著蓋在腿上的棉被急切地問。

「目前沒有，可能本來就沒有，也可能我的守護神太強大把鬼嚇跑了，或者鬼主動躲起來時有陰陽眼一樣找不到，就像玩捉迷藏時妳也看不見同學躲在哪裡。」

我抽空偷看李嘉賢，他眉頭微皺，似乎認爲我在哄小孩，若他知道我說的都是實話會不會再崩潰一次？

「妳有守護神？怎麼來的，長什麼樣子？」

「是一隻紅色貓咪，在我遇到危險時會變大和鬼怪戰鬥。」

「好好喔！」

至此我相信李心玲和哥哥不一樣，至少她絕對不是無神主義者，可能還對奇幻世界深感興趣。

「那位大哥哥也有守護神嗎？」少女有些害羞地看向殺手學弟。

「問我？有喔！我的守護神是媽祖娘娘，平常雖然沒跟在身邊，但有危險時也會保佑我們。」殺手學弟燦笑，他說的亦是事實，他本人可是澎湖天后家系的金牌前乩童。

「我也可以擁有守護神嗎？」李心玲急切地問。

「第一身體要很健康，不然供應不起守護神需要的能量，再來要有緣分，膽子也不能太小，好守護神不會找動不動就虛弱驚恐的人當宿主，那樣反而在害對方。」我嚴肅地說。

「沒錯！」

「妳要是能夠吃飽睡好，身心堅強，能夠承受嚴格的訓練，像我現在平常一天要跑十公里，我弟弟也是柔道黑帶，堅持下去，做好準備，總有一天會遇到自己的守護神。」我在許洛薇的嗤笑聲中面不改色地唬爛。

「我也想要快點恢復健康，可是……」她說到這裡有點垂頭喪氣。

「不用擔心學校的事，爸媽打算讓妳轉學，真的不行，在家自學再考高中也沒關係，不需要有壓力，就像小艾說的，身體最重要。」李嘉賢這時是溫柔又具權威的兄長。

「我到現在還是搞不清楚自己怎麼了，爲何會做出那種噁心行爲……眞是太變態了，可是我當時完全沒有記憶，還是我的好朋友怡敏打電話來問我是不是壓力太大生病，然後告訴我那天教室發生的事。」李心玲說著說著哭了起來。「我每天都希望這件事不是眞的，我明明不可能也沒有印象自己這樣做過！」

「不記得才好，現在我們得要確認妳到底眞是中邪，還是身體出了狀況，無論哪一種都不能一個人憋著，會愈來愈嚴重。」我柔聲勸慰，她含淚對我點頭。

我抽了幾張面紙給她，覺得小女孩很可憐，失去記憶這點聽起來像被附身，但也有可能是思覺失調。她是最難過的人，卻還強打精神應對我們，我懂殺手學弟爲何堅持要救她了，哪怕李心玲在今天之前並未見過葉世蔓，但殺手學弟過去應該從男友口中聽說過許多許多關於他妹妹的細節，於是心疼這個小孩子。

還好李心玲對過程失去記憶，聽旁人轉述的內容雖然糟糕仍有隔閡在，也算某種減傷效果。如果眞是附身，這鬼的技術應該不太好，必須完全弄昏李心玲才能取得主導權，像戴佳琬那種剛斷氣立刻就奪舍溜走外加虐殺仇人的怪物果然還是極端異數。

「我不想去學校了，我要修行得到自己的守護神！」李心玲發洩了一陣，情緒不再那麼低落。

「心玲，我有個提議妳參考看看。關於在學校失憶的事盡快請醫生看看比較好，早點確認沒生病也比較安心對不對？父母不同意的話，請哥哥偷偷帶妳去也行。」我對李嘉賢使了個眼色，他回我感激的一眼。

李心玲瑟縮了一下，末了勇敢地點點頭。

「小艾姊姊，如果我眞的生病了，醫師治得好嗎？」少女又問。

「妳只要想好起來，大家都會幫妳，不管有沒有生病。」我這樣說。

「那如果眞的有鬼呢？」

「我的守護神很擅長打鬼，放心好了，妳不是一個人喔！」我誠心誠意地安慰她，再也不想看見戴佳琬那種不知該說悲劇還是慘劇的例子了。

我現在就站在某個可能成爲戴佳琬的孩子的人生轉彎處，或許像戴佳琬一樣的少女還有許多，我不可能每個都幫，但遇見李心玲也是柔道社爲我帶來的人脈和緣分，我一直相信這在自己的貧乏生活裡象徵著某種特別意義，無法掉頭不理。

「謝謝妳，我好高興哥哥交了妳這個女朋友，妳以後要常常來我們家玩喔！」

「看來妳成功收服我妹妹了，她很難得和不熟的人這麼親近。」李嘉賢感慨地說。

「是哥哥以前都不告訴我你認識小艾姊姊。」

事實上，他認識我還不到一個禮拜呢！我默默在心中補充。

「是我們很投緣囉！」我沒用高高在上的大人態度和心玲妹妹說話，畢竟我不成熟也缺乏成年人的生存能力，實在沒臉對孩子說教。

「話說得差不多了，也讓妳認識小艾了，繼續睡覺，不許再偷偷熬夜。」李嘉賢摸摸妹妹微微汗濕的額髮，盯著她爬回被窩裡躺下。

「欸~沒想到他是個好哥哥！」許洛薇趴在我肩膀上說。

「是啊！好羨慕心玲。」我們都是獨生女。

「妳說了什麼嗎？小艾？」李嘉賢狐疑地問。

「沒事，我只是在想心玲的情況太專心了忍不住自言自語。」我趕緊圓過去。

「那就好，我還當妳可能跟鬼說話。」然而斯文青年的眼神口氣說明他壓根不信守護神這碼子事。蘇晴艾在火場被逼到角落灰頭土臉，靠潑鹽水混過去的土根表現，成功奠定了半吊子陰陽眼的形象。

好死不死被他猜中了，我冒出一身冷汗。

「所以，到底有鬼還是沒有鬼？」李嘉賢問我。

多虧有我們幾個在，李家父母可以暫時放下照顧女兒的義務，出門吃飯看電影鬆口氣，這是我的提議，順利掙了更多好感分數，至於蘇小艾姊弟則因爲在火場受驚嚇加上被濃煙嗆傷，決定取消遊玩計畫，待在男友家休息看電視就很夠了，還可以和心玲聊天安慰她。

如此一來就能不受打擾地守望李心玲，下午就要回去了，多觀察一下也好。

對於李嘉賢的問題，我坦白回答：「中邪又不是石蕊試紙，沾一下就知道答案。倘若妳妹妹身邊現在有一個鬼，我當然看得出來，若那鬼是來來去去，沒遇到時自然沒看到。」

「那樣不就什麼都不能確定了嗎？」

「不能這麼說，假設有鬼的話，起碼確定那鬼不是死黏著不放討好處或捉交替的類型，那可能就是背後有某種原因，不屬於路過被跟上的大宗案例，這種往往就比較麻煩危險。接著你只要去證明有鬼無鬼哪一邊比較接近事實不就得了？後續保持聯絡我們也能幫你判斷。」我覺得自己愈來愈專業了，都是久病成良醫啊！

「如果眞的是中邪，現階段就沒有方法可以幫上我妹妹嗎？」李嘉賢說眞相若是生病他知道如何處理，但經歷ＫＴＶ火場鬼打牆事件和服務生神祕死亡之謎後，他已不敢百分之百篤定是單純的精神問題。

「那你就快點查出原因，如果不在她自身，就是和你們家的人有關，身體養壯點也能硬扛一陣，可惜治標不治本，被邪祟久了眞的會生病。既然心玲相信守護神，若對她恢復有幫助的事就不要去掃興，還有，夜裡別讓她離開視線太久，最好有人能陪她一起睡。」這裡就有個夢遊被惡鬼拐走的倒楣例子。

或許是我感同身受的口氣太有震懾力，李嘉賢不自覺點頭稱是。

然後，他冷不防握住我的手。

「謝謝妳，小艾，不對，是謝謝你們，我知道你們眞心爲心玲著想。」他對我及一直微笑旁觀的殺手學弟感激地說。

「不客氣，應該的。」被他突如其來的親近舉動嚇了一跳，我下意識往後縮了縮，忍住甩開手的衝動。

在刑玉陽與主將學長的奪命連環叩下，我與殺手學弟班師回朝，進入ＫＴＶ大火倖存者名單的我們有得解釋了。臨行前，我將僅剩的淨鹽和兩瓶淨水連同仙人掌小盆栽交給李嘉賢。

「仙人掌請幫我轉送心玲，可以淨化房間空氣，算是我的告別禮物，瓶裝淨水則酌量倒在房門邊劃出界線，比照我在ＫＴＶ逃生門前的用法，但別一次灑完了。哪怕你覺得是安慰劑，至少你妹妹的確需要安慰，她有安全感比較重要。我回去後會再快遞更多瓶來，情況危急時就灌她喝下去。」我不厭其煩囉嗦著。

「知道了，我相信妳。再說，鹽水總比符水好。」李嘉賢開玩笑地比了個往頭頂澆水的動作。

該做的都做完，接下來只能等待情況發展，此外，我還有場硬仗要打。

Chapter 03 /

南北作戰

阡陌水田間混雜著鄉下老房子與少數豪華農舍，不時經過東一撮西一撮的雜樹林和灌溉溝渠，還有各式各樣宮廟和中藥房，最近往鄉下物色店面的創意料理店明顯增加，這是我六年多來深入心底的外出風景，不太記得大城市的模樣了，沒想到有一天我會和藏身在這處風景中的某間別緻咖啡館店長成爲朋友。

「虛幻燈螢」引進地下泉水，埋暗溝闢小池，養著螢火蟲和各式水草，前院用手工小石雕、陶罐盆栽和各種植物布置得清幽夢幻，仔細一看幾乎都是親手創造，既省成本又把我這設計系的俗人打得找不到北。

店長刑玉陽是我的同校學長，不過我直到畢業兩年後才眞正認識此君，他的左眼擁有識破一切眾生的特殊靈力，卻只能粗見非人輪廓，有多粗呢？大概就和紅綠燈跑步小人差不多；刑玉陽平常戴著墨鏡掩飾眸色變化，被熱衷研究如何和紅衣女鬼合作攻擊冤親債主的我當成靈異諮詢對象。

目前我正在「虛幻燈螢」進行意志力與體力修行，說白了就是背經加跑步，我那常常受到外人誇讚的漢草在主將學長和刑玉陽這些黑帶怪物眼中卻只是弱不禁風的小矮子。

我已搬回許洛薇的老房子，然而重要靈異會議和日常訓練導致我幾乎天天都會到「虛幻燈螢」找刑玉陽蹭吃蹭喝，目標是盡量節省餐券消耗，能免費得到飲料、剩菜和過期餅乾就努力混水摸魚。

「卡路里啊！死老百姓，去給我吃點正餐和青菜。」俊美的刑學長經常這樣怒吼，看在美食份上，就算脾氣不可取我還是會誇獎他的外貌。

「有的！我在家都吃白米飯和自己種的菜！」我每次皆誠實回答，沒錢買肉能吃到雞蛋就很開心了，刑玉陽身上的奶油砂糖味和醇厚咖啡香簡直太誘人。

其實刑玉陽爲了開這間收入來源兼自身庇護所的咖啡店賠入所有私人時間，迄今還扛著七位數貸款，論負資產他比我高很多，但人家把生活過得很有條理，兼具品質和能力進修，這就是意志力！

「虛幻燈螢」對我來說彷彿精靈綠洲，而我的人生基本上是戈壁沙漠，今天我又捲著沙塵暴過去拜訪了。

昨夜只有在電話中簡單報告，這點資訊量對擅長推理的刑玉陽顯然不夠，還得靠他替我們料敵機先，殺手學弟與我輪流描述ＫＴＶ大火時的靈異現象，服務生楊亦凱不合常理的死亡，以及在李嘉賢老家平靜無波的探查過程，刑玉陽愈聽臉色愈黑，快要媲美包公了。

「這次我眞的只有看看而已，第二天就準時回來了。」我趕緊重申自己多麼奉公守法，雖然看不到作祟元凶只能先撤再說也是主因。

「只有妳在KTV疑似見了隻鬼，其他地方都沒發現？」刑玉陽問。

「我也覺得很奇怪。」我垮下肩膀深深嘆氣。

「可惜我沒有陰陽眼，只能聽小艾學姊描述。」殺手學弟感到遺憾。

「線索太少，只能等看看有無新消息，你們果斷回來是對的，地域影響鬼魂很大，鬼魂通常無法直接通過溪流地界，以防禦而言就能爭取更多時間。」

我也認爲自己這次撤退時機簡直神機妙算。

「我會多催催嘉賢那邊的進展，對了，小艾學姊，刑學長，我得先回崁底村，玉墜碎了，阿公喚我快點回去處理，有新行動務必等我回來再說。」殺手學弟直接揹著行囊來「虛幻燈螢」，交代完畢就要馬上啓程。

「你快去吧！路上小心不要騎太快，順道替我問候靜池伯伯。」我趕緊抽餐巾紙擦擦嘴巴說。

「沒問題。」

「藍山，不收你錢。」刑玉陽將裝著熱咖啡的紙杯放入塑膠袋遞過去。

「謝謝學長！」

殺手學弟離開後，只剩下我和店長獨處，刑玉陽拿下墨鏡，左眼雪白發亮，我每次正視他的白眼總是本能興起顫慄，閃開視線又不禮貌，眞的是很稀奇的變色。

「蘇晴艾。」

「在。」

生氣了，而且是中颱上限的程度。我很有經驗地端起餅乾盤揣在懷中，以免被他沒收殺手學弟留給我的餅乾，上次來「虛幻燈螢」後葉世蔓知道我喜歡大理石餅乾，今天又點了一次，實在太貼心。

「許洛薇去哪兒了？」他絲絨般的語氣彷彿隨時會化爲鞭子抽我好多下。我本想回答紅衣女鬼在家看電視，但刑玉陽擺明不買帳，重大決定瞞著他不安全，還有這台人肉測謊機相當記恨，我沒考慮多久便照實回答：「我把薇薇留在那邊了。」

「蘇小艾，妳腦袋裡到底裝了什麼？奶粉渣嗎？」

「雖然在李家沒看到鬼，但我和殺手學弟的直覺都是會出事，他是前乩童，說有些劫難就算求神問卜也躲不過，他和葉伯遇到那種人時就有這種感覺，除非神明特別指示，否則通常不會多嘴介入。我自己到過那裡之後也覺得不太對勁，加上抵達李家前我們就遇到KTV大火，我不確定這件事和李嘉賢有無關係。」還好我不嫌重，出發前拚命往背包裡塞淨鹽水，加上殺手學弟的玉墜，眾人才逃過一劫。

那麼多客人不鬼打牆，專擋我們一行人，怎麼想都不像隨機犯案，有許洛薇在，本來最不可能被鬼打牆的應該是我們才對。

「把許洛薇留在李家，妳不怕她剛好遇到來驅邪的法師或失控暴走？再說妳要如何和她聯繫？」

刑玉陽再怎麼睜隻眼閉隻眼也不會忘記許洛薇是厲鬼，我願意自己承受是一回事，把厲鬼放出去波及別人又是另一回事。

「最遲一個禮拜就會去接她，讓她看情況有必要躲就躲，不要離公寓太遠，要讓我找得到，也把指甲屑和頭髮藏在小仙人掌盆栽裡送給心玲了，薇薇應該就像和我在一起差不多。」

我並非隨便發明這個做法。當初許洛薇仍困在跳樓墜地位置當地縛靈，是我偶然想起她戛然而止的玫瑰色人生，破例在雨夜前往中文系系館外緬懷，冷不防被她抓住腳踝才忽然能見鬼。

此外，我可是徒手把許洛薇拉出那瀝青坑似的死亡之地，費了好大的勁，後來我一直覺得蘇晴艾的肉體與許洛薇的靈體之間存在某種神祕聯繫。

「妳不是一直把她帶在身邊怕她走失？」刑玉陽又問。

事實證明，會走失的是我，反倒許洛薇還能附在花貓身上找刑玉陽求救。

「我們這九個月來幾乎天天都黏在一起，重要問題卻沒有進展。」許洛薇很開心，我竟也開始感到滿足，不知不覺得過且過，這種心態比冤親債主更讓我害怕。

就算我的人生註定會失敗，作爲好友也應該幫死去的許洛薇打開新的人生才對，不是一個廢人與野鬼不上不下地混著。

「我要趁現在調查許洛薇的死因，已經弄到她高中同學的聯絡方式。本來想日後請人幫我查，現在發現不能再拖了。」李心玲那邊正巧需要一個保護者，沒有比在這時調開許洛薇更好的時機。

趁刑玉陽沒有立刻發表意見我又接著說下去。

「我已將心玲加入線上好友，不定時找她聊天，反正她現在沒上學都待在房間裡。薇薇可以透過她的視窗看見我，重要訊息我也能僞裝成聊天內容傳過去。」

「妳能從聊天視窗看見她嗎？」

「不能。不過她看見我沒問題。」這一點我早就從玫瑰公主熱愛影集，以及偷看視訊裡的主將學長得到證明。

「許洛薇待在那邊，若眞有鬼怪作祟，鬼嚇得不敢靠近，豈不是治標不治本？」

「我有吩咐許洛薇要躲起來。」她若迷你化躲在縫隙裡，鬼魂也有盲點，而且往往比人類還大，我認爲其他入侵鬼魂看不見許若薇的機會滿大的。

「妳還沒說眞話。如果許洛薇這件事的不確定因素太多，我得重新考慮是否繼續替妳瞞著鎭邦了。」

這人眞是太懂怎麼戳我死穴，混蛋！

「我希望萬一自己意外不在了，她一個人也能對活人無害地存在，我們都得獨立點，總不可能永遠這樣下去。」現實中，不算大學同居的三年，我已經在許洛薇的老房子又住了將近三年，當前無處可去只能厚著臉皮繼續借住，其實我心中一直靜靜等著許家父母通知我搬離的那天，屆時我一定會走，馬上就走。

離開母校地域和老房子，許洛薇還會不會像現在這樣好相處？坦白說我沒把握，但我知道自己一定會變得很不穩定，至少時機適當時，我打算擴大她的自主活動範圍，或讓她想起還有父母能依靠。

「以後的事以後再說，現在妳光冤親債主就應付不過來，戴佳琬仍可能繼續襲擊妳，妳又在KTV火場疑似目睹新鬼怪，或許有人故意想將你們扯入楊亦凱的死。」刑玉陽說。

「誰會這麼做？」我大驚，麻煩已經夠多了，完全不想再來新的不明敵人。

「沒有師承和法力的妳卻能自在使役一隻紅衣厲鬼，我不懂這在靈異界裡代表何意，大概很接近讓人想找麻煩的類型。另外，別忘了妳是一支和鬼神關係密切的特殊家族直系後代，蘇家族長除了冤親債主外想必不缺敵人，柿子找軟的捏，妳遇到哪種外敵我都不驚訝。」他殘忍無情地揭破我一直故意忽略的潛在危機。

雖然和蘇家族長我堂伯蘇靜池混得不錯讓人開心，但天底下沒有白吃的午餐，我不想有人情帳單的問題。

「我也不想這樣！還有火場的鬼我都已經看到形狀了，你怎會說『疑似』鬼？」

「魑魅魍魎都可以是妳看見的東西，不見得是人魂，也許能解釋許洛薇無法目睹火場那玩意的原因。」刑玉陽數落我的同時在還沒開始營業的「虛幻燈螢」裡忙得團團轉，我則跟前跟後與他對話，眨眼工夫他就揉好餅乾麵團，擀平壓模刷好蛋液擺到烤紙上，將烤盤擺進另外一個較小型的家庭式烤箱，補上剛才被殺手學弟和我消耗的分量，還多出不少。

「我可以拜託主將學長查一下那個楊亦凱嗎？」有過無意中在通識課被戴佳琬怨恨的前例，這回我努力掏挖從小到大的就學記憶，很確定楊亦凱是陌生人，生前也算有過一面之緣，到底有何種因由才導致他和我們同時被困在火場？

「你不說他也會查，以防火場那次交集後死掉的楊亦凱反而找上你們，葉世蔓倒是聰明，馬上回家討救兵，明白的話就多學學人家！」

「關……關我們什麼事？又不是我害死他的。」我有點支支吾吾。

「路過車禍現場或溺死溪流看你不爽都可能被跟上，何況是在逃命途中把人堵下來，被記恨也不意外，活人都不講道理了，憑什麼認爲鬼會通情達理？」刑玉陽照舊看破我的心虛處一刀斃命。

「我最近還是多打電話關心李嘉賢好了。」本來假女友任務結束後我就懶得聯絡他了，對方當然也對我興致缺缺，現在看來只靠殺手學弟盯著他男友似乎不太保險。

這幾天唯一的好事是，我去李家探查時刑玉陽把沉在小池塘裡的黑傘出清了，老符仔仙的堂姪吳耀銓終於去他該去的地方，雖然具體是哪刑玉陽並沒有說，貪財好色的神棍恐怕不曾料到自己有天會在看守所裡被化爲厲鬼的受害者活活吊死。

世界上就是充滿了這種「想不到」，吃過苦頭的我再也不敢輕忽任何一次微末交集和難以辨識的緣分。

「蘇小艾，老話一句。」

「量力而爲是吧？知道啦！我每天起床都對自己說十次！刑學長，你說我以後當靈異顧問按鐘點收費有沒有搞頭？」最後那句純粹是無聊找抽。

「等妳先活到四十歲證明自己不會被鬼玩死再說。」刑玉陽冷哼。

「三十歲不行嗎？」我不那麼認眞地討價還價。

無論有沒有遇到這些鬼，太遙遠的未來對我而言都是一種困難想像，或者說，僅僅想像就喘不過氣，宛若握在手心的銳利針山，寧可專注當下，得過且過。

□

還記得許洛薇剛被我從學校撿回家，我倆在老房子裡四處籌措生活費和小花的扶養費用，為此大感頭痛時，玫瑰公主很認真地說她還有些欠錢未還的朋友可以去討債。

和很多為了爭一個豪氣大方搞到家計出問題的海派爺們相比，過往還是學生的許洛薇雖然錢多多但在金錢支出上極有原則，生活有急用的朋友借錢她從來不討，甚至很快就忘了，為了享樂和奢侈購物順手找她湊費用的朋友，她一概記得清清楚楚。

許洛薇從來不撒錢充面子，這方面她不知哪來的自信，面對酒肉朋友的挑釁無動於衷，她眞的不懂節省，卻堅持花錢要花得開心，被人當肥羊宰當然不開心，這種不安好心的朋友往往也會遭她疏遠。

——酒肉朋友沒什麼不好，人本來就需要能夠分享美好事物的玩伴。許洛薇曾經這樣訓過因為貧窮而極端閉俗扭捏的我，不過她依舊盡量配合我沒錢的玩法。有句話我們卻是異口同聲：「但是兩面三刀的假朋友就不要了！」

我利用她這個習性拿到了一份欠債名單，換言之，都是許洛薇生前較親近的團體成員，包括和她一起去國外畢業旅行的玩伴，當時有個人的旅費還是許洛薇代墊，到現在都沒還。就算畢業典禮前許洛薇就去世了，也可以還給她的父母或以許洛薇的名義捐出去做愛心，此女擺明想賴帳。我在心底嘀咕。

第一次挑戰用死人名義討債就拿現金還真令我害羞，事先徵得許洛薇同意後，我請那個朋友把欠款捐給母校動保社，不涉及個人利益後我裝神弄鬼起來更有自信了。

對方從質疑到驚恐不過是五分鐘的事，眞是一片小蛋糕，之後才是我的眞正目的，打聽許洛薇求學背景，有趣的是，我的室友很少提起她上大學前的生活，說是神祕大小姐也不爲過。

每個新生剛進大學總會被拉入各自的同鄉會，有些人從中認識不同科系的老鄉、交到更多朋友，像許洛薇；也有完全無動於衷彷彿外星人的孤僻怪胎，例如我，那個欠錢不想還的女生和許洛薇正是屬於某個同鄉會，只是就讀不同高中，許洛薇不用說是就讀「貴」族私立學校。

學校名字我完全沒聽過，果然不是同一個世界的人。

既然大學生活查不出端倪，我只好往更早的時期尋找眞相，高中時代距離許洛薇的死亡也不過差了四年。要是未來自己眞的撐不下去，我心裡很明白主因會是我高三那年被冤親債主殺死雙親的深遠負面影響。

瞧，傷痛深淺和時間長短並沒有絕對的關聯。

我用許洛薇有訊息想轉告高中同學的藉口，請她幫我查出同鄉會裡就讀相同高中的同學聯絡方式，對方說那所貴族學校不在她們故鄉的縣市，我這麼多年來第一次知道，原來許洛薇也是離開老家到其他縣市讀高中。

沒有辦法只能鼓起勇氣聯繫許媽媽，討要玫瑰公主的畢業紀念冊，許媽媽問我住得好不好，我勉強回答很好，只是太想念許洛薇了。心中充滿佔人便宜的羞慚與和許洛薇聯手瞞住雙親她死後回歸一事的不安，但我還是沒放過探聽千金小姐高中生活的大好機會，也是親切貴夫人的許媽媽隱晦地提起女兒轉過幾次學，最後她乾脆在貴族學校附近租下一整層高級公寓專心照顧女兒，等於專職陪讀。

原來許爸爸在大學旁邊替女兒置產找管家是有歷史淵源的，許洛薇這孩子就是需要有人替她拿湯匙。

過程倒是毫無阻礙就讓我弄到高中通訊錄，果然這年頭要當跟蹤狂不難，問題是得和時間賽跑，不能讓許洛薇發現我在調查她。事隔將近七年，想從一整個班裡挑選打聽對象再利用舊資料聯絡目標可不容易，這還沒算入轉學和高二分班的變數，高中生許洛薇並沒有比較好搞，照樣給我出了一堆難題。

「妳就是在電話裡找我的那位，嗯，許洛薇的大學朋友？」穿著格子花裙與帆布鞋，斜揹大包包，看似文青的可愛女孩目測與我差不多高，黑髮不燙不染披在肩頭，散發出尚未踏入社會的純眞氣息。

「是的，我叫蘇晴艾，妳已經知道了，我和薇薇是好朋友也是室友，她爸媽邀請我參加她的『三年』法事，還有幾個月的時間，我想替她寫一篇個人傳記回報許爸爸許媽媽和薇薇照顧我的恩情。」我又說謊了。

她露出遺憾的表情點頭表示理解，我卻覺得她身上有種微妙的違和感，像是畏怯著什麼？

「梓芸，可否請妳說說薇薇的高中生活？我對這方面一無所知，她從來不提過去的事情，就個人立場，我也很想知道薇薇以前的樣子，我眞的眞的很想她。」我大概是不知不覺流露眞正的渴望，林梓芸抓著背包咬咬下唇掙扎著，末了有些小聲地同意：「好，我回想一下，眞的有點久了……」

「沒關係，妳慢慢想。」我們約在麥當勞見面，對她和我都算安全方便，我趁機奢侈地點了一份大薯加可樂。

拜科技發達和社群軟體風行之賜，只要有畢業冊上的名字，我就能從網路上找到不少人的活動跡象，眞想不透爲何會有人喜歡將私生活公諸於世？我挑選林梓芸的理由，是她從來沒出現在同學會照片中，在這之前我聯絡上幾個許洛薇的高中同學，眞正詢問的對象卻是林梓芸，就是爲了確定她就是我想找的觀察者。

一個班級裡常常有個特別內向孤僻的同學，你總是要多想一想才能叫出那個人的名字座號。他從不參加校際比賽，班級活動能閃就閃，一個人吃便當，分組作業總是留到最後落單時被老師指定併組，慘一點還會變成被霸凌的對象，高中時我在班上還有兩三個能聊天玩耍的好朋友，但我心知肚明自己其實本質就是這種人。

我幾乎忘了所有曾經天天一起上課的人的姓名容貌，很諷刺地卻有個高中三年可能說不到二十句話的同學讓我牢牢地記住了，她在畢業典禮當天走到我面前，說我給她的感覺是住在城堡裡的人，不記得當時我怎麼回答的，畢業後我們並沒有繼續聯絡，低調的她好像只對我一個人來了次人格分析，讓我有點受寵若驚。

我認爲她當時應該是想說住在城堡裡的「僕」人，客氣地省略了一個字，難怪我和玫瑰公主一拍即合，我們都很愛停留在自己的小世界。

我的意思是，那個最不被注意的路人同學往往有高度可能性是對所有人觀察入微的江湖百曉生，沒有他不知道的事，只差他願不願意告訴你。

把林梓芸約出來的過程反而是很笨拙的，只能說是發出同類電波才僥倖成功，若是舌粲蓮花編了一堆光明正大的藉口，對方一定會認爲沒必要浪費時間會面，因爲我就是這樣想也回拒過許多次同學會和老朋友飯局邀請。必須直接讓林梓芸明白，我眞的非常有必要知道許洛薇的高中時代，勾起她的使命感來幫我的忙。

「許洛薇……抱歉我不習慣叫她薇薇，聽到妳這樣叫也有點奇妙，因爲當時只有一個人會叫她薇薇，就是她高中時最要好的朋友。」

「上大學後倒是人人都叫她薇薇，我也只是跟著叫……」我剛對這名高中好友興起強烈興趣就被林梓芸下一句話打歪了注意力。

「許洛薇這個人和妳給我的感覺很像，所以我相信妳們應該是好朋友沒錯。」林梓芸看著我篤定地表示。

我聽到的是中文嗎？許洛薇——和我很像？任何有眼睛的人類都不可能這樣說吧？

接下來我如在夢中，林梓芸繼續說著她眼中許洛薇的高中生活點點滴滴，就像諦聽一個陌生人的故事，這不是我認知中的玫瑰公主！

林梓芸並不了解我，但她和一個感覺與我風格很像的人相處三年，毫無遲疑將我和許洛薇形容為同類，我只能相信她說的是事實了。

「我可以多嘴問個問題嗎？希望妳不要介意，我覺得妳在許洛薇這件事上的反應有些怪的，如果是和她有關的問題，什麼都可以告訴我，拜託了。」我擔心以後都約不出這個女生了，她頂多願意出來見我一次面，不想被非預期因素打亂生活節奏，這是我們這類人的習性。

不顧自己的話有多唐突，我近乎哀求地說。

「我只是因為最近又有一個高中時認識的人去世，剛好妳問起許洛薇，一時有點感慨。」

「對不起，我不是故意的。」

「不是妳的錯啦！可能是我高中生涯沒什麼值得回憶的地方，偏偏妳的問題讓我想起的都是印象最深刻的部分。」林梓芸手忙腳亂解釋了一陣，我們一起露出尷尬又友善的笑容，她把吃不完的薯條送給我，說還有事先走了。

告別林梓芸後我仍有點渾渾噩噩，接到主將學長的電話也不記得自己說了什麼，希望沒洩露重要祕密。

「妳去找許洛薇的高中同學？」主將學長低沉厚實的聲音透過手機傳出。

由於主將學長待的派出所勤務繁忙，很多時候只能透過鏡頭和手機與我們交流，這個情況保持數個月後，我不禁覺得主將學長愈來愈像螢幕上印著「VOICE」僅以聲音出場的神祕組織長官。

糟糕！我還是不知不覺把關鍵人物資訊洩露給主將學長了，聽見他的聲音我根本不可能有任何提防能力。

「爲何去找那個人？」

主將學長果然直問了。

「欸，那個……」我支支吾吾。

「妳還是放不下許洛薇的死嗎？」他停頓了一會兒才發話。

「那是當然的。」這句話我回得不假思索。

「我明白，只是想再確認一下，畢竟妳一直住在那間老房子。」

學長，那單純只是你的學妹太沒用，再加上房租壓力絕對活不下去，許洛薇的老房子至少附帶菜園和雞隻，還有熱心街坊等等少許補給功能。

主將學長的話猛然掠起我一個新想法，倘若不是萬分窮困狼狽，只能待在和許洛薇同住的地方，我還會如此將她的死因放在心上嗎？

答案當然是——不會。屆時我一定忙著自己的工作與生涯規劃，將許洛薇作爲大學時代不幸失去的友人懷念嘆息後化爲回憶，而非變成「現在」的生活重心。

仔細想想還眞現實，但當初我也是這樣拋下父母的死因渾渾噩噩上大學麻痺止痛。然而，在我死活不信許洛薇的死是科學分析後沒有外來可疑成分的自殺開始，就註定我無法以正常思維放下這份交集繼續前進。

「事到如今，妳還在懷疑什麼？」

就是因爲沒有可以懷疑的對象我才難受！這種心理我也不懂要怎麼解釋。

只有一件事我非常確定，既然許洛薇化爲厲鬼回到我身邊，當初她的死就不會是生無可戀的自殺，無論執著何物，厲鬼總是有個執著的目標。

我握著手機，掌心都是汗。「薇薇不可能自殺，就像我不會自殺一樣。」

也許玫瑰公主有不爲人知的煩惱，也許她有我從未看見的一面，就像今天我從林梓芸口中知道的過去。這些卻更堅定我對她的看法，許洛薇不是會逃避活著的人，更別提放棄讓她擁有各種享受的現實條件。

不能讓主將學長知道許洛薇變成鬼待在我身邊，但讓他知道我想調查許洛薇的死因或許不是壞事？

「怎不早點告訴我？」

「不好意思麻煩學長，加上之前太多狀況，我也是最近才下定決心。有可能眞的只是自殺，但不親自驗證一遍我就無法安心。」後半段是我安撫主將學長的中庸說法，其實我很確定許洛薇的死因八成有問題。

「別太給自己惹麻煩，妳目前處境也不安全。」他殷殷告誡。

「我懂，可是練柔道時學長你常常說我最欠缺的是精神層次，叫我要勇敢一點。」

「那是社團練習！」

「嘿嘿，我也很怕死的啦！只是找薇薇以前的高中同學探聽一下，最近不是有社會案件說有中年男子找欺負過自己的小學同學報復嗎？搞不好原因又是出乎意料，像戴佳琬那種。」

我想破頭都不可能事先預料到戴佳琬怨恨名單裡有蘇晴艾的名字，經歷一番波折後明白對方的死因和企圖，居然有點釋然，至少我弄懂戴佳琬的例子是怎麼一回事了。

許洛薇的部分始終是團濃霧。

「無論如何，遇到困難要說，別再自己一個人悶著，還有妳太瘦了，多吃點才有力氣應付挑戰，別怕吃垮阿刑，餐券就省著用。」

主將學長，全宇宙就只有你一個人覺得我太瘦，人家和您一樣都是標準體重，反而以前還被許洛薇餵食得有點過重，過去社團裡一起練柔道到底給你留下怎樣的印象？現在扛起來過肩摔太輕手感不滿意嗎？

「刑學長說我瘦一點才跑得快。」我帶著點報復心理打小報告，合氣道就是喜歡閃來閃去的，哼。

「不用聽他亂講話。」

主將學長言簡意賅地恢復了我的自信心，人家何嘗不想多吃一點？唉。

好聲好氣哄得主將學長終於願意收線，我逕自玩味著今天獲得的驚人資訊。

跟著人潮來到一處六線道的十字路口前，黃燈已經亮了兩秒，我在馬路邊羨慕地目送前面幾個行人匆匆通過斑馬線，漫長的紅燈倒數計時才剛剛開始，還好我早就養成不搶快的好習慣，早早停下來等待。

非常時期，我可是半點風險都不願意冒。

那時我滿腦子煩惱的是玫瑰公主的高中黑歷史、ＫＴＶ火場裡只有自己看見的鬼，處在人群中更讓我不安混亂，只想快點回到住處。

綠燈亮了，排在最前頭的我放心地往前走，忽然間身後傳來驚叫，我下意識頓住腳步回頭關切，刺耳的煞車聲響起，一道沉重撞擊壓上我的大腿，霎時腦海一片空白，身體失去重心。

我大概是被撞飛了。

落地那一瞬，斑馬線彼方刺眼的紅燈映入眼底，還剩下五秒鐘。

問題是，那是哪一側的紅燈？

駕駛咒罵個不停，路人竊竊私語，混著「闖紅燈」之類的話語，我倒在地上動也不動，等手腳恢復知覺才慢慢爬起來躲上人行道，現場交通大亂。

撞我的那輛車有煞車減速，我的運氣也很好，只是彈到路肩，沒被捲進另一輛車車輪下。一時分不清天南地北，我糊成一片的腦袋還以爲有輛車闖紅燈撞人，重新望了望方位才確定，路人口中闖紅燈的人是自己，車主此時也離開座駕，站在一旁惱怒又不知所措的模樣。

車開得好好的，路邊卻滾出一個不長眼的混蛋，我又給人添麻煩了。

受身能在被車撞飛時救你一命的柔道界傳說是眞的！今天開始我也成爲見證傳說的一員了！手掌拍得發麻，被撞的側身一大片鈍痛，手肘擦傷的部分最嚴重，血跡已經從袖子下透出來了，初步沒有受致命傷的感覺。

等交通警察過來，車主立刻七嘴八舌解釋他沒違反交通規則，簡述過情況後，有好心留下來關注的路人證明我也等了很久的紅燈，卻在最後一刻走出馬路。

「小姐，妳是不是想不開啊？」交通警察小心翼翼地問。

「我可能是精神不濟看錯燈號了，對不起。」我連忙澄清自己沒有自殺念頭，也無意求償，畢竟是我先犯錯，之後會簽和解書。總之，我不想在腦袋還無法清醒思考時做出任何簽字行為。

我朝那名車主苦笑一下，爬上救護車獨自去了醫院急診處，當天就很有效率地把事情解決完畢了，還好照過X光沒有骨折和內出血，就是左半身瘀青一大片，乍看有點恐怖，加上擦傷的地方也不少。

疼當然是很疼，只是這不是當前我最在意的部分，還有條命在就謝天謝地，我大概遇到鬼遮眼了，剛剛保證過一個人沒問題就出事，由於害怕被罵，當下完全不敢和兩位學長報備，至於許洛薇則暫時無法聯絡。

有如犯錯的小孩子用盡最大能力偷偷摸摸善後，我冷靜得不可思議，甚至還能為健保掛號費心疼，一邊自我安慰難得像個成年人靠自己搞定糾紛，一邊思考陷害我的到底是哪個鬼，宛若遭追獵般直接逃回「虛幻燈螢」。

一路上我都不敢吃止痛藥，就怕昏昏沉沉又被惡鬼逮到可趁之機附身。

站在咖啡館大門口，我很沒種地拿出礦泉水，面對刑玉陽我就眞的需要吃藥了。

嗯，不管是不是心理作用，吞下藥片後我立刻感覺好多了，從廚房後門摸進去遮遮掩掩朝刑玉陽打個招呼，他似乎很忙，沒看清楚就放我上樓，幸運！

我一拐一拐到客房拿了睡衣和備用的內衣褲，齜牙咧嘴洗了個熱水澡，擦乾身體找出醫藥箱，重新消毒傷口包紮，連開好幾片痠痛貼布往身上貼，動作麻利專業，超佩服自己。

我躲進被子裡瑟瑟發抖。又做出錯誤判斷，不該把許洛薇留在李家嗎？還是連這點鬼伎倆都能差點被害死的我太沒用？想太多無濟於事，先睡一覺再說。

我用手掌抹了抹濕漉漉的臉頰，不好意思用刑玉陽家的棉被擦眼淚。

可惜睡到一半我就被在浴室發現血衣的刑玉陽叫起來罵，再被聞風趕至的主將學長訓了第二回，最後還被兩名學長要求檢查傷口，不得不撩起衣角讓他們看看我的腰，主將學長的表情好像我去殺人放火。

我不想給他們添太多麻煩，況且是自己就能處理的事情，換成學長們受傷也不見得會當下就Call我幫忙吧？刑玉陽被推下車站樓梯那次還不是自己去住院手術，我的傷勢還沒他鎖骨骨折嚴重呢！眞搞不懂他們爲何超級生氣？結果還是被禁足了。

Chapter 04 /

玫瑰的封印

被禁足也有被禁足的好處，我和李心玲的線上互動時間一下子增多，無形中相當於我對這個國中小女孩施加安全監控。

「小艾姊姊，如果惡鬼趁我睡覺時偷偷過來怎麼辦？」李心玲隔著電腦視窗訴苦。

在國中生眼中，遭鬼怪作祟固然可怕，但援兵出現後也很奇幻刺激，利用這份孩子氣的幻想減少保護她的阻力，何樂而不爲？

「我派我的守護神過去保護妳了，雖然妳看不到她，記得每天偷偷磨一杯咖啡粉供奉，我的守護神喜歡咖啡。」我不忘幫許洛薇改善勞動待遇。

她點頭如搗蒜，又告訴我明天準備偷偷和哥哥溜去看精神科醫師，彷彿進行一樁了不起的祕密行動。

「太好了，記得告訴我結果。」我披著寬大浴衣遮掩傷處，不想讓李心玲或許洛薇發現我出車禍的事，能瞞多少算多少。

到底是誰對我鬼遮眼？我的惡毒祖先兼冤親債主蘇福全？挾持戴太太遁藏的戴佳琬？還是KTV火場的不明邪祟？老家和我有過節的妖怪？或者來源無法確認，純粹因爲我心燈熄滅好欺負就動手的路過魑魅魍魎？

太容易招恨也是很困擾。

一想到以後這些暗殺捉弄會成爲家常便飯，我就非常不淡定地想鑽進紙箱裡，本人雖然怕鬼，但更討厭麻煩事啊啊啊！

許洛薇不在身邊，又差點被車撞死，我變得更加膽小。

她在李家過得還適應嗎？這一點讓我很煩惱。

好不容易爭取來的獨立調查時間也只用在林梓芸身上，我不想就這麼放棄，決定再找一個人詢問——許洛薇的母親。即使只是透過電話聯繫好友家長，這件事光想就讓我起雞皮疙瘩，主要是我不知道怎麼面對許家人，寧可繞一個大圈去找許洛薇的高中同學。

最近幾次聯絡的印象是許爸許媽已經接受許洛薇自殺的結論，家大業大的許家當初絕對有能力動用各種關係調查許洛薇生前的人際關係與眞正死因，若有疑點早就被查出來了，遲遲查不出他殺證據不就更能證明玫瑰公主跳樓是椿單純自殺案件嗎？所以許家並非期望我能找出許洛薇的自殺動機，而是讓安分守己的我住在閒置老房子裡，這點開銷不痛不癢。

現代人已經不守墓了，更沒有父母爲孩子守墓的倫理規範，有個朋友自願像守墓人一樣紀念許洛薇，他們沒理由阻止，許洛薇的名字被一再提起，就好像女兒還活著般，這種心情我並非不能揣摩一二。

我害怕碰觸許洛薇的死亡這道禁忌，也怕許家收回免費住宿特權，寧可低調地活著，希望他們最好忘記我的存在。

現在我卻有更想知道的事，最直接的方式就是詢問許洛薇的母親！

爲許洛薇作篇傳記本來是應付林梓芸的藉口，用在許媽媽身上效果好得出奇，這下我眞得寫篇個人傳記了，這點不難，事後找許洛薇取材再美化修飾就好，當下我得先套出許洛薇不爲人知的高中祕辛。

我向來不喜歡掏挖別人祕密，主要是我也不喜歡被人掏挖祕密，女生往來之間不知道爲什麼，很容易出現這種情況。有趣的是我和許洛薇很少深入彼此私事，都是愈來愈熟後自動爆料居多。

反正對方死都不說的保留地帶，我一開始便不會想到要去問，蘇晴艾就是這副脾氣。高中生活正是一個我和許洛薇都不會主動去提及的話題，我的部分沒啥好隱瞞，只是幾乎忘光了，彷彿用漂白水洗過一樣。

如同林梓芸自認學生時代缺乏刻骨銘心的成分，我亦如此，沒意義的人事物自然忘得快，我對自己營養不良的青春毫無罪惡感，那時候我在人群中只感到彆扭厭煩，後來大學時代也唯獨一個柔道社讓我留連忘返。

「小艾眞的想爲薇薇寫篇個人傳記的話，阿姨贊助妳一點費用怎麼樣？唉呀，支票本放哪去了……」貴婦人輕聲細語地說完開始窸窸窣窣尋覓物品。

「不用啦眞的不用！阿姨，我只是想請教妳一點薇薇小時候的事情，我打算從她小時候開始寫！」我連忙打斷她。

「小艾怎麼忽然想到要做這件事呢？」許媽媽溫柔的話語足以融化任何防備，對我這樣的孤兒更是最終武器，許洛薇也常說拿老媽沒轍。

「薇薇已經走了快三年了，我怕這樣下去關於她的記憶會愈來愈模糊，那個……說不定阿姨和叔叔看到薇薇的傳記會高興，我想把它當作一份禮物謝謝你們的照顧。」

電話彼端傳來感動的抽泣聲。

於是許媽媽知無不言從許洛薇咬奶嘴包尿布開始說起，沒想到許洛薇幼稚園起就喜歡窩在房間看書（這點超級出乎我意料之外），許爸爸於是很高興地買了許多色彩斑斕的童書給心愛的女兒。可惜許洛薇對兒童版自然科學和經典文學的興趣僅止於剛開始那幾年，國小開始接觸言情小說和動畫遊戲，後來便毫無懸念地沉迷類型小說與各種微妙題材，導致她對現實世界適應困難，俗稱中二病。

小孩子對格格不入的異類是殘酷的，而好吃懶做的許洛薇是實際的，她老早就知道家裡舒服又安全，也沒興趣爭取庸俗凡人的認同感。

雙親畢竟還有理智，幫許洛薇轉了好幾次學，想讓她擁有正常童年和學校生活，只是許洛薇從來沒遇到讓她特別感興趣的對象，無論男女。

許媽媽當然沒說得這麼露骨，這是我綜合談話中各方面蛛絲馬跡分析的大概，小時候許洛薇學期成績單的導師評語永遠是：蕙質蘭心、文靜寡言。說得難聽點就是自閉，就連那種會炫耀家底招人嫉恨的少爺小姐都比她富有社會性。

「那時老師還很擔心薇薇是不是眞有自閉症，勸我們帶去醫院檢查。」許媽媽嘆了口氣。

「才不是，她只是太專心，喜歡一件東西時其他都懶得顧了而已。」比如腹肌，還有腹肌，就是腹肌，她到底幾歲迷戀上這鬼玩意？

「還是小艾最了解我們家薇薇。」許媽媽已經有些哽咽。

按照童年時期的性向發展，得天獨厚的家庭，包容溺愛的雙親，許洛薇應該是進化爲終極的OTAKU，靠遺產一輩子家裡蹲也很幸福才對，到底受了什麼刺激反而走上校園美女偶像的張狂道路？

按照少女漫畫發展，一定是愛上某個男人，自慚形穢之下浴火重生，可能有這麼個混蛋人物存在！我飛快胡思亂想，並用原子筆在便條紙上記下重點：許洛薇告白失敗，厭男傾向，只承認虛幻的美男子，現實中異性價值比不上一塊腹肌，爲了報復男人讓他們勤練腹肌飽嘗節食的痛苦……雖然很扯，但以許洛薇的思路推測並非不可能，這才是最玄妙的地方。

許媽媽說完許洛薇報考高中的災難事件後話題戛然而止，我的思維正發展到一半，硬生生被掐斷有些不滿。

說下去啊！怎麼不接著說呢？

「小艾，電話講這麼久妳一定累了吧？那篇傳記隨時都可以拿給阿姨看，不用等到寫完，其實我現在就好想看呢！」她優雅地輕笑兩聲。

又來了，每次提到許洛薇的高中生活許媽媽馬上岔開話題。

「阿姨，妳不說我沒辦法寫呀！」我的聲音聽起來很懊惱。

等等，許媽媽這種煙霧彈戰術不是第一次了，打從我和許洛薇同居當室友開始，她就經常打電話來詢問女兒情況，後來則是我有自覺地主動回報，一來一往不經意交流過許多內容。

貴婦人能和我聊的日常話題不外乎兒女經，關於許洛薇的毛病和喜好我很快就瞭若指掌，但她沒說而許洛薇從不提起的部分，我便一無所知，由此可見許媽媽是個相當聰明的女人。

許洛薇的公關天分大概是遺傳自母親吧？我向來都是讓這位貴婦人掌握主導權，一來她的確是相當關心我的長輩，二來也是各種虧欠心情使我無法向這個痛失愛女的母親築起高牆。

「呃……」貴婦人的語氣流露一絲遲疑。

回憶許洛薇各種腦殘兒童歡樂多的記錄，我靈機一動。

「薇薇是不是叮囑過您別告訴我關於她高中的樣子？」就像她爲了不想投胎一開始就要求我瞞著自家父母變成紅衣女鬼的事實，顯然許洛薇有要求知情者封口的前科。

「……呵呵。」

果然如此。

許洛薇一天到晚找我玩大小姐管家遊戲，打從大一同宿舍就是玫瑰公主化身，但她私底下在我面前就是個腹肌變態，從來沒想過她面對我也會在意形象？除非這個祕密嚴重到會毀了她大學四年苦心經營的威望，連我也信不過……全身大整型？

不對，畢業紀念冊上的許洛薇和大一我遇見她時差不多漂亮，只是造型氣質稍嫌青澀，這也是同一個人之間的比較級，其他同齡人根本沒得比，高三的許洛薇如同含苞待放的清純白薔薇，保證令人驚艷，更別提後來她染上戀愛顏色的鼎盛時期了。

她長得那麼美，身材火辣，家裡有錢又常出國，許多人都曾懷疑許洛薇是人工美女，我雖不這麼想，類似流言卻聽過不少，只是暗自嗤笑那些酸葡萄想像，我經常捏著室友鼻子叫她起床，見她趴在床上看小說，朝夕相處的直覺是許洛薇全身上下包括大腦都很天然。

既然不是長相問題，許洛薇為何對她的過去警戒成這樣？我漸漸又從自己的遲鈍麻木中發掘出新的可疑之處了。

「小艾，不是阿姨不說，只是那些事現在說出來也沒意義，更不需要寫進傳記裡，薇薇希望妳對她的印象永遠是大學時代的模樣。」

「我保證不會把薇薇的隱私寫進去，我只是想要知道薇薇高中時出過什麼事？有沒有可能和她的死有關？」

手機彼方傳來長長的靜默，貴婦人可能被我的發言嚇到了。

「小艾，妳還沒放棄嗎？那件事警方已經調查清楚，無涉其他人……」貴婦人難得結巴。

「阿姨，對不起我前面在套妳話，不過我是真的打算哪天一切安定下來要做點東西紀念薇薇，最近我去找她的高中同學打聽過了，我只是不能接受她居然瞞了我那麼多。」我鼻腔發酸，一股腦兒將內心話全倒出來。

「薇薇的好朋友在她面前自殺是怎麼回事？」

有好幾分鐘我只能努力擦眼淚，無法吐出完整句子，貴婦人未曾斷線，靜靜地等著。

「小艾，妳在那間老房子過得還好嗎？」她忽然說起風馬牛不相及的話題。

這是暗示我太多管閒事，準備叫我滾蛋的意思？

「很好……只是前陣子薇薇的雞全病死了……」我有些語無倫次。「我該搬出去了嗎？」

「什麼？我不是這個意思！小艾，妳誤會了。」貴婦人慌張地說。

「可是我自己也不想一直白住，真的很不好意思。」我揪著胸口難過地道。

「妳想住多久都沒關係，有件事我早就想問妳了，只是妳的許叔叔要我再等一等。」

「什麼事？」面紙被我抽完了，該死。

「妳想不想到國外讀設計？加拿大怎麼樣？藝術家在國外應該比較容易找工作，不管怎麼說，增廣見聞對創作總有幫助，將來還可回台辦展覽，錢不是問題，交給我們處理就好——」貴婦人熱切地提議。

「我、我不懂、怎麼突然講這個？」

「不突然，其實阿哲本來計畫大學畢業後就讓妳們一起出國留學也好互相照應，沒想到薇薇卻提早離開我們。妳是個好孩子，阿姨希望至少妳可以幫我們實現這個夢想。」

這種中頭獎的好事不答應就是傻子！

可惜，我從來不認為自己是聰明人。

「我只是薇薇的大學室友，很喜歡她，一直都是，現在也是，我想要幫許洛薇的忙，她一定不是自殺……這份禮物太貴重了，我不能接受，你們能讓我繼續住在這裡已經很慷慨了！」

我費力地表達著心裡滿溢出來的激動。

「還有，不用替我擔心，我去年和老家親戚恢復交情了，當真走投無路時，我還可以回家鄉投靠親戚。」儘管是作古一百多年的瘟神王爺還不同姓氏，但情分上我得叫他叔叔，溫千歲隨時歡迎我去當他的代言人，管飽管住。

「小艾，我們就是擔心妳說這句話。這幾年薇薇不在後，妳對我們愈來愈生分，阿姨知道妳不想麻煩我們，但有沒有考慮過做父母的心情呢？」貴婦人反問。

我完全被搞糊塗了，許爸許媽很親切沒錯，但有必要對我這麼好嗎？

「妳還記得我們第一次見面時，阿姨說過什麼嗎？」

「對不起，我那時候太緊張，記不清楚了。」這是實話，許洛薇曾把我抓回家支援她申請外宿，玫瑰公主家真的很有錢，不只房子像城堡，更可怕的是周邊環境除了花園和樹林看不到其他戶人家。我很怕權威家長對女兒選的室友不滿意、一秒把我刷掉，當時我迫切需要省下房租費用，哪怕便宜一點也好。

——妳是薇薇長這麼大唯一一個帶回家玩的朋友，太好了，希望妳可以一直和我們的薇薇當好朋友。

——當然沒問題。小艾會照顧薇薇，用柔道保護她不被壞蛋欺負。

許媽媽再度重複後，我終於想起接在刻骨銘心的誓言之前的模糊對白原來就是那句話。

當時我對「好朋友」三個字持保留餘地，大一升大二的許洛薇看上去更像找個老實室友當擋箭牌方便酒池肉林，但她後來夜必歸營、更不帶外人回家的表現令我有些訝異，雖然美女一跨進大門就成了衣冠禽獸形象全無，我默默幫她點選魚乾女屬性。

「我沒有說到做到。」想起過去種種情景，如今就算照舊打鬧也只能摸到微涼的氣流，喉嚨頓時冒出一顆大硬塊，怎麼都吞不下去。

「小艾，妳不要太鑽牛角尖，阿姨本來就很喜歡妳，是薇薇說妳怕生不喜歡到別人家作客，要我別為難妳。薇薇走了以後更不知怎麼開口，或許今天是個契機，我一直想認妳當乾女兒，妳答應嗎？」貴婦人丟來石破天驚的一句話。

大概是我遲遲沒回應，她又說：「是我太心急了，妳慢慢想，阿姨不逼妳。」

「阿姨，我只是薇薇的大學同學，和你們也只見過一次面，你們對我這麼好，我真的受之有愧。」

「阿哲夢到薇薇託夢說不想與妳分開，或許我們有家人的緣分。」

我已經向當事人求證過沒託夢，就是許叔叔日有所思夜有所夢而已，不過他怎會夢到我就有點奇特了。許洛薇生前倒是有說過希望有個像我一樣的妹妹讓她過過當姊姊的癮，我也才小她半歲。

「乾女兒和留學的事情我是真的不能接受，」這超乎我的底線了，還不如去當溫千歲的代言人混飯吃。「我現在還放不下薇薇的事，不過我會盡量找時間和阿姨聊天，有機會也會去府上拜訪，薇薇的老家很漂亮啊！」

貴婦人長長地嘆了口氣。「妳的反應就和薇薇以前說過的一模一樣。其實妳很像我的女兒，我只是不想看到這樣一個孩子流落在外吃苦。」

「我像薇薇——怎麼可能？」我嚇得差點拿不住手機。

「正確地說，是像升大學以前的她，有時候則像小時候的她，特別是薇薇形容妳練柔道的狂熱時。」貴婦人語氣流露傷感。

「拜託您告訴我薇薇高中時的故事吧！」我沙啞地要求。

這一回，她沒拒絕我。

□

和許洛薇母親長談一下午，抄了幾頁經書，換好衣服拖著嘎嘎作響的身子下樓討食物，吃飽喝足後我坐在角落思考人生，偶爾抬頭觀察對照組刑玉陽忙碌幹練的身影，每次都接到他丟來的白眼。

刑玉陽將我佔據店內座位的表現當成示威，殊不知我只是想消化一下天上掉餡餅又被自己扔回宇宙的惆悵，這一天就這樣平淡地過去了。

當晚我夢見了許洛薇。

不是正在李家守護心玲的紅衣女鬼打算對我傳遞訊息，而是她從小到大的一生。

我看見一個穿著睡衣披頭散髮卻仍然天生麗質的小女孩，她獨自坐在亂七八糟的大房間中，擺弄著堆積如山的書本，不時抽出這本翻翻那本，將看到一半的書反壓在地上，好不容易選定一疊，就抱著書窩在床上，不分晨昏日夜，讀得不亦樂乎。

小女孩長得很快，但外表更加邋遢了，愛吃零食的後果是身材變胖，熬夜壞習慣使臉上冒出青春痘，大房間裡多出遊戲機和電腦，許洛薇墮落的習性更加令人髮指。另一方面，我也看見坐在國中教室裡的她盯著黑板托腮滿臉無聊，那時許洛薇身邊彷彿圍繞著一團眞空，女生的示好、男生的挑釁一概無反應，下課不是拿小說出來看，就是默不作聲盯著窗外出神，竊竊私語飛不進她的幻想世界。

小學課業對天生小聰明和會走路時就有菁英家教的許洛薇來說易如反掌，同學對許洛薇的印象是高傲怪人。

「薇薇難道不想變漂亮嗎？想要痘痘快點好就要聽醫生的話，媽媽好不容易生了這麼可愛的女兒。」貴婦人拿著藥膏和一碗水果進房間。

「沒差啦！當女生好麻煩，還要來月經，一直流血討厭死了，不漂亮又怎樣？我才不想交男朋友！」中二的許洛薇連回答都那麼中二，不過水果還是乖乖吃了。

這時她已經很排斥家教課，認為浪費時間，功課也掉到後段，父母希望她的童年無憂無慮，並未逼迫得太緊，並認為語文可能是女兒將來的發展目標。

我忽然好希望她永遠都是那副不識愁滋味的傻樣子。

看完小山般的言情小說，為各種遊戲動畫漫畫劇情心動落淚過，上高中的許洛薇終於對外界產生興趣，渴望現實裡也能遇到「特別的人」，夢幻泡泡變薄即將破裂，閒言閒語開始令她感到刺痛，但也令她加倍認定周遭人類的庸俗無聊。

——我才不屑和他們當朋友呢！

不悅的許洛薇無法像先前無知無感時在團體中自然保持中立冷淡的態度，和同儕間的摩擦變多了，有過幾次激烈的言語衝突，不討喜的外表和滿江紅成績惹來訕笑，很快遭全班孤立。

許洛薇的反應很明確：拒絕上學。雙親和導師溝通無果，只好將女兒轉學，接著在不同學校上演著相同劇碼。這孩子彷彿少了根察言觀色的神經。這對擔心的父母在我的夢中交換意見，強逼孩子和對學校施壓都不是好方法，只會讓女兒在團體裡繼續被欺負，再換個環境吧！再不行就養在家裡自學，起碼護她一生衣食無缺沒問題。

大多數人含辛茹苦不就是求個溫飽嗎？做父母的什麼都能給，心愛的女兒生來就不是薪水階級，讓她接受學校教育是希望培養健全人格，認識些新朋友不致於總是形單影隻。不順利就算了，何必讓女兒去嘗那沒必要的羞辱？這時許洛薇的高一生涯已經結束了，堪稱傷痕累累。

再試最後一次吧！他們將許洛薇送到朋友推薦的私立學校，非升學取向，對成績要求不高，選修課程和校園活動多采多姿，學生畢業後大多出國深造，說得難聽點，便是專門收留不成才的富家子弟，替他們營造相對精彩的高中生活。

我凝視著夢中判若兩人的許洛薇，眉宇間尚能看出幾分熟悉輪廓，但陰鬱眼神與粗糙笨拙的外表簡直比我有過之而無不及。她身上那股飛揚跋扈的精神去了哪裡？我只看見破損的蜘蛛網，和憤怒顫抖又煩悶的不耐。

「薇薇，這次一定可以交到好朋友，至少妳國文很好，交個喜歡看書的朋友也不錯！」貴婦人替女兒梳著長髮，編了個俏麗的髮型。

許洛薇沒再回些「我不需要朋友」的中二發言，只是背對母親揚起複雜的微笑，並把劉海撥下來遮住額頭痘痘。

「好，我努力看看。」她盡力讓這句話顯得朝氣蓬勃，仍然掩不住語氣本身的蒼白無力。

任性的許洛薇並非不知回報的白眼狼，她想讓父母放心，許洛薇已在人群中飽嘗寂寞的滋味，獨自一個人反而舒服。然而，小說主角往往有個好朋友一起面對挑戰，分享喜怒哀樂，她也渴望與某人建立特別的關係。

許洛薇企圖印證書本帶給她的價值觀和美好想像，我忽然懂了那句「人生識字憂患始」的涵義。

某種意義上，玫瑰公主始終比我勇敢，命運也的確讓她邂逅了一個特別的對象。

許洛薇所在班級的班長名字叫譚照瑛，她是學校為了教學品質廣告特別招收的全額獎學金資優生，不可思議的美少女。

我想起與林梓芸的那段對話。

「許洛薇高中時最要好的朋友？」

「老實說，唯一的朋友比較接近事實。」

「她是什麼樣的人？」

「我不方便批評去世的同學，客觀地說算是完美吧！」

「去世了？她叫什麼名字？」

「譚照瑛。」

□

雖然被車撞到的瘀傷相當有感，慢慢騎機車還是可以的，我已經很習慣去車站接送主將學長，除非主將學長還要去其他地方才會另外租車，只在「虛幻燈螢」停留就是由我們接送。

明天我就要去李家接許洛薇，礙於這身子不適合長途騎車，我只好選擇大眾交通工具，殺手學弟還沒回來，主將學長決定回程時陪我去李家一趟，反正他們就是不想讓我落單。

「學長今天要去社團看看嗎？」

「葉世蔓和他阿公回澎湖處理護身符的問題，妳又受傷，聽說最近社團都沒人，看來去運動一下也好。」主將學長說。

過去主將學長時代高手如雲的柔道社如今七零八落，我立刻赧顏了。「我馬上發簡訊告訴大家你要來。」

現在是早上，我們從車站直接騎到學校，他陪我去母校圖書館借書，晚上大家沒課才是社團聚會，主將學長想去體育系探望老師，我一拐一拐地走著，速度很慢，春天涼風讓虛弱的我有點冷，偷偷落後一點想借主將學長的魁梧身材擋風，豈料他馬上又調整腳步與我並肩。

「李家那邊有進展了嗎？」主將學長問。

本來決定要靠自己幫殺手學弟和他男朋友，結果又麻煩學長了，我實在抬不起頭。

「目前還好沒出什麼事。學長真的不用特地陪我去啦！」我彆扭地說。

「是誰過馬路看錯燈號被車撞？」他嚴厲地看過來。

我努力將自己縮小。

「反正我北上回去工作順路，只是中途停下來陪妳去李家，回程妳說會找戴佳茵一起走，確定她會來？」主將學長不放心地確認。

我點頭如搗蒜。

「真的，我們都約好了，她每個月要回戴家一趟整理環境，我剛好可以跟她去，她再陪我回家，戴姊姊說很久沒去朋友家作客，工作又悶得很，我想招待她來老房子住兩天，她想順便學幾招防身術。」

戴佳琬的相關災難中最大的好處就是我和一些人加深或新締造了友誼，其中也包括了戴佳茵，她是戴佳琬的姊姊，目前擔任戴家家主鎮守本家，不讓戴佳琬有機會取得根據地增強力量。她本人並不住在那裡，陪戴佳茵定期去戴家打掃或面試男租客是我們委託她當家主的合作條件，唯有防守住戴佳琬，我和刑玉陽才能得到更多安全。

戴佳琬的執著目標是刑玉陽，但她很討厭多次壞事的我，不能排除鬼遮眼凶手是她，倒不是說這個生靈化魙又割喉上吊的怪物想殺我，就像老符仔仙也曾戰略性地將刑玉陽推下樓梯，我可以是戴佳琬再度對刑玉陽下手的跳板，她大概覺得我被車撞一下死不了。

「學長，KTV大火時死得蹊蹺的服務生你有查到特別之處嗎？」雖然對主將學長不好意思，但我還是很想知道有關楊亦凱的情報，畢竟是新的靈異威脅裡首先出現的受害人。

「小艾，我雖然在派出所工作，卻沒那麼神通廣大。」他垂眸看我，客觀地說主將學長絕大多數的工作都和刑案啦凶手啦無關。

「欸，學長太厲害了，總覺得你有辦法。」我真誠地說。

「這次我是有辦法，但這種做法太頻繁會使人懷疑。」他用手背敲了敲我的頭才補充道。

原來和上次戴佳琬起頭牽連了鄧榮和吳耀銓的蹊蹺連環自殺是同一個情報來源，主將學長出色的身手與正義感，以及他那經常遇見犯人的高逮捕率，使他認識不少跨轄區職等的警界前輩，其中就有個愛好蒐集靈異案件和懸案的老刑警。

向來不信鬼神的主將學長一改鐵齒作風打聽起幽玄詭祕，快退休的老刑警大悅後繼有人，秉持教育後進的熱情一股腦兒分享威逼利誘辛苦得來的奇聞異事，否則年紀輕輕根基不穩的主將學長又怎能在偵查不公開原則下從別的警察那邊弄到諸如神棍死法的詳細內容？結論還是得靠老刑警的人脈和獵奇怪癖。

作為戴佳琬的同校學長且在家屬優先聯絡下第一個趕到自殺現場的警察，關注鄧榮和吳耀銓這對神棍死法都還算在情理之中，但這次再去找老刑警泡茶聊天打聽楊亦凱的消息，對方已經覺得不太對勁了。

——鎮邦啊，怎麼你的學弟妹常常出事？我有印象你們那間學校自殺案子多得邪門，你們這些小朋友別惹到不該惹的東西才好，聽老人家的話準沒錯，不過真要遇上怪事，記得和阿北分享捏～

主將學長引述老刑警的發言。我只能乾笑著邊掉冷汗邊誇獎他本領通天，並要他別再賣關子了。

「我把楊亦凱生平資料發到妳的信箱了，妳有空自己看。告訴妳這些是希望妳能有所提防，不是讓妳胡亂涉險。」主將學長語重心長地警告。

「我明白，謝謝學長。」

我趁主將學長走進體育系辦公室找老師敘舊時，站在走廊上打開剛剛借主將學長分享網路下載好的檔案飛快閱讀。

楊亦凱，二十四歲，炻泉私立中學畢業，出國留學一年即因家中變故返台，此後未繼續升學，父親是全台前五十企業排名其中一家董事長，五年前爆發內線交易醜聞和掏空案與賄選事件，被起訴入監服刑，家道中落後只剩楊亦凱與母親相依為命。

那個服務生原來有段不平凡的來歷。

主將學長給我的那堆資料中甚至包括了ＫＴＶ那棟建築物的土地歷史，但我的眼睛卻被開頭某個名詞抓住。

炻泉高中。

那是許洛薇轉學流浪生涯就讀的最後一間高中。名稱夾帶了很少見的字，雖然是有邊讀邊但我還得上網查過才知道怎麼唸。

背脊竄起一道寒意，楊亦凱有可能和許洛薇同屆？起碼可以篤定最多差一屆，曾經在相同時空背景中求學，可惜玫瑰公主的畢業冊沒在手邊，只能回去再確認，但我之前從畢業冊篩選商談對象時沒發現異常之處，顯然楊亦凱並非許洛薇的同班同學。

我快速回想許洛薇的同學林梓芸，她曾說過一句話「最近又有高中時認識的人去世」，當時沒特別放在心上，就是被死亡的關鍵字眼撩了一下，現在來看不尋常的是「高中」，以及

「又」這兩處地方。

高中時，許洛薇所在班級曾經出過事，一個品學兼優的女孩當眾上吊自殺，這個人還是許洛薇的好朋友；四年後，許洛薇從系館頂樓躍下當場死亡；再過三年，確認是同校關係的落魄青年被困在火場中神祕喪生。

這條時間線不看還好，一拉出來簡直恐怖得要命。

得拜託林梓芸帶我去楊亦凱的公祭告別式，如果能將許洛薇帶到現場，說不定她會想起一些事，我顧不得此舉會不會引起火場怪物的注意，或者像蘇家族長說的招惹其他業障。

好不容易在許洛薇的死亡失憶謎團裡找到一個結了，無論打開這個結會釋放出什麼，我都必須一試。

主將學長請賜給我力量！

辦公室裡的主將學長發現我透過窗戶在看他，揚起一抹陽光笑顏，舉起手搖了搖，示意他很快就好，我搖搖頭表示請他和老師慢慢聊沒關係，又轉過身靠著牆壁發呆。

人的回憶不就是這樣？過去的經常就是過去了，畢業以後，曾經朝夕相處的團體分解成一個個男女，各自在社會中進退浮沉。一張早已完成的拼圖不知何時缺了幾塊，大多數人並不特別在意，我不會去想高中同學有沒有少了幾個，更不期待別人會想起我。

那些佚散的碎塊，如今只能在教室裡被回憶著，又或者有人認爲事情還未結束？

「小艾，妳還好嗎？」主將學長在我肩上拍了一下，我猛然回神。

「學長，你和以前的老師聊完了？你們都說些什麼？」我還肩負著八卦的重責大任，務必把主將學長近況散播給柔道社夥伴，提供大家歡樂泉源。

「沒啥特別，我的工作和體育系近年發展，也有聊國手選拔的事情，老師希望我再去試試。」主將學長說。

整個社團都知道主將學長在警察柔道比賽裡仍舊是一面倒的屠殺記錄，難怪他的老師會心癢癢。

上次奧運比賽，曾取代主將學長成爲國手的混血兒並未得獎，但仍被視爲有奪牌希望的代表選手，目前正在各大比賽中衝刺世界排名以取得下屆奧運參賽資格。代表隊名單難免更替，許多人搶破頭爭著進去，感嘆的是這個風起雲湧的競技世界離現在的主將學長似乎非常遙遠。

「那學長你怎麼回答？」我不禁屏息。

當初的國手選拔賽，主將學長是在雙方僵持不下的黃金得分時間犯規被判落敗，就結果而言，摔倒人的可是我們家社長！我相信如今再來一次選拔賽對他只是小菜一碟，這是我對主將學長進化程度血淋淋的親身體驗感想。

「我很滿意目前的生活，現在柔道比賽規則隨奧運四年一改，不管是訓練方式或規則限制都不符合我的興趣，比如說不能攻擊腰帶以下部位，這對小艾這種重心低的嬌小選手就比較吃虧，而且練柔道就是要和不同性別、體格的對手自由交流才有意思。」他看著我笑了笑。

我猛點頭，最喜歡的朽木倒和抱腿小內刈都不能在比賽用了。總而言之，主將學長喜歡社團大亂鬥那種風格，本人頗具同感，但眞心不想遇見他這種災難級的對手。

我們往停車棚邊走邊聊，忽然間我渾身冒出一股惡寒，下一秒空中飛來沉重花盆。

要被砸到了！受傷僵硬的身體不聽使喚，我杵在原地，主將學長猛力一拉，我跌出兩步，扶著他的身體保持平衡，匡噹一聲陶製花盆在我腳邊碎開，黑色泥土灑了滿地。

我愣愣看著地上七零八落的球根，冒出一身冷汗，主將學長同樣驚疑不定。

三樓某處後陽台上，不知是哪個特別熱愛園藝的教授老師掛出鑄鐵花架擺起一排盆栽，奼紫嫣紅中少了一盆，格外突兀。

我們行走的位置和建築物後陽台之間隔著杜鵑花叢和行道樹草地，根本不可能被掉落物砸到，那個盆栽應該好好待在鐵架裡，更非會被風動搖的分量，何況剛剛根本沒有起風！

那處後陽台一開始就空空無人，爲何我毫不意外？萬一暗算發生在夜晚視線不明時我又獨自一人，搞不好就完蛋了。

主將學長還握著我的手，緊得有點發痛，我對他的神速反射動作是感激又惶恐，幾時我才可以靠自己躲過妖魔鬼怪加害？

「是妳說過的那個冤親債主？」主將學長眉心隆起，相當生氣。

「不知道是不是冤親債主，只是很確定我被作祟了。」我被主將學長一路揪離學校載回「虛幻燈螢」，晚上社團聚會也取消了。

許洛薇一開始就說過學校裡還有其他鬼，但哪處地方沒死過人？孤魂野鬼本來就是正常現象，這件事我一直沒放在心上，倘若我錯了呢？

心燈熄滅，意味著什麼玩意都能欺負我，多虧許洛薇的預先保護，我並未感受太大不同，如今許洛薇暫時不在我身邊，倘若這才是我命運中會遭遇的常態？

咬緊牙根忍下那陣突襲而至的顫抖，我甚至不是眞正的陰陽眼，柔道也只是半吊子，光是對付冤親債主已經用上我所有的勇氣了，玫瑰公主則是我死撐不敢陣亡的主要理由，被所有異類追趕玩弄的人生我承受不了。

要是被弄死的理由是好欺負，我才不可能嚥下這口氣乖乖投胎，一定當厲鬼！搞不好還是比赤紅異形或黑泥皮囊還恐怖的怪物，變成瘋狗什麼都咬。

「學長，我也很生氣。」我站在「虛幻燈螢」大門前對主將學長開口道。

「我眞希望敵人看得到、摸得著。」他抓握手指，彷彿那團空氣是某個人的脖子。

連一出事就往「虛幻燈螢」逃跑避難的情況都讓我憤怒，明明沒有這項待遇會更糟，我卻覺得好窩囊。

刑玉陽站在屋簷下，看著我一拐一拐走向他，再與他擦身而過進入屋內。

他沒說半個字，我卻從他泡咖啡的動作中感覺出沸騰怒意。

「他不是氣妳。」主將學長輕撫快哭出來的我。

我知道，但我卻好氣一事無成的自己。

Chapter 05 / 告別式的人們

接回許洛薇的過程很順利，我懸在喉嚨口上的心臟在看見好友熟悉的鮮紅身影後終於能落回原處，許洛薇乖乖坐在客廳等我，再度重逢時我對玫瑰公主多出許多複雜感受。

許洛薇倒沒像我這麼多愁善感，一星期守護任務對她來說是趟新鮮有趣的離家體驗。

還是先關注李心玲和楊亦凱的問題吧！這兩個定時炸彈不知多久會爆炸。

好消息是我盧到林梓芸答應帶我去參加楊亦凱的告別式，原來她與楊亦凱是社團學長學妹關係，差了一屆，她會答應還是多虧我告訴她，我和楊亦凱在那場ＫＴＶ大火中有過交集想去致意。

楊亦凱在校人望似乎不低，許多他的老同學和社團成員自願協助喪禮事宜，減輕痛失愛子的母親負擔，據說儀式場地頗氣派，連林梓芸這個孤僻學妹也參與幫忙。

有件事值得一提，由於楊亦凱的死牽扯最新靈異威脅，我便有藉口詢問許洛薇高中同學的事，她還在生氣我瞞著車禍沒說，被我這一問轉移注意力，痴呆了好幾分鐘後才回答沒印象。

當真沒印象還是像我一樣涉及嚴重傷害而選擇性遺忘？總之我相信炻泉高中這條路線走對了，但要深入調查可不容易，不能驚動許洛薇，她如果也想記起回憶與我攜手查明真相就好了，這段相處時間我的感覺反而是她相當忌諱碰觸特定過去。

宛若一破裂就會大出血的傷口。

和她當了快五年的室友，我早就習慣從許洛薇的行為而非言語來判斷她的感受意圖，如果那是她認為為了維護現狀必須覆蓋遺忘的記憶，強行在她面前掀開就不會有好處，甚至可說是具有危險性的事，例如我最在意的玫瑰公主本身存續問題。

接著就是等後天楊亦凱的告別式到來，在這之前我要確認的事情堆積如山，還得招待戴姊姊。卡著傷勢未癒，我把教戴姊姊防身術的重責大任丟給柔道社，叫沒課的社員全滾過來和大姊姊聯誼，直接幫戴姊姊開了兩個全天營，這才真的有教學效果。她學得開心，我來回老房子和「虛幻燈螢」忙調查的事，兩不衝突。

我喘了口氣，拿起手機卻不是很想撥通號碼。

短短幾天內我就被超自然力量暗殺兩次，問起李嘉賢對他家租屋經歷的調查，但他總是支支吾吾說這事不好辦，我猜是他拉不下臉來詢問大樓住戶，加上妹妹願意就醫開始吃藥，一整個星期沒出事，貌似情況有好轉就怠惰了。

過來人的經驗就是這時候最容易出事，我可絲毫不敢鬆懈，偏偏少了殺手學弟這個機動戰力，聯絡起來束手束腳，其實沒消息就意味著進展不佳，這道理我也懂，否則李嘉賢還不趕著報告消息？

總歸有空多問問！沒進度也要催，殺手學弟回來前，我得替他出這份力顧好李家才行。

打了李嘉賢的手機他沒接，過一會兒他回撥了。

「向你家租房子的人那邊有沒有可疑線索？」我剛接起電話劈頭就問。

「我問爸媽，他們都說沒有奇怪的地方，好不容易把他們哄出去，我找到家裡的出租契約，聯繫每位租客以確認是否健在，有的沒留正確地址或手機號碼換了，我又輾轉打聽他們目前的聯絡方式。」李嘉賢的口氣有些無奈，大致上算積極。

我錯怪他了，不愧是高知識分子，有心辦事還是很不錯的。

「然後呢？有沒有特別值得注意的對象？」

「有位女性三年前去世了，是三十五歲的英文補習班老師。」

「你不早點說！」

「我正要聯絡，妳就先打來了。」

「那位補習班女老師怎麼死的？」

「我問我媽，她本來不肯告訴我，後來勉強說在附近出意外去世。」

「附近？不是家裡？」這點與我想像不符。

「我覺得她口氣有所隱瞞，就向大樓住戶探聽，他們說那個女老師深夜外出遭歹徒姦殺，第二天才在防火巷裡被人發現，聽說心臟本來就不好，可能掙扎的時候發病，歹徒到現在還沒抓到。」

「按照這種死法，若向你家作祟的鬼眞的是女老師，她的恨意應該不小。不過要找也是找那個強姦犯，怎會找你妹妹？當然不排除是找不到強姦犯加柹子挑軟的捏。」迷惑我被車撞或拿花盆砸我就更莫名其妙了，果然還是別隻鬼所爲？

「我媽認爲沒理由懷疑那個女老師，她的房間之後還有租給其他房客，也沒出過事情，就是小艾妳來我家作客時住的那間。」

「我咧！」好吧！當時李嘉賢不知租房歷史，我也的確對房間沒啥感應。飛快用關鍵字上網查了查，三年前的網路新聞只剩下一兩篇強暴犯報導，當初就不是震驚社會的大案，大致內容和李嘉賢說的差不多。

「呃，小艾，有件事想問妳……」

「說吧！不用呑呑吐吐。」

手機彼方的男人仍舊扭捏著難以啓齒，習慣和殺伐決斷的男女打交道，我發現自己眞的很不懂怎麼應付李嘉賢這一型的人，往好處說是細膩謹愼，這大概是他吸引殺手學弟的地方。

「世蔓回澎湖後有和妳聯絡嗎？」

「我有打電話給他爺爺關心近況，葉伯說學弟在閉關除穢，我就沒打擾，怎麼了嗎？」

「他一次也沒和我聯絡過，我有點擔心。」

這麼說我也是自從殺手學弟搭飛機回外島的當天之後就沒聽過本人聲音，但我相信葉伯不會騙人，加上他們回澎湖老家的計畫我也向堂伯確認無誤，蘇家族長還得緊急多找幾個耆老來王爺廟暫替葉伯的桌頭工作。

「他應該有和你解釋要請專家處理，聯絡上比較不方便，有吧？」我試著安撫李嘉賢。

「有是有，我只是擔心他。」

情侶之間沒偷偷訴衷腸的確不太尋常，尤其殺手學弟又不是乖小孩，說他有多守規矩我才不信。「沒關係，我幫你打聽一下。」

我在李嘉賢的迭聲道謝中收線，有點難過他們這種禁忌之戀連普通地打電話過去問候愛人近況都辦不到，更怕傳簡訊留下蛛絲馬跡被懷疑。

「薇薇，妳怎麼看？」我問正專心盯著腹肌動態桌面補充能量的許洛薇。

「殺手學弟呢？他怎麼還沒回來？」

「我是問作祟惡鬼的事！妳滿腦子只有小鮮肉嗎？」

「當然！」她恬不知恥地回應。

「妳待在李家時到底有沒有搜集到有用的情報？」對付許洛薇，只問一次話就太天眞了，同一個問題在不同時間她的答案經常反反覆覆。

「要是有我會不告訴妳嗎？早就說過我這種level的大飄進到那邊，其他鬼都不敢來了妳還不信！」許洛薇用指尖描繪著螢幕上誘人的肌理線條，眼神無限愛戀。

「當時我們的優先目標是保護李心玲，不是讓妳躲起來了？」

「我又沒跟妳一起離開，有點腦子的鬼搞不好就猜到我留在李家了，再說鬼又不是用眼睛看東西，感覺到我在那邊就不敢來也很有可能，我可是連一分鐘都沒擅離職守。」

她轉頭正色看我，姣好臉龐一片清明，真難得玫瑰公主能理性對話。

「那妳待在李家時，也沒遇到任何道士法師或業界人士驅魔辟邪的法力？」李家有沒有繼續請人這一點我可以透過那對兄妹打聽，但玄之又玄的法力就只能問許洛薇的親身體驗了。

「我偷聽他們家人對話，是有打算請人來作法，但對方臨時變卦不來了。」這隻紅衣女鬼還一副遺憾的樣子。

「還有一個問題，李心玲在房間裡獨處時，有表現出思覺失調的症狀嗎？」按照李嘉賢帶妹妹去看精神科的結果，醫師判斷她在學校失憶脫序行爲是明顯的解離症狀，便開了些藥物讓她服用。

「沒有，這倒是有些奇怪。通常思覺失調都伴有某種妄想，不過在早期妄想症狀還不明顯時就開始治療效果也最好。」許洛薇托腮說。

「那麼就還不能肯定她是精神病或是遭附身了？」

「說不定是兩者皆有，中間有點因果關係。刑玉陽不也說過，自家魂魄沒附好的肉身會引發外靈覬覦嗎？」許洛薇上下打量我。

「妳想說啥就直說。」

「小艾，妳現在是心燈滅了的倒楣體質，會不會是妳到李家時把那隻鬼引走了，才會變成小妹妹和我這邊沒事，妳那邊出事的狀況啊哈哈？」

妳還笑！

「雖然不能說絕對不可能，但妳和刑玉陽都說鬼魂移動有限制，不能過河就是一個。」

「那是指沒人供養的新鬼，老鬼或戴佳琬和我這種特例就不一定了。要是找得到對象附身，或是本身被某種存在控制的鬼，例如修道者或陰神養的鬼，那就什麼地方都能去。」許洛薇很現實地說。人有百百款，鬼當然也有。

「好煩啊！」我將今天起床就沒梳過的頭髮抓得更亂。

「這麼多鬼東西妳應付不來，眞要不行，妳乾脆回老家就業當通靈人，叫溫千歲養妳算了。」許洛薇冷不防說。

我一愣，她開始對我們的人鬼同居關係生膩了嗎？還是我一直使喚她，許洛薇不高興了？

「那妳怎麼辦？」我還沒告訴她，許爸許媽想認我當乾女兒還送我出國留學呢！

「該怎麼辦就怎麼辦，回學校睡覺等投胎唄！」許洛薇倒是想得開。

「妳玩夠了？」

「當然還沒！」她轉了轉眼珠，臉龐多出一抹哀愁。「可是小艾妳這樣一直受傷，我在也沒比較好。」

「妳在當然比較好！當時要是妳在我旁邊，說不定就能看見拿花盆丟我的鬼長什麼樣子了！它可是在『我們的學校』對我出手耶！妳還想在有那種混蛋的學校睡覺嗎？」我一回想又再度沸騰了。

「對喔！朕的臥榻豈容他人酣睡！」許洛薇終於明悟了。

許洛薇的迷霧過去總算出現曙光，局勢正看好中，就算來亂的惡鬼很多我也絕不放棄！

這時手機裡有通未知來電響了，我與許洛薇對看一眼，她比了個接電話的手勢，我苦著臉照做。

「小艾學姊！終於聯絡上妳了！」

「是殺手學弟，說曹操曹操到。」我拿著手機湊向許洛薇的臉。

「問他還要在澎湖待多久？」許洛薇嘟著紅唇用奶聲撒嬌。

「學弟你結束閉關了？」我低沉冷靜地問。

「誰告訴妳我在閉關？」他的語氣好像覺得很不可思議。

「你阿公囉還會有誰？」

「我被阿公關在倉庫裡，只留一條短褲，其他東西都被沒收，想找妳求救都沒辦法！」殺手學弟大吐苦水。

殺手學弟和我都小看了玉墜破裂的嚴重性，葉伯和殺手學弟剛回到澎湖老家，這位龍精虎猛的老人趁半夜領著一群鄉親把自家孫子給圍了，不顧殺手學弟抗議逕自將他監禁，數落他破戒後沾染太多髒東西和不良習性（聽到這裡時我和許洛薇眼神飄忽了一下，聯想到很多方面），需要徹底淨化，起碼也得恢復當乩童時的水準，葉伯才好意思押著孫子去請天后再度開恩保佑。

苦其心志，勞其筋骨，餓其體膚，這就是一星期來殺手學弟的閉關生活，最可怕的是這份考驗沒有截止日期。

「阿公好像想趁這興頭讓我再當回乩童，一直說我如果不肯為神明辦事，憑什麼拿神明的好處，其實我又不介意和凡人一樣靠自己。」他氣沖沖地抱怨。

「葉世蔓，」我難得正色叫他的名字。「我和專家討論的看法是，通常有資質代言神明的人，命中都帶著某種劫數，神明沒事不會去打擾一般人的生活吧？」正抓著公共電話話筒的殺手學弟語塞。趁他沒話說，我提起李嘉賢剛剛才問起他的事，要他記得向男友解釋，然後將一星期來我遇到的襲擊和調查成果告訴他，順便炫耀一下我要去參加楊亦凱的告別式了。

「學姊，等我，我馬上趕回去！」

「等等，先給我講清楚，你是怎麼跑出來打電話的？」

「阿公聯絡到當初為我製作玉墜的齋堂先生，去福建請對方幫忙製作新護身符，換我的堂弟來送飯，我就沒必要客氣啦！」殺手學弟輕描淡寫，聽上去仍然相當凶殘。

「所以你閉關沒閉出成績，來湊熱鬧有什麼用！至少也弄點對大家有幫助的道具再說！」我叫他立刻回去蹲倉庫。

「小艾，妳好冷血，人家明明對我們這麼好。」許洛薇見腹肌回歸之日愈來愈遠，用力控訴道。

現實是殺手學弟有可以依靠的高人爺爺與專業人脈，這樣很好，我怎能眼睜睜讓他和葉伯之間的意氣之爭變成真正的裂痕？葉伯的保護正是殺手學弟所需要的，我這邊也少了個操心對象，至少隔著一片大海，殺手學弟很安全。

「我不會再去當乩童！」

「那是你和葉伯之間的事情，你們談得攏就好，但你之前在王爺廟差點被妖異上身，如果你有辦法變成像主將學長那種超級絕緣體我就沒意見。」

他再度不吭聲。

「我知道你擔心男朋友，會盡量幫你顧著李嘉賢，你快點找到一個對大家都好的解決方法再回來，辦得到嗎？」

「學姊，我不是……」殺手學弟欲言又止。

「好好好，你很熱心，但我還指望你帶點援軍回來，我快挺不住了。」我說完摸摸自己仍然嚴重瘀血的腰和大腿。

「和葉伯好好談談，別吵架，阿公和男朋友都很重要，我沒說錯吧？」殺手學弟經常到我的老家崁底村探望在王爺廟當桌頭的葉伯，一個有戀人的大二男生會對長輩這麼親近，足見彼此感情之深厚，或許葉伯也不放心孫子在台灣讀大學，才會接受蘇家族長聘請來王爺廟做事。

勸退了殺手學弟的衝動之舉，我不禁感慨：「看來殺手學弟那邊也不好過。」

「誰教你們要去蹚別人的渾水？」許洛薇跟著旁聽後不以爲然道。

「我堂伯蘇靜池說過蘇家和冤親債主之間是互相糾纏的大苦陰緣，幫助別人不就是結善緣？說不定這樣能中和一點點回來，蘇湘水也要他的後代行善不輟。」緣分巧妙得近乎詭異，如果沒答應殺手學弟委託，我就不會接觸到楊亦凱的死，進而發現此人和許洛薇之間可能存在某種關聯。

「妳差點就被車撞成全身癱瘓，或被花盆砸成植物人，那樣蘇福全和戴佳琬都會很高興。」許洛薇猛然提起那兩個帶給我刻骨銘心傷害的惡鬼名字，我反射性地抖了抖。「還有KTV火災裡那隻怪，它除了楊亦凱以外還盯上誰？只有妳看見它，是妳的可能性最大。」

我失落了。「要是可以請主將學長傳遞聖火給我就好了，他心燈那麼旺。」想必舉手投足都像用火把毆打企圖近身的妖魔鬼怪？

「嘿啊，眞的很旺。」許洛薇跟著我一起回想，她大概比我看得更清楚，感受更深刻。

「妳還能僞裝成小貓趴在他身上眞是了不起。」許洛薇身上的奇蹟太多了。

她仰頭四十五度角撥劉海：「粉身碎骨，刀山火海，余心之所善兮，雖九死其猶未悔。」

爲何寫楚辭報告時不拿出這份氣魄？妳第一頁就睡死九次了啊！

□

這回出門我做好萬全準備，鹽塊帶了，淨水帶了，許洛薇帶了，聖經和金剛經也帶了。先前我與殺手學弟都感到一股危險快速逼近，這才讓許洛薇留在李家，沒想到遇上麻煩的是我！

許洛薇的高中老同學來接我時，我身邊這隻紅衣女鬼仍沒出現任何特殊反應，彷彿林梓芸只是她看過的韓劇群眾演員。

死後的玫瑰公主似乎不是不願提起，而是把她的高中生活全部忘掉了。我夢到她的童年成長史，到底是我訪談後的想像還是許洛薇失落的記憶，鬼魂記憶有可能像飄落的花瓣一樣，被離她最近的人拾取嗎？和許洛薇生活的這段時間讓我學到非物質生物和活人看似相似實則悖異，比如說，大腦和神經早就火化了，記憶要怎麼存放抽取？

會不會與環境有關？許洛薇還留在母校與鐵杆室友身邊，所以她的大學生活和當下記憶非常正常，如果環境就像硬碟一樣可以幫助鬼魂保持穩定狀態，也可以解釋為何是某個地方鬧鬼而非一個鬼到處作祟了，全台趴趴走的紅衣小女孩例外。

「妳為什麼一直看我？」林梓芸問。

有旁人在，我不能老是盯著許洛薇，只好把視線放在離紅衣女鬼不到幾步遠的林梓芸身上，還能用餘光注意許洛薇。

「呃，我以為妳不會再出來見我了。」我誠實地說。

「我沒想到妳那麼剛好和亦凱社長都被捲入那場大火，說不定楊媽媽想知道她兒子最後說了什麼話，才答應帶妳過去。」文青女孩有點落寞地說。

她喜歡楊亦凱吧？而且是非常含蓄的暗戀。待在不只一個校園偶像身邊見多了各種愛慕者的我有八成把握。這個楊亦凱在父親入獄家道中落前應該也是校園王子之流，還是網球社社長呢！網路生活照停留在他人生中最青春美好的一面，令人眼睛一亮的陽光男孩，和我在KTV看見的那名庸庸碌碌的服務生氣質相差太多，際遇的確會徹底改變一個人。

抵達人山人海的告別式現場後，我不禁慶幸還好事先找林梓芸引薦，否則只靠我還眞沒勇氣走進去，楊亦凱的同學好友大多是富二代，年輕人熱血重義氣，有錢就是任性，租了一間豪華私人會館送別這個不幸早逝的青年，新聞效應之下也有不少民眾來悼念。

上完香後我縮到一旁等待，楊亦凱的母親據說哀痛過度身體不適在休息室歇著，林梓芸去詢問楊母是否願意見我，獲得許可才帶我過去致意，我則趁機觀察來參加公祭的人們。

「薇薇，幫忙找看看楊亦凱在不在這邊，注意他看起來可能不是死時的年紀，找到後不要嚇到他，如果他一時半刻不會跑就帶我過去。」我和許洛薇是什麼？陰陽眼嘛！不用白不用，只可惜她是陰我是陽，四顆眼睛沒組合在一起時能力就容易故障。

楊亦凱是我調查火場怪物和許洛薇過去之謎的雙重線索，就算是鬼我也一定要找到他，或許還能讓他的死水落石出，稍微補償我們沒堅持帶他一起逃走的愧疚。

「了解！」許洛薇慢吞吞地走開了。

「蘇晴艾，妳在哪兒？人太多我找不到妳，楊媽媽在休息室睡著了，社團的人找我聊天，妳可不可以等她醒來？」林梓芸打手機過來詢問。

正合我意，這裡想必有不少炻泉高中校友，還是和許洛薇同屆或差不多時間同校的學生，其中一定有人知道當年譚照瑛上吊事件。

「沒問題，妳先去忙，有人問起我會說是妳帶我來的。」林梓芸居然是接任的網球社社長，真是人不可貌相。

我隨意走了一圈，還是拿不定主意該找誰攀談，來弔唁的一般民眾和死者親友我又不會分，最後又回到一開始站著的柱子後面。

楊亦凱的大型遺照懸掛在五顏六色的蓮花上方，手持網球拍英姿煥發，讓我想起許洛薇的告別式，玫瑰公主臉上蒙著黑紗，身邊環繞無數白薔薇，宛若中了詛咒的睡美人，許洛薇跳樓時頭部著地，當場死亡，楊奕凱也被惡火燒得不成人形，照片依舊記錄著他們美好的姿態。

這時一對中年夫婦前來上香引起我的注意。男人西裝筆挺，質料剪裁卻不是很好，可以看出是成衣西服。我猜他是公務員或辦公室上班族，女人則像家庭主婦，來到會場後有些不安，低垂著目光小步走路，再不然則是貼著丈夫竊竊私語。

不知情的人還以爲是楊亦凱的同學家長，他們上香時身邊沒有其他年輕人同行，我於是確定這對夫妻是特地來參加楊奕凱的告別式。是什麼原因讓我覺得他們和周遭格格不入？明明只是普通的中年人。可能是這對夫妻沒和任何死者親友兼任的接待人員寒暄，從這點看來不像是楊家世交長輩，臉上也沒有熱心民眾的惋惜同情。

中年夫婦抬頭凝視楊亦凱遺照的專注程度來看，顯然認識他，表情掩飾得很好，像是友善的陌生人，但瞞不過我，他們身上有股死氣沉沉的感覺，以及我非常熟悉的怨恨眼神。

我偷偷用手機拍下那對夫婦，他們上完香後匆匆離開會場，彷彿特意來確認楊亦凱的死。

即使我一心想打聽譚照瑛事件，但稍微不愼就會因爲在楊亦凱故舊圈子裡表現可疑而整盤黑掉了，因此以楊亦凱的事優先，見過楊媽媽並有林梓芸帶領走動更有利。許洛薇的事情雖然重要，心急吃不了熱豆腐，我決定退一步耐心等待。

幸好過一會兒就有人主動來攀談，林梓芸大概將KTV大火倖存者的事情告訴同伴，來找我的一男一女都是楊亦凱直屬學弟妹，臉上有著好奇。我們聊起那日的驚險經過，我誇獎楊亦凱自願殿後疏散群眾的義舉，聽得他們連連嘆息。

「可是，你們怎會從聽說堵住的逃生門中出來，而不是和大家一起避難？還有，亦凱學長又怎會一個人困在儲藏間？」那名學妹果然問起不合理的地方。

別說他們，就連當事者本人我都爲楊亦凱的死訊驚愣不已，畢竟我當時完全沒有這個年輕人會詭譎死掉的預感，只當他是個路人甲，那隻煙霧怪還跟著我們，而服務生逃跑的方向又通向大門。

「說出來沒人相信，其實我們遇到鬼打牆才在濃煙中失散了，還是多虧了我學弟有媽祖娘娘保佑，靠他的護身符才逃過一劫……」

要是刑玉陽在現場一定又要笑我扮演神棍了，但我從小就喜歡用對自己最有利的角度說實話，楊亦凱的學弟妹信也好，不信也罷，這是讓他們對我另眼相看的契機，換句話說，找個絕對無法讓人忽視的話題打入內部！

「這太荒謬了吧？」果不其然，女生不信。

「等等，她搞不好沒說謊，妳不覺得那場大火太邪門了嗎？」留著韓星髮型的男生爲我講話。

「不幸已經發生了，我希望至少能警告亦凱的朋友和家人小心一些，我也只能做到這樣了。我的好朋友也是炻泉高中出身，或許冥冥之中有些巧合緣分。」

那兩人立刻好奇起來。據說炻泉高中學生罕有參加校際比賽與公開活動，又非在地人就讀的市區普通高中，保護有錢人子女隱私使然造就神祕低調的校風，大門口站崗的也不是替代役而是軍警背景退休的高薪保全人員，炻泉高中的富二代富三代們在外面很難遇到同樣學校背景的人。實際上炻泉高中也不是啥升學名校，眾人心照不宣，長大後自動模糊校名出身的成功人士大有人在。

從這些學生為學長或同學舉辦的告別式規模看來，他們還是希望為那段青春歲月賦予更多意義，畢業分飛後，和母校有關的人事物總是特別容易勾起你我的注意，尤其是名不見經傳的小學校，想在社會上找到關聯存在又格外困難。

許媽媽還告訴我一個八卦，真正有錢有勢的大家族哪會把子女往炻泉高中這種土豪學校送？不過暴發戶和私生子就另當別論了，兩者兼具的小孩也不少，導致就讀炻泉高中的青少年骨子裡強烈需求認同感，結成不少小圈圈，許洛薇則是無法送出國作菁英栽培的特殊案例。

「妳和我們差不多大，妳朋友家裡做什麼的說不定我認識？」那男生興致勃勃地問。

「她叫許洛薇，她家的集團算是多角化經營，我沒特別留意專長在哪，總之挺龐大的。」我的確不曾研究過許洛薇家的背景，寄人籬下當然要夾緊尾巴低調做事，加上台灣有很多不顯山不顯水的有錢人，只要沒涉及政治選舉或犯罪新聞出來吸收火力，你根本看不見這類強人的一鱗半爪。

「那個許洛薇？」楊亦凱的學弟妹同時倒抽一口冷氣，很好，看來玫瑰公主在高中時代就出名了。

「妳是許洛薇的好朋友，她不是去世了嗎？」

許洛薇跳樓時新聞一時間的確鬧得很大，後來許爸爸不悅媒體愈寫愈過火，找人「關照」後一切便迅速安靜下來。

「她不是去世了嗎？」這句不帶意義的反問意味著可有可無的八卦心理，我記著刑玉陽的教導不先入為主胡亂猜測，普通地回了句閒話。

「但我還活著呀，日子總是要過下去。」我牛頭不對馬嘴的回答，他們居然也深有同感地點頭，大概曾有過交集的對象忽然去世，人們總是會生出一點厭世心情。

那兩人兀自陷入沉思，有時候不說什麼反而能得到更多情報，我感覺現在就像是那種時機，也默默站著思考迄今發生過的千絲萬縷。

「說不定是許洛薇指引你們到那間ＫＴＶ想救亦凱學長，可惜失敗了。」韓星頭男生天外飛來一筆道。

我可以肯定絕對不是！這個楊亦凱的學弟腦洞有點大，但他剛剛那句話透露出不少資訊，眞是太棒了！

「你怎會這樣想？」我壓抑內心狂喜，做出一副迷惑不解的表情。

韓星頭男生張望四周，湊向我壓低聲音：「他們曾經是情侶，亦凱學長當初追許洛薇的時候，我們也有幫忙。」

「你確定？我和薇薇她媽媽很熟，如果她有這個男朋友，阿姨不會沒提過。大學時代我倒是遇過好幾個自稱許洛薇地下男友的痴漢。」更重要的是，許家會把神祕男朋友揪出來查個內褲朝天，壓根兒輪不到我擔心。

他們一聽說我和許媽媽很熟又露出欽佩的表情，看來許洛薇的背景在炻泉高中屬於流星花園F4等級。

「呃，他們沒有公開交往，許洛薇和亦凱學長都很顧忌那個女生。」

「誰？」不會是我想的那個人吧？

「譚照瑛。」

於是他們給我科普了一段她愛他，他愛的是另一個她，而那個她表面上不能愛他的通俗三角關係。

太驚奇了，以致於沒有真實感，就像聽陌生人的故事，但上大學前的許洛薇對我而言一直是陌生人。

「你確定他們私下眞的有交往?」我加重「確定」兩個字。

這對學弟妹眼神飄閃，我在心底嘆了口氣，八卦啊八卦，多少罪惡假汝之名以爲之?要不是過去見多了許洛薇的追求者有多神奇，乍然聽到這個消息我恐怕會傻傻以爲找到關鍵情報。

無法想像許洛薇那個腹肌變態粉紅粉紅地和白馬王子談戀愛的模樣，夢到她的童年更是給我一種象牙塔生物的印象。許洛薇對戀愛充滿幻想，也因此她受不了和一個眞實雄性人類親密相處的各種活動，經常覺得男朋友很煩，想把大蘑菇剪掉。

「你們爲什麼會覺得是三角關係?」我直觀認爲這兩人與話題主角沒有非常親近的關係，頂多算是楊亦凱的支持者而已。

「聽說遺書上就是寫了類似的話嘛!希望下輩子學長願意和我在一起之類的?」韓星頭學弟嘴快說了出來，被女生捅了一下腰。

「這是學長的告別式，你看一下場合好不好?」女生碎碎唸。

「我說那麼小聲沒人聽到啦!再說又不是學長的錯，他從來就沒有給過對方希望，大家怎麼知道校花會跑去上吊?家長還跑來怪亦凱學長欺負他家女兒，學長那時根本是無妄之災。」男生說起這件事仍有些抱不平。

「你們知道有誰看過遺書或知道遺書的詳細內容嗎?」我急急問。

「妳問這個做什麼？」女生防備地看著我。

「你們想不透楊亦凱怎會那樣死去，但如果是冤親債主害的呢？」

這對學弟妹面面相覷，無論他們信不信幽冥鬼神，我的話總歸也算挑明一種可能。

「譚照瑛上吊時，遺書放在教室抽屜裡，同學在老師趕到前拆開來看了，還有人拍照外流，遺書照片在學校的討論區裡瘋傳很久，亦凱學長被那件事傷得很重，差點要轉學，但因爲放不下社團和我們一直勸他留下才沒走。」

我沒辦法單憑片面之辭就相信楊亦凱的爲人，雖然要相信他和許洛薇談戀愛很困難，但這兩個人很有可能私下接觸過，理由則是爲了譚照瑛。

「幫我弄到那張照片，我想搞清楚事情經過，譚照瑛、許洛薇和楊亦凱這三個人都死了，不是自殺就是自找死路，你們不覺得奇怪嗎？」我要求道。

「偶然吧？生命無常……」那男生有些退縮了。

我決定下一步險棋，趁許洛薇還沒回來前展示手機照片。「這兩個中年人你們知不知道是誰？剛剛見過他們來上香，我好像有印象在薇薇的告別式上見過。」

雖然見過這對中年夫婦的說法只是詐對方開口，倘若許洛薇和楊亦凱過去眞的有某種關係，他們可怕的共同點——「喪禮」或許會吸引一些別有用心的人物參加，我自己不就是個例子？

楊亦凱學弟妹仔細端詳中年夫婦的長相，剛開始有些茫然，接著女生露出憤怒的表情衝口而出：「他們來幹什麼？」

「蘇小姐，妳拍到的人應該是譚照瑛的父母，當年他們來學校還有網球社抗議好幾次，還想找亦凱學長去女兒靈前上香謝罪，我們印象很深。」韓星頭男生解釋。

在我的央求下，他們答應只幫我弄來那張遺書照片，互換聯絡方式後他們就走開了，可能懊悔一時好奇給自己惹了麻煩吧？

我繼續倚著柱子，希望能再獲得一些新情報，回頭一定要向刑玉陽炫耀這次的好運氣。

一股細微冰冷的刺痛從腳底竄上後腦，我下意識轉頭尋找不安來源，對角線方向的大廳角落有個黑衣黑褲男人不知看了我多久，視線一交接他就自然無比地調開目光，都快懷疑是自我意識過剩才認為他在注意我，又或者這黑衣男子只是像我一樣隨機瀏覽著參加告別式的民眾。

他的衣著相當精緻，從黑襯衫到黑皮鞋都充滿低調奢華的氣息，那是剪裁設計和材質帶來的直觀印象，高品質產物往往表現突出且不便宜，令我聯想到堂伯的穿衣風格，但黑衣人的風格卻更瀟灑不羈，對方目測約二十八歲，可能更年長一點，但外表很年輕，換上T恤說是大學生別人也信。

葬儀社人員不會穿得這麼奢侈講究，正常人則不會頂著鳥窩頭參加喪禮，那頭鬈髮至少好幾個月沒修剪了，身高中等，比例很好顯得腿很長，整個人卻瘦得像水鳥一樣，我不禁皺起眉頭。長相方面臉蛋倒是很普通，慘了，本來就臉盲症末期患者又長年窩在一堆帥哥美女親友中，我的審美能力已經故障得差不多，既然一身黑又沒幾斤肉，姑且就稱呼他烏鴉小哥吧！

烏鴉小哥發現我在看他，朝我露齒一笑之後轉身離開。

就這樣？

我正遲疑是否要追上那名陌生人前去攀談，身側被輕輕一撞，低頭望去，一個六歲小男孩緊貼著我，滿臉驚懼。

我也滿害怕的，因爲小男孩靠過來的觸感像蒼蠅撞上我的腿，幾乎沒有力道和受力面積。第一次遇上小孩子的鬼，這份衝擊立刻讓我忘了對烏鴉小哥的在意，聽說小孩子的鬼都很凶，我僵在原地不敢動。

「妳看得到我？小姊姊，快點幫我！」小男孩嗓音裡帶著很重的嘶嘶聲，完全就是異類之聲，讓我更加毛骨悚然。

這隻鬼的模樣卻是慌張恐懼的孩子，我深呼吸鎮定下來，直視小男孩鬼魂，他瑟縮了下，彷彿我的目光會將他彈出去，然後發現我的視線傷害不了他，張著好奇的大眼睛與我對看。

我盯著他看了五六秒，轉頭瞥向牆上充滿存在感的遺照，好吧！眉毛和嘴型基本上一模一樣。

「你的名字是不是叫楊亦凱？」他應該比我大一歲左右，死後居然變成小孩子了？

他點點頭，張望四周眼神茫然。「我找不到媽媽。」

楊亦凱的母親明明就在附近的休息室，鬼魂的時空感和活人不一樣，這間私人會館不是楊家，對新死的鬼來說可能比停電遊樂園還難走。

「你還好嗎？要不要我帶你去找媽媽？」我伸出善意的右手。

倒不是我對正太沒防備心，但死後容貌變年輕、氣息也不可怕的鬼，似乎生前都不壞，甚至可以說偏好的那一邊，至少爺爺的好友陳鈺就是這樣，他現在可是頂澳村海濱城隍爺，只在夢裡見過對方返老還童的青年姿態，居然是我喜歡的那一型。

拉回來楊亦凱這邊，見鬼的感覺很直觀，好壞喜惡都是瞬間反應，迄今我也遇過燕瘦環肥各種口味的鬼怪，既然我沒尖叫逃跑，還允許他繼續靠著，表示楊亦凱的鬼魂不壞，死得那麼慘居然沒被怨恨扭曲嗎？我想到許洛薇同樣關鍵失憶歡脫度日，心中有些酸澀。

「小姊姊，另一個大姊姊好可怕，她想抓我。其他人好熱，我不敢靠近。」

這許洛薇還真沒用，連個小孩子都抓不住，我都認出楊亦凱了，難道告別式會場有什麼機關讓她追丟楊亦凱的魂魄？是名為「腹肌」的哲學迷宮嗎？打網球也會有腹肌？

我一邊加強召喚許洛薇，一邊穩住楊亦凱的幽靈，以免小男孩受到驚嚇又逃跑了。

趁玫瑰公主還沒出現，我試著對楊亦凱套話，可惜他的智商記憶也回到六歲，反反覆覆說的都是找媽媽還有恐怖的大姊姊在追他，四周朦朧昏暗有很多火團（活人的心燈？）看不到路好可怕等等。

調查未果，我只好向楊亦凱保證等好心路人姊姊的朋友過來就一起帶他去找媽媽，畢竟楊亦凱現在只是個孩子，我得負起責任把他帶到親人身邊，目前他看起來一副喪禮結束人走光就會被遺棄在現場的倒楣樣子。

許洛薇氣喘吁吁前來會合，見到迷你幼化楊亦凱在我身邊時「哈」了一聲，伸手就想抓小男孩躲到我身後，我阻止許洛薇胡鬧並解釋情況。

「妳剛剛到底幹什麼去了？好慢！」

「這裡好暗又好亂，不知為啥人群還愈來愈遠，就像有團水泥漿把我往地下室沖，快喘不過氣了，我最後受不了循著妳的聲音亂砍殺回來才比較舒服。」許洛薇抱怨，也說出和楊亦凱很像的環境描述，看來我的紅衣室友空間能力仍舊不夠健全，都死快三年了還停在新兵狀態。

這間私人會館的風水肯定很糟，才會淪落到連租出作為告別式會場的case也接，此地不宜久留，我把這個想法告訴許洛薇，她也很贊同。

此外，剛剛嚇得亂七八糟的小男孩，此刻居然在偷看笑嘻嘻的許洛薇。這兩人真如楊亦凱的學弟所八卦地在炻泉高中就學期間祕密交往？畫面很美好，就是畢卡索了一點。

許洛薇與楊亦凱，死後再度並肩行走的兩具陰魂仍像友善的陌生人，毫無擦出特別火花。

Chapter 06 /

王爺來作客

和楊亦凱母親的會面過程普通而溫馨，對方打扮雖樸素，氣質中依稀殘留過去身為貴婦的從容優雅，楊母淡定接受一干年輕子弟為獨生子安排後事，我應她要求重新講述了KTV大火情況，並將我們在走廊上遇到楊亦凱的事友善改編為服務生闖入消防裝置失靈的包廂警告客人，今日此行則是來對不幸罹難的救命恩人致謝。

無論如何，說死者好話總不是壞事，又能順理成章與楊母搭起友誼橋梁。楊母沒提到火場鬼打牆怪談，想來是楊亦凱直屬學弟妹沒莽撞說溜嘴，等哪天她主動問起再解釋也不遲，寒暄一番後我便告辭了。

走出告別式會場，懷著一股令我愴然淚下的衝動，那半透明小男孩的手還抓著我的衣角。

「你媽媽在那兒，怎不跟她走呢？」我蹲下來對楊亦凱說。

「媽媽……不一樣了。」男孩表情困惑，不停擺動小手，末了有點費力地描述。

不是媽媽不一樣了，是你不一樣了，不會再像迷路的孩子開心地跑回母親身邊。

死去好友回來時也是這副德性，還更加沒心沒肺一點。楊亦凱死得沒許洛薇久，還記得要找媽媽，不像某隻色鬼只知道對腹肌流口水。坦白說，我不確定該不該把小孩子的鬼送回原生家庭，楊亦凱若想回家自然要送他回家，這是不分生死的人類天性，我這麼相信著，但如果他打算繼續跟著我呢？

我僵硬地看著許洛薇。

「妳想當聖母？」許洛薇不置可否地問。

是啊！如果我更卑鄙些，就能用收留楊亦凱的名義一次查清好幾個困擾我的謎題，有可能火場怪物和暗殺我的妖異也會集中注意在同一個點上，更容易捕捉蹤跡。

「不要，有什麼方法方便安置他嗎？」我虛舉掌心摸摸楊亦凱的頭。「雖然妳不記得他，但我聽他的學弟妹說，他是認識妳的同校學長，看樣子也不是壞人。那就好好送他去投胎或修行吧！最好是別麻煩刑玉陽啦！」

用許洛薇的資源來照顧楊亦凱，那樣對薇薇不公平，也可能給她或學長們引來麻煩危險，我還是以對得起良心為主，該怎麼做就怎麼做。

「那就找間靈驗的廟丟進去，他現在只是個小孩子，不致於被神明電吧？投胎是天上地下那些大人物要管的事情，又不是我們能決定的。」許洛薇烏黑眼睛一轉便有了主意。「再說，他被鬼害死可不是尋常事態，當事人親自伸冤的話，陰間官方如果能作主搞定那隻火場怪物，可比我們無頭蒼蠅瞎忙要有效。」

我不可思議地看著她：「薇薇妳居然能說出這麼靠譜的話！」

「常識好咩！沉冤待雪加小孩走失不就該找警察局、社會局、檢察官或法律扶助嗎？」許洛薇想翻白眼卻不知怎麼翻，於是做了個青光鬼臉，嚇得幼年化的楊亦凱又躲到我背後。

「可是靠近靈驗的廟萬一連妳也被鬼差神將找麻煩怎麼辦？」

「我躲遠點，妳扔了就跑！」許洛薇朝我比出大拇指。

聽起來很流氓很帶感，鑑定出銅牆鐵壁並散發赫赫神威的正廟對我們並非難事，而眾多冤魂厲鬼橫行於世也證明神明似乎不太會干預生死因果，我和許洛薇，甚至被鬼害死的楊亦凱都是血淋淋的經驗範本，那麼把楊亦凱託付給「官方」的確是最有效而且應該做的事。

楊亦凱變小不懂得怨恨害死他的對象，也對陽世親人依戀不重，或許正是他很快就能投胎重生的證明。所謂不分善惡、鴻蒙未開的赤子之心，這是種難得的機緣，要不要報仇，能不能報仇，他下陰間後自有定論，我不想也不該介入。

「好，我們送楊亦凱到能接引他的地方。」我說。

小男孩靜靜站在一旁聽我們討論對策，不知他明白幾分？總之楊亦凱沒有抵抗逃跑的跡象，一個勁兒黏著能看見他的我，像偎靠著寒夜裡的火爐般不肯離開，還對許洛薇很感興趣。

之後的流程不外乎我們一人兩鬼三貼騎機車物色目的地，我每到一處覺得有希望的正廟就讓許洛薇牽著小男孩，自己先走進去擲筊請神明同意收留楊亦凱或轉送他到陰曹地府，然後很靈驗地被笑杯拒絕了。

不死心的我還會問接著要往東南西北哪個方位找下一站更有希望，幸好這方面神明還算不錯，多問幾次就給我三個聖杯暗示方位，有時候眼角餘光還會閃過疑似古裝人物直接指給我看，我和許洛薇日夜兼程只花兩天就找到一間古色古香的城隍廟。

「再見了，楊亦凱。許洛薇，妳也和他說再見吧！」我拍了拍玫瑰公主。

她要是能像楊亦凱一樣讓人省心，我也不會如此放不下了，失憶變成異形又迷戀腹肌啥的，毛病實在太多。

許洛薇壓著小洋裝裙襬微蹲，用指背調皮地刮了刮男孩的臉。「再見，小朋友。」

喂！別口頭吃人家豆腐，就算不記得那是妳同校學長。我在心底碎碎唸。

楊亦凱一瞬流露出泫然欲泣的表情，卻懵懵懂懂沒能做出更多反應。

「如果害死你的鬼來找我們麻煩，美麗大姊姊我會順便替你出氣的，不要再跑到黑漆漆的地方了，下次你可沒那麼好運再遇見我們。」許洛薇說完指著廟門瞇起眼睛。

對她來說應該是爆亮強光入口，在我眼中卻是古樸莊嚴的建築。

「不要，好亮……難受……」小男孩卻在這時鬆手想跑。

城隍廟是像牙醫診所一樣的地方嗎？

我眼明手快地抓住楊亦凱，多虧我和許洛薇接觸習慣了，情急之下居然固定住那團冷氣，像美式足球四分衛般帶球衝進廟口，深夜關閉的正殿木門無風緩緩開啓，漾開神異的氣息。

跨過高高的門檻，我跪倒在蒲團上，不知何時滿身大汗，楊亦凱則消失了，我沒在那間城隍廟裡看見奇妙神影，甚至也沒有特殊感應。天花板上黏了一層蜘蛛網，燈燭耀然，神像依舊無情無慾端坐，凝視眾生苦樂也凝視著夜深人靜的虛無。

過了一會兒，我輕聲說謝謝打擾了，也沒燒香膜拜就退出去，只有一股本該如此的寧定滋味，除了持續三秒鐘的自動門以外，真正的入口一點都不戲劇性，刑玉陽說正神超級難目擊的八卦絲毫不假，搞不好我還亂入人家夜審辦案，反正看不到就當不知道嘿嘿！

我都做好許洛薇被八家將追捕帶她飛車逃離的心理準備了，不過這紅衣女鬼倒是老神在在躲在外邊大樹下探頭探腦，見我出來了不斷揮手。

「妳有看到城隍廟守門的神將嗎？」

「沒有，好像有很強很大的東西擋在門口，我眼睛張不開啦太刺目了。」許洛薇很遺憾，用指尖強行掰開眼皮還是拿神光沒轍，徒然惹來嚴重頭暈。

她眞的相信神將都有腹肌那套推論了我的媽！

直到遠遠離開城隍廟後，我將機車停在路邊，磨咖啡粉犒賞許洛薇的辛勞，一人一鬼聊起本次行動種種，不忘互相吐槽。

我很喜歡這種合作奮鬥的感覺，許洛薇看起來也有同感。

當我再次調侃她跑不快才讓楊亦凱溜到我這兒來，她一臉古怪瞅著我。

「不是妳先發現那個小男生的嗎？」玫瑰公主這樣說。

我的心臟像是被注射一筒冰水。

□

回到「虛幻燈螢」，這回潛入調查很充實，儘管楊亦凱沒能給出第一手眞相，我的的確確感到自己朝許洛薇的過去及致命謎團邁出紮實的一步。

做好事總是令人開心，也算是趟難得的神奇體驗，雖然我總有眞．城隍廟不隨便受理非正規程序申訴的感覺，那時我感受到的空蕩應該是種警告，代表時機未到或緣分不合之類，證據是，後來我用google地圖調查，我受眾神接力指引找到的地方是片國有荒地。

「那種稀有地方連修道者一輩子都不見得能看到一次，妳能走進一處幻影窗口已經算狗屎運了，看來楊亦凱那人有福報，神明有意護住他的投胎機會，否則孤魂野鬼當久了容易習氣轉壞，不願投胎也找不著門道了。」刑玉陽似乎很高興他聽來的靈異奇談被我眞人印證。

「你有白眼也看不到？」

「有偶然發現過，一間老觀音亭，結果三天之內就發生火災燒光了。」

「……」

難怪人家不想開實體門讓我進入，種族隔離政策有夠徹底。

「結果ＫＴＶ大火的起因又打結了，一個鬼有辦法做到那樣嗎？這算恐怖攻擊了吧？」我悶悶地問刑玉陽。

「就我所知，鬼魂罕有無差別殺人，會殺人的鬼都受到強烈業障影響，在因緣驅使下行動，如果那場大火不該發生，天道一開始就不會允其延燒，恐怕那火是必然要起的某個結果。就像你們不該死在那邊，就有某個神明爲你們開路，卻沒有救楊亦凱，而是送他投胎。」

「爲什麼？」我討厭聽到因果這兩字，不是太玄就是價値觀不合，例如一百多年前蘇家兄弟反目相殺干我屁事？但因爲我投胎到蘇家族長的直系後代下，這份血緣造成了性命攸關的災難，按照某種神祕邏輯一定又是前輩子造業導致我成了蘇湘水子孫，雞生蛋蛋生雞想到就煩。

「我不回答無法驗證的問題，那沒意義，妳可以把時間花在參悟眞理或其他更有用的地方。」刑玉陽是實戰派中的戰鬥機。

「呵，有何難懂？不過是在『劫』難逃。」一道清脆優雅得近乎中性的嗓音平空響起。

我環顧四周，刑玉陽的咖啡店裡沒有半個客人，那道聲音卻是在我面前響起，熟悉得讓人起雞皮疙瘩。

刑玉陽身形一頓，整棟房子布滿無形的壓力，我抓起掃把緊緊握住。

白目學長會開這間咖啡店並且住在這裡並非爲了餬口這麼簡單，擁有一枚能辨識各類眾生的靈眼註定他容易受到異類注目，刑玉陽不惜用高額貸款和忙碌業務綁住自己也要打造一個安全的庇護所，並且是親手布置。

「虛幻燈螢」表面上沒有特殊門道（就算有刑玉陽也沒告訴我），頂多擺上淨鹽當作裝飾和警告，但我不只一次感受到這處夢幻咖啡店充滿結界般的安寧感。即使開放營業也不代表沒有防備，那並非道家法術，而是一種更古老的守護力量，營造某處可稱爲家、地盤、巢穴獵場之類的特殊場域，主人則是刑玉陽。

已經在「虛幻燈螢」住得相當習慣，這股領地被侵略的悚然感也感染了我，迫使我起身一同抵禦外敵。

氣氛愈來愈沉重，就像灌飽的氣球，隨著那天外飛來一筆的插話被戳破，偏偏這聲音，我認得。

「王爺。」

「嗯？」虛空中有人不太滿意。

「……叔叔。」我摀臉。

這是啥新花樣的羞恥PLAY啊～

「蘇小艾，這是什麼意思？」背後同時出現颳著暴風雪的聲音，店長很憤怒。

「不關我的事，我和你一樣狀況外，他是境主應該不能隨便離開崁底村一帶才對，除非把神轎抬出去公開遶境。」

空氣中漸漸浮現一名白衣麗人，身高目測一六八，長袍大袖勾勒出的穠纖合度，楚楚動人的臉孔帶著少女般疏離矜持的神情，血緣上我該稱呼他太伯公，但某位千歲爺不喜歡被叫老，又想被敬稱，硬拗我叫他叔叔，一點都不考慮二十四歲的年輕女性要叫外表僅十七歲、還是古裝美少女的瘟神「叔叔」有多麼彆扭。

溫千歲是高祖母無緣長大的私生子，某種程度上算是我的祖先，先是肆虐一方的厲鬼，後被蘇家最早的高人蘇湘水扶持成了瘟神王爺，目前屬於我老家地方守護神中最大尾的一尊，還指名希望我當他的代言人。

當然我對從事神職半點興趣也沒有，上回返鄉一別之後沒再與溫千歲互動，還以爲這樁靈異事件已經成爲歷史了，刑玉陽則聽我說過結識溫千歲的經過，知道有這號非官方神明存在，香火還很旺。

溫千歲款款現身，一把烏骨泥金扇合了起來，在他手心敲啊敲，端的是一個嬌俏可愛——沒辦法，那張精緻小臉怎麼都很難聯想到風流倜儻那邊去。刑玉陽一臉鎮定，但不時顫動的眉毛顯示溫千歲的闖入破壞了「虛幻燈螢」的平衡，也對他造成某種負面影響，我很好奇萬一他遇到不懷好意的非人類硬闖家裡時會怎麼應付？當作沒看到？

「通常敝店希望像閣下這類客人在大門處等我過去接待。」刑玉陽沉下嗓音，視線精準地鎖定溫千歲的位置。

溫千歲懶洋洋地注視著刑玉陽雪亮變白的左眼，停頓片刻，笑意卻更加張揚。「開店做生意的地方如此小氣怎成？小艾替我傳話。」

我不情願地照辦。刑玉陽的眼刀三連斬有點痛。

溫千歲不客氣地點了一杯義式拿鐵，宛若一團雲絮棲息在吧檯邊，托腮斜倚，解釋他得以外遊的原因。

「我接了某位神明的帖子去作客，幫對方驅逐外地進來的髒東西，回程順道來探望我的小可愛。」溫千歲沒把杯子拿起來喝，只是凝視著杯面上方幽微的氤氳熱氣。

我聽到那個暱稱噁心了一下。

「請問，您說在劫難逃是什麼意思？」我並不認為楊亦凱註定要那樣死去，而溫千歲的話聽起來更有言外之音。

「下過圍棋嗎？乖姪孫女～」

我搖頭。「看過講圍棋的日本卡通。」

「簡單地說，用黑子把白子包圍起來就是所謂的『劫』，反之亦然，被包圍的棋子就得犧牲，黑與白，生與死，善與惡，某種對立雙方一直不斷在劫爭，這是無數業障在人間累積的特殊狀況，會在某些時候、某些地點形成一個業障濃度特別高的『劫』，像漩渦一樣忽然出現消失的陷阱，妖異會利用這個劫害人，神明只好破例出手。」

「比如說那間ＫＴＶ。」我直覺道。

「妳來說說黑子的起因。」溫千歲冷不防抛出考題。

「你不是要告訴我？」我傻眼。

「我得看看乖姪孫女有沒有悟性，才決定該不該說，不然妳乾脆跟著我混吧！」

溫千歲還是老樣子，不肯放棄代言人狩獵，偵測到對方到來提前消失的許洛薇一樣欠揍。

我回想主將學長偷渡給我的ＫＴＶ背景資料。

「ＫＴＶ所在的大樓十年前也曾發生過嚴重火災，那時死了二十幾個人，這是起因嗎？」

光看那扇被堵住的逃生門就知道，人類根本沒記取教訓。

「二十二名魂魄意識一直被困在那場大火中，這股延燒十年的虛妄業火讓老舊電線走火有那麼値得意外？」

「我也覺得逃生門上鎖和不會響的煙霧警報器比較讓人意外，原本可以只是虛驚一場的小火花，結果卻延燒好幾層樓又奪走一個人的生命。」我不願想像楊亦凱的悽慘死狀，僅是文字描述就鮮明地烙印在我心裡。

「那些魂魄想從火場逃出來的慾望創造出類似火場，得等到有神力打散那個劫，他們才能逃出來，在那之前鬼差無能爲力，這也算是人間特色。」溫千歲道。

「跟著我們的煙霧怪物呢？」

溫千歲以扇骨抵住唇瓣。「那是個伺機而動的傢伙，非常聰明，但不在我的轄區內本王愛莫能助，妳騷擾了如此多間廟沒一間給妳公道，不就表示那非當地神明能剷除的東西？」

溫千歲說得沒錯，我最後也只問到送楊亦凱投胎的門道。

「那麼這場火場攻防戰是神明贏嗎？大部分人的命都保住了。」

「劫爭很少有淨死或淨活，比如說白方救了許多魂魄，包括犧牲者在內，卻賠上一條人命。」溫千歲道。

我再次慶幸自己當機立斷送楊亦凱投胎，因爲火場怪物要的可不只是他的命這麼簡單。

「有沒有辦法對付那隻殺人妖異？」

「可能要請妳自個兒想了，當然本王早已指點妳一條明路。」

不就是當代言人被王爺罩嘛，我回他兩字呵呵。

「你到底是來幹嘛？看好戲嗎？」我面對溫千歲雙手扠腰，薄薄的怒意開始滋生。

「乖姪孫女，妳可知按照我的卜算，今年本來不會來妳的現居地，偏偏就在這時被邀請了，這可不能說是偶然呢～」溫千歲單手托腮，螓首微垂卻抬眼看我，視線顯得特別銳利。

「呃，和我有啥關係？」

「本王想知道自己的業被什麼牽動了？妳姑且也算個積極惹麻煩的誘因，我會開始調查，至於查出眉目後要不要提示妳……」

我跟著那句誘人尾音伸長脖子吞嚥口水。

「……看心情。」溫千歲哈哈大笑揚長而去，留下更多疑慮和一團亂麻。

他就是來氣著我玩！

背後有點冷，殺氣縈繞的緣故，我縮起肩膀，伸手想撈溫千歲只聞香而沒喝的咖啡，不浪費就不匱乏。

「解釋清楚還有付我這杯咖啡的錢。」刑玉陽越過吧檯揪住我的後領。

「拜託就當那尊千歲爺的參觀費吧！他長得很好看保證你不虧！杯子我就順手幫你洗乾淨啦！」我才不要幫溫千歲買單。

「我看不清楚，一團熔岩似的。」刑玉陽冷眼瞪我。

那是指有黑有紅，依舊偏厲鬼的意思嗎？我還以為溫千歲早就如他自稱已洗白了，果然穿白衣的都喜歡騙人。

他還在不爽溫千歲無禮闖入，沒給我好臉色看。我才是被戲弄的受害者好嗎？雖然說像溫千歲那麼大隻的瘟神硬擠進「虛幻燈螢」很可能破壞了不少刑玉陽苦心經營的保護力場，我的確對他感到不好意思。溫千歲幹嘛要挑釁刑玉陽？

我看著刑玉陽俊美的五官，他身上多少有點歷練過的男人味，和溫千歲一比較就更明顯了，我決定將他被溫千歲看不順眼的答案爛在肚子裡，說出來白目學長又要整我，誇他好看也起不了作用。

□

一團糾結毛線躺在大腿上，線頭已經抽出來，解開的一小段纏成新的小球，這是蘇家族長送我的禮物，每當我思考關於冤親債主的事都會將這團象徵因果的毛線拿在手上。

腦中亂糟糟，有幾件我已經理出一小堆的毛線躺在那裡，我卻拿那些線團不知該怎麼辦。

被許洛薇遺忘的高中同學與愛慕她的網球社長，傳說中的三角關係，譚照瑛的死，許洛薇的死，楊亦凱的死，企圖捕捉楊亦凱魂魄的「大姊姊」——

舞台上只有三名主角，扣掉男生楊亦凱，我的好友許洛薇，只剩下一個鬼，可能謀殺楊亦凱，並且是許洛薇看不見她的鬼。

對，我很有把握是「她」。

人們經常對傷害自己至深的原因視而不見，爲了減痛或生存，還有哪個女鬼能同時滿足有動機帶走楊亦凱又和許洛薇關係匪淺的兩個條件？

玫瑰公主的死會不會也是……

我不敢說出那句會改變一切現狀的質疑，將毛線蓋在臉上，不斷回想著打聽來的往事。

許洛薇，妳在過去到底怎麼了？

並非私立貴族高中就沒有校園霸凌這回事，只是不像普通學校等到出事才發現惹錯對象，學生們在排擠他人之前至少會聰明地打聽獵物來頭。許洛薇的背景這次發揮正確威力，校長在她的父母拜託下，將這個內向自閉的特殊品種安排到某個口碑絕佳的資優生班上，並暗中囑咐譚照瑛保護許洛薇，和她交朋友並輔導許洛薇功課。

校長室裡的那一幕有些幽暗。

譚照瑛欣然接受，她本來就是個能滿足師長一切指示的好學生，更難能可貴的是她總是與大家打成一片，毫無資優生和普通家庭出身的高傲侷促，生活忙碌與平等待人使然，高二的譚照瑛沒有特別親密的摯友，或者說她對待每個人都像是好朋友。

少女秀氣高雅的舉止與超齡知識談吐很快地瓦解許洛薇心防，而許洛薇則破例成了譚照瑛形影不離的同伴，她大方地將師長委託課輔任務和照顧轉學生的理由告訴所有人，甚至幫一開始生澀的許洛薇拉到不少關懷票。

過去被人欺負的藉口，竟也成爲惹人疼惜的理由，學校眞奇妙。

就像炻泉高中裡喜歡譚照瑛的許多人，許洛薇被折服的原因也是譚照瑛這份不尋常的優秀勤奮，以及像飄散在空中的泡泡般經常出人意表的深奧見解，她甚至還有一張脂粉不施的好容顏，有個特別的同齡人日日誠摯地關心你，交談時妙語如珠，如何不心生好感？

許洛薇甚至爲她後台過硬、靠錢開路感到有些自卑，譚照瑛由內而外煥發的特別，讓渴望

「不一樣」的少年少女們備受吸引，小說裡的聖母角色常常被罵矯情不提，身邊有個聖母般的美少女，還眞舒服。

畢竟我們都是凡人，聖母和機掰人讓我挑的話，我絕對選前者，料想許洛薇也不能免俗。許洛薇曾問譚照瑛有無遇過嫉妒排斥她的人，譚照瑛說有，但她照樣我行我素，不會因爲對方冷言冷語就放棄微笑打招呼，日子久了，大多也都成了程度不一的朋友。

眞正的主角就該是這樣，用不凡人格魅力收服對手，而她許洛薇正適合當個重要配角，正如故事裡的大少爺大小姐出錢出力協助主角克服萬難閃閃發亮。

由此可見玫瑰公主的腦洞從小就沒有關閉過。我凝視著夢裡的許洛薇，很想對她說，還是怪怪呆呆的更有主角格呢！

許洛薇的功課進步了，在溫馨有趣的班級裡人也開朗不少，不再排斥和人攀談，還會開玩笑地提議來組譚照瑛親衛隊。好友必須保持第一名才能享有學雜費全免和獎學金優待，許洛薇爲了不耽誤她讀書，獨自進行大大小小的努力。

並不是邂逅了讓你感動的那個人，就要像水蛭一樣死死吸附對方。許洛薇對人好的方式一貫很實際，她一眼就看出譚照瑛最需要時間，但人群總是賴皮或不講道理地佔據她的時間，甚至有幾個不懷好心的女生故意不讓譚照瑛有機會準備考試，於是許洛薇眼帶威脅地拉走了好友，讓譚照瑛能喘口氣做自己的事，反正她是任性大小姐嘛！

譚照瑛就連在學生宿舍裡也不得安寧，許洛薇曾邀譚照瑛來豪華公寓同住，她的臥室很大，多擺一份課桌椅和衣櫃不在話下，兩人還能像姊妹一樣打枕頭仗，譚照瑛婉拒了，表示她和其他學費優待生一起住六人房已非常滿足。

大家都認爲譚照瑛沒有缺點，或許連譚照瑛都認爲自己做得夠好了，好景不常，這名少女卻在意想不到的地方摔了一跤——她愛上了炻泉高中的白馬王子。

命運像一隻看不見的手漸漸扶正傾斜的天秤，許洛薇在譚照瑛與其他同學的鼓勵下開始注重外表，過往許洛薇認爲愛漂亮是膚淺行爲，但爲了和她的心之友並駕齊驅與吻合大小姐角色設定，她總算願意打理門面了。優良基因擺在那裡，有貴婦母親全力支持，加上玫瑰公主一頭熱栽進去的頑固性格，許洛薇脫胎換骨的速度就算不是幻象兩千，起碼也有自強號的水準。

當時還沒瘦成標準美女的許洛薇已能稱得上柔和可愛，宛若剛染色的花蕾般令人憐惜，她與譚照瑛有天經過校內網球場時被一個界外球K到頭，正頭暈目眩著，某個穿著短袖上衣與短褲的陽光男孩跑過來爲技術不佳的搭檔謝罪。

網球社的三年級學長微微臉紅地從譚照瑛手上接過擊中許洛薇的那顆小球，嗅到粉紅泡泡氣味的許洛薇忍了，否則她本來想直接把那顆球砸回去。

許洛薇的直覺沒錯，譚照瑛的確暗戀楊亦凱，僅僅是暗戀而已。楊亦凱自有一群仰慕者，和學弟妹互動僅限於社團內部成員，這次界外球事件卻讓兩大團體中心人物走得近了些，纖細敏感的少女心情不受控制地沉溺。

校內曾有將楊亦凱與譚照瑛配對的呼聲，不過兩位主角過往沒交集而不了了之，企業接班人和學費優待生的身分落差也不相襯，只有許洛薇認為這種王子遇上灰姑娘的情節非常浪漫，認眞想撮合兩人。

譚照瑛半推半就接受許洛薇幫忙，就算她知道該如何主動也不想主動，動不動胡思亂想的後果是成績掉了不少，雖然依舊穩坐第一，和第二名的差距卻沒先前那麼明顯，反之許洛薇則從倒數七八名竄到了十來名外。

網球社社長同樣待人開朗親切，活動圈子卻壁壘分明，而且正在忙著準備留學事宜，白馬王子周遭滴水不漏，固若金湯。許洛薇乾脆加入網球社臥底，手腳不協調的她獲得社長親自指導，許洛薇則趁機灌輸社長她的好朋友多優秀多聰明之類的好話，殊不知那個男生覺得嘟嘟囔囔遲鈍的她更可愛。

許洛薇，妳這白痴！夢到這裡我已經忍不住想罵人了。

果然不久後楊亦凱就對她告白了，無比尷尬的許洛薇火速退社縮回譚照瑛身邊，但網球社社長顯然不想就此放棄，這段過程中譚照瑛在幹啥呢？事實上她就是個安靜做自己的路人，楊亦凱對她的印象一直停留在許洛薇的好朋友。

還好楊亦凱沒幹出請譚照瑛幫他牽紅線的傻事，這個帥氣男孩不笨，看得出許洛薇身旁的少女對自己有特殊好感，很謹慎地維持點頭之交的距離，畢竟他從不打算和對方有什麼交集。

許洛薇不能理解楊亦凱為何不愛譚照瑛，少女漫畫裡高富帥男主角不都會憐惜開朗努力的貧窮女主角嗎？我卻發現些許端倪，這個美少女好到太不真實，深受譚照瑛吸引的對象大都是些沒自信又好奇缺愛的男女生，生活中有特定興趣目標的人頂多只與她一般互動良好，有趣的是那些最具自信的學生反而和譚照瑛保持井水不犯河水的距離，例如班上的第二名。

對楊亦凱來說，優待生有這種表現天經地義，沒必要特別關切未來路線不同的人，何況楊亦凱本身已經文武全才，沉穩世故的商家子弟看多了，他自己也算一個。

天秤抵達水平，終於往另一端傾斜。

高二下學期的期末考，譚照瑛頭一次丟了第一名，許洛薇則令眾人跌破眼鏡闖入前三，第二名與第三名靠在一起，無比親密。

譚照瑛的崇拜者陷入恐慌，少女安慰眾人是身體狀況不佳才會表現失常，炌泉高中制度也容許她用特別補考保住免繳學費資格，只是這學期獎學金就沒有了。

邁向高三的暑假在許洛薇眼中格外枯燥，因爲譚照瑛半次也沒聯絡她，許洛薇甚至不敢邀請受了挫折的好友來家裡玩，她把一切都搞砸了！老是打電話寫信來的楊亦凱有夠討厭！

開學後過了一個月，一切如常，譚照瑛和許洛薇恢復親密，正當許洛薇認爲事情已經過去，一個風和日麗的週五下午，許洛薇抱著兩瓶礦泉水經過樓下，聽見三樓有人在叫自己。

那是好友的聲音。

許洛薇雙手高舉礦泉水朝譚照瑛揮動，滿臉燦笑，長髮隨風飄揚，配上及膝裙與短袖襯衫的學生制服，裸露短袖外的細嫩手臂在陽光下閃閃發亮，整個人像朵剛剛綻放的白玫瑰。

譚照瑛爬過護牆一躍而下，綁在牆間窗洞的繩子倏然崩直，將少女懸掛在二三樓之間，目擊此景的學生紛紛尖叫。

礦泉水砰砰兩聲掉到地上，許洛薇目光有些迷茫，大眼睛裡映著一抹搖搖晃晃的影子，嘴唇開闔數下似想呼喚卻無法出聲，接著她無聲無息暈倒了，夢境也隨之落入黑暗。

「薇薇！」我翻身坐起，拉扯到受傷的肌肉又是一陣齜牙咧嘴。

我用指腹抹了下眼眶，濕的，下巴懸著兩滴淚水。

許洛薇不在身邊，當我住在「虛幻燈螢」安全受保障時，她就能放心地獨立行動，睡前好像聽她說過要去學校逮那隻暗算我的鬼。

忘了是好事，此刻我希望許洛薇不記得高中往事了，但仍拿捏不準她是真失憶還是不肯說，又或者她的腦袋就是坑坑洞洞時好時壞？

兩名少女，一個抬頭仰望，一個靜止垂眸，兩道身影有如被某種看不見的絲線密密纏繞。

譚照瑛面無表情，宛若注視螻蟻般閉眼斷氣。

許洛薇曾引用過一句話，怎麼說來著？一個人對別人所能做出最壞的事，就是在他身邊自殺。

現在的我一定能自在地和真正的許洛薇交朋友，但高中時的蘇晴艾休說打開玫瑰公主心扉，根本連引起她的注意都不夠格，更別提我還積極漆上保護色，寄生在小圈圈裡匍匐前進，從來沒想過主動對某個人伸出手。

我為她的痴傻、為我們的相見恨晚淚流不止。

Chapter 07 /

味如嚼蠟的遺書

第一次和林梓芸見面時，以爲彼此只是萍水相逢，沒想到扯進楊亦凱的死亡事件後，我們之間的聯繫卻愈發緊密起來。

這回是她主動約我見面，打算把譚照瑛當年引起滿校喧譁的遺書翻拍照片交給我，我急著目睹內容，請她先傳到我的電子信箱，豈料她有話想當面談，還表示很好奇我借住的咖啡館那位絕世毒舌美男子的眞面目。

好吧！我懂文藝少女的好奇心情，從我借住許洛薇的老房子聊到「虛幻燈螢」大致交代自己的人生狀態。女生聊天就是交換祕密，我爲了套出林梓芸的話，免不了也交代私事，畢竟誰會相信完全不了解的陌生人？人家想了解你，換個角度想也是想和你交朋友的意思。我這樣安慰自己，對外人暴露蘇晴艾的眞實生活總是非常彆扭，連社團的人都沒聽我說過這麼多。

此刻的我只要能抓住任何半點焐泉高中的情報都好，楊亦凱的死因很可能就是許洛薇的死因。許洛薇即將在死後與老同學三度會面，我不可能永遠對許洛薇避口不談她的過去，什麼都沒忘偏偏忘記自己爲何跳樓和高中同學，這用分叉髮尾想也知道太可疑！既然當面問沒用，我只能期待她接觸到過去的人事物會恢復記憶。

林梓芸在陣陣小雨的陰天早上抵達「虛幻燈螢」，看到俊美店長時愣了一下，但她簡單打過招呼後就走到我身邊，一雙眼熱切地望著我。

我忽然明白一件簡單的事實。她已經知道我在調查楊亦凱的死因，也許這件挾帶靈異色彩的火場事故對一般人來說太荒謬，但或許是她想保護自己的感情祕密，林梓芸嘴上沒點破卻開始積極協助我。

拿起那張列印在紙上的照片，我的指尖微微顫抖，許洛薇正站在身後，她不可能忍住好奇不看，但她看了會有何種變化？無論如何這遺書我是非看不可，抱著種種疑慮，我先是快速掃視遺書內容，又細細讀了幾遍。

「嗯？這也寫得太漂亮了吧？好像大一時老師讓我們練習寫的遺書作文一樣。」許洛薇搭著我的背越過肩膀吐槽。

妳到底知不知道自己在幹什麼？妳看的是高中時代最好的朋友的遺書！我對她的無動於衷有些驚駭。

正如許洛薇所言，這封遺書措辭漂亮，情感眞摯，一筆一劃如此整齊優雅，完全不像高中生的字，提筆者自律成熟的特質躍然紙上。譚照瑛表達對父母和師友的愧疚，對某位學長的好感，並承認功課與眾人期許令她喘不過氣，一點都不讓人意外的遺書，人們會有的疑惑譚照瑛都好好解釋了，因此她的死成了彷彿日本文學般的美麗悲劇。

人們歸納出一個安全好懂的結論：戀愛不順利和成績壓力害死了這名資優生。

坦白說，我半點都不相信遺書內容，以夢中譚照瑛給我的印象，成績非但不是她的壓力來源，還是她引頸期盼的勳章，譚照瑛就像戰士打磨刀刃或新娘握著捧花一樣樂此不疲地打造好學生形象與將來邁入社會的成績墊腳石，如無意外她應該會成為高知識分子或某種社會菁英。

但譚照瑛自殺了，不帶感情的遺書讀來令人毛骨悚然，我聯想到堅信「死亡才是新生」的戴佳琬。

遺書上和楊亦凱有關的部分只有短短一句，甚至連本名都沒有，大家怎會把好好的校園白馬王子打成過街老鼠？我立刻就這處疑惑請教林梓芸。

難怪她說需要當面談，這封遺書實在大有文章。

「這張遺書是她特意寫給大家看的。」林梓芸說。

「就放在教室抽屜裡，很明顯。所以呢？」我附和道。

「還有另一封更私密的遺書，譚照瑛放在枕頭下，留給她的父母。那封遺書上鉅細靡遺地寫著亦凱學長的事，所以她的父母相信譚照瑛因他而死，雖然遺書裡沒提到楊亦凱的壞話，按照常理，一個生活只有讀書的女孩不可能因為暗戀未果就上吊，因此這個楊亦凱一定背地裡玩弄了她，那對夫婦就是用這個說法質問我們。」她無意中朝許洛薇的方向嘆氣，玫瑰公主微不可見地顫了顫。

「妳爲了求證，要求他們出示第二封遺書讓妳看了嗎？」我小心地確認。

林梓芸點頭：「還好我是當時在場社團幹部裡唯一的女生，譚照瑛父母很勉強才答應讓我代表閱讀遺書，證明害死譚照瑛的男生就是亦凱學長，不過我們當然一口否認亦凱學長和那女的有瓜葛，畢竟他喜歡許洛薇這件事大家都知道。」

我走到林梓芸身邊與她並肩看向前方，其實是看著我前面的許洛薇，她眨巴著大眼，一副無辜的樣子。

「那整件事又怎會搞到人盡皆知的大騷動呢？」我接續問。

林梓芸握緊拳頭，回憶往事讓她的怒氣也死灰復燃。「在我們這裡問不到滿意的答案，他們下一步當然是去找女兒在學校的好朋友打聽了。那個許洛薇傻傻地承認譚照瑛喜歡的男生的確是亦凱學長，還說她很愧疚沒能幫上忙。就算她沒那個意思也形同火上加油。」

我朝玫瑰公主瞇起眼睛，她嘴巴開開搖頭做了個「不關我事」的搞笑表情。

譚照瑛雙親怒氣沖沖指責楊亦凱誘拐女兒並帶來惡劣影響，各種謠言如同野火席捲炻泉高中，男主角是楊亦凱，女主角是譚照瑛的舞台劇已然定型，一度加入網球社的許洛薇免不了被捲入話題中心。

許洛薇總是一味爲譚照瑛說話，楊亦凱則保持清者自清的冷淡態度，還有一個學期不到就畢業的他索性偶爾才上學，有時甚至連教室也不去，待在社團裡苦笑地傾聽社員報告關於他的謠言。

「他那陣子來學校就只是想知道許洛薇的情況，她被描述成第三者時，亦凱學長還會替她抱不平。」林梓芸不太高興地補充。

楊亦凱畢業出國留學後，少了男主角又超過七十天的謠言終於過了新鮮期，另一個主因是許洛薇的巨大改變，起先，她鎮日鬱鬱寡歡，卻堅定地接起譚照瑛遺留的班級工作，照顧教室裡的盆栽，輔導吊車尾的學生寫作業等，接著她開始模仿譚照瑛的作風每天和所有人打招呼聊個幾句，努力露出開朗的笑容。

許洛薇並不像譚照瑛那麼完美，一開始甚至笨拙地鬧了不少笑話，但大夥知道她用這個方法來懷念好友，紛紛熱情回應，短短時間內她就成爲眾人環繞的中心，謠言扯到許洛薇時，同學便將她護得周全，算是傻人有傻福吧！

玫瑰公主一而再、再而三地解釋她只是路人甲，支持好朋友的偉大暗戀才混入網球社，楊亦凱學長是個親切的好人，這份純眞無邪的奮鬥終於撲熄炻泉高中的桃色風暴，譚照瑛雙親也不再來學校鬧事。

我偷看到的那對夫婦的反應可不像寬心了，大概是許洛薇雙親暗中阻止他們繼續鬧下去，牽涉到寶貝子女，爲人父母者難免互比腕力，兩方實力實在差太多，也就沒得比。許洛薇用整個高三生活完成羽化，和轉學前的她判若兩人，說得露骨些，有如成爲另一個版本的譚照瑛。

融入班級的那個女孩不再畏縮怕生，她將對待興趣的熱情豪邁分享給周遭人群，有點俏皮跋扈，認眞得近乎傻氣，時而迷糊時而博學多聞，總能在不同話題中插上幾句心得，許洛薇也是有偏才的孩子，在父母全力支持下閃閃發光，不只征服原先譚照瑛的崇拜者，更吸引了那些與她家世背景相似的富二代，楊亦凱只是倒楣打頭陣中箭落馬，但他的確很有眼光。

「聽完這些，爲何妳還是無動於衷？」

林梓芸回去後雨也停了，我瞪著附在小花身上，趴在屋簷陰影邊緣對著雲隙間稀薄日光要曬不曬的某隻紅衣女鬼。

許洛薇喵喵兩聲不說人話，我輕手輕腳在她旁邊坐下，伸手去抓她尾巴想略施薄懲，她靈活地轉身避開，回頭跳到我大腿上盤成一團。

「沒什麼感覺，像在聽別人的故事。」許洛薇翻成肚皮朝天的姿勢抱怨，兩隻前腳併直伸向空中。

「所以妳完全忘了？」

「仔細想想好像是有這麼回事，對照我上大學時的模樣有理有據，不能說很意外，但也沒有重要到非想起來不可的程度，原來我高中時這麼可愛善良，糟糕，我要愛上我自己了。」她發出嘿嘿嘿怪笑聲用貓掌揉著毛茸茸的臉頰，許洛薇就是靠這招騙到許多罐頭。

「關於那個譚照瑛，妳眞的不記得了？」我丟出這個問句時心跳加速。

「想不起來就沒辦法啦！就像追劇追到一半冷掉，在那之前可能迷得要死要活，忽然間，噗！」她從花貓肚子中央探出上半身，吹了個鬼火泡泡，破掉。

「那時候我大概很想要一個朋友，高中畢業前我交到許多朋友，雖然沒有深入交心，但也很不錯了，我爸媽應該很高興，他們一直以來就是想看到這個，常常跟我說朋友是錢買不到的寶貝。」她的確像在說他人之事一般，分析起高中時代的許洛薇心事。

還好我可以被錢能換到的東西收買，免費住宿更不用說令人萬分心動，當專屬管家也沒問題，講句不中聽的實話，若許洛薇只是一般大學生，我和她恐怕不可能發展出一丁點特殊友情。首先，她得擁有一間足夠養雞、種菜和種玫瑰花的獨棟老房子，加上外星人的怪異習性與厚臉皮，才能收留我這個貧窮潦倒的無能室友。

想想門檻挺高，不是嗎？

□

「學姊，我人到台灣了。」殺手學弟半夜無預警來電害我從床上滾下來，手剛好被薄被纏住無法使出受身，大片瘀青的身側又撞擊地面一次，痛得我齜牙咧嘴。

「嗯嗯，你在機場嗎？」應該不是要我去接機吧？他自己坐車回來比我千里迢迢北上迎接要簡單實際。

殺手學弟的聲音急促緊張，難道是怕我責怪他自行跑回來？儘管我希望他留在安全的澎湖，坦白說現在我更需要幫手。許洛薇高中時期的調查出現重大進度，我樂壞之餘不由自主投注更多心力，楊亦凱的死與李心玲的異常行爲，同一時間有三件事壓在頭上，若算上我被襲擊和夢見許洛薇過去細節的怪事，那可就是五個問題了！

可以的話，我實在不想自打嘴巴把刑玉陽和主將學長扯下水，李家那邊如有原委託人殺手學弟跟進，我多多少少能喘口氣。

「學姊，我要直接去嘉賢家，他妹妹失蹤了！」

晴天霹靂，我無言了好幾秒才擠出乾乾的一句話：「你確定是眞的嗎？」

「嘉賢打電話通知我心玲凌晨時不見了，我用最快速度訂機票回來了，我說要去救人，阿公本來不讓我走，他說我至少要拿到護身符到媽祖娘娘面前拜過再回本島，我等不及硬是先走，不過等飛機時阿公及時把護身符送來了。」殺手學弟一股腦兒解釋近況。

這都過去一天了，李嘉賢向殺手學弟求救後怎沒連我也一起通知？我天天和李心玲視訊聊天，也和李嘉賢出生入死過，他依舊當我是無關外人可以理解，但真的出事時讓人有些氣餒。

「你們是戀人，出事了他第一時間依賴你這點無話可說，但你知道李心玲失蹤了怎麼沒馬上通知我，我直接趕過去還比你快！再說我是李嘉賢的『女朋友』，你一個人跑去是要用什麼身分插手？女友弟弟和人家的大兒子互動親密，人家不會起疑嗎？」我氣得責備殺手學弟。

「我想了很久，實在沒資格再麻煩小艾學姊，妳說我差點被附身，但妳自己不是已經被附身好幾次了嗎？我不想看到學姊再受傷了！」殺手學弟聲音也大了起來。

「事有輕重緩急，小妹妹失蹤當然是先找人啊！報警了沒？」

「警察當離家出走處理了，畢竟沒有外力侵入跡象，只有我們知道心玲可能被惡鬼綁架，就像小艾學姊妳上次半夜被戴佳琬擄走一樣。」殺手學弟語氣很生硬。

「今天心玲都沒上線，她哥沒打電話過來通知出事了，我以爲她吃藥累了在休息，你們到底在想什麼！不和你說了！告訴李嘉賢我馬上出發，你會先到，你們兩個克制點別露出馬腳，就說情況緊急我先派你過去幫忙找人！另外尋人訊息PO網了沒？沒有就馬上PO，轉載愈多次說不定就有人看到心玲的蹤跡。」我將這陣子養傷無聊新製作的淨鹽水全塞進背包，吸了一口氣試揹重量，差點站不起來。

我放下背包，動作有些僵硬，還是迅速換妥外出服，低頭一看鬧鐘，凌晨三點四十分，許洛薇差不多在外面野完了，只要待在「虛幻燈螢」，她就是和小花同進同出，吃睡也在一起。

此刻我感覺小花正窩在樓下某處桌面上放鬆地熟睡，許洛薇已經感應到我驚醒與打包出發的決心，正等我下去會合。我踏出房門，卻被穿著睡衣的刑玉陽堵住去路。

「你偷聽？」他的主臥室和我的小客房都在二樓，刑玉陽的起床氣非常恐怖，只要他沒睡好就是個危險人物。

「是被妳吵醒！」他眼皮還未完全打開，五官非常陰沉，頭髮散亂地披在臉頰邊緣。

「沒事，你在作夢喔！」我伸手在他面前輕揮，他一把抓來，我趕緊抽手，險些就被關節技招呼了！

「蘇小艾，妳又搞什麼飛機！」刑玉陽抓住背包帶，輕輕鬆鬆就把我拖到二樓小客廳沙發上一扔。

「心玲失蹤，殺手學弟過了整整一天才告訴我！」我坐起來生氣地說。

「妳給我安分點，我讓有空的北部朋友幫忙找。」

「多個人多份力量，我和薇薇可以向附近老鬼打聽心玲失蹤時的情況，她是有人接應還是一個人離開？說不定其他鬼有看見附在心玲身上作祟的惡鬼眞面目！」

刑玉陽冷冷看著我，就像在看一件大型包裹，寄件人上面寫著「丁鎭邦」三個字，我知道他看在主將學長面子上容忍蘇小艾帶來許多麻煩，我沒有勇氣劃清界線，但也不想乖乖聽話，莫非我臉皮愈來愈厚了？

「刑學長，我的修養沒有好到這種時候還能坐禪，就算可能做白工我還是要去，至少對得起自己的良心，現在不做些什麼，我這輩子都會後悔。」你和一個人聊過天，知道對方的性情喜好，給出建議，對方因此改善了某些困境，李心玲就不只是一個名字，也不再是陌生國中生和某人的妹妹，而是有血有肉會牽痛人心、正陷入危險的孩子。

「妳的意思是我沒良心？」

我拚命搖頭澄清：「我最討厭那種用道德良心當藉口逼人就範的卑鄙作法，我只是想幫幫那個小妹妹而已。」正因爲如此，我反而能理解殺手學弟當初主動蹚渾水的心情，沒有多崇高激情的使命，只是他的背景剛好和神鬼有關，認識我和許洛薇這對搭檔，雖然是男朋友的妹妹這種不遠不近的關係，爲什麼不幫？

想不到拒絕的理由，那就動手吧！這份動機我們都一樣。

「那妳應該也懂，鎭邦只是不希望妳繼續受傷。」刑玉陽這句話讓我臉頰發熱。

我眞的不是故意要麻煩他們，本人蘇晴艾被當面指出爲學長們帶來多少困擾和負擔也是萬分羞愧啊！別的不說，傳說中冰清玉潔的咖啡店長被迫和女生同居就是其一，雖然他說毫無感覺這點很過分，我可是幫他幹了不少體力活！

「我會快點變強不讓主將學長擔心！躲起來要怎麼變強？都有你的魔鬼訓練了，配合實戰不是剛好嗎？」我小心翼翼提出異議。

他用看空了的咖啡豆包裝袋的目光凝視我，像在考慮要怎麼把我揉捏壓扁丟進垃圾桶。

「妳覺得自己強在哪？」

「別的不說，和鬼魂溝通找人這點總強過你們吧？我有薇薇。」

「那可未必。」他神祕地回了這一句，卻沒有更多解釋，反而不讓人有喘息餘地繼續丟出新問題：「妳和鬼怪交易，明白自己可能會付出什麼代價嗎？當孤魂野鬼不把妳當成一般誤觸靈異、不在狀況內的活人，而是某種圈內同道，妳會遇到的就不是偶然被逮到、好問話又好威脅的軟柿子而已，會出現更多特地來追逐妳的非人存在，妳準備好測試許洛薇和自己的眞正實力了？」

我憋著氣不敢回答，也不知該怎麼回答。

「妳？我不知道，但我自己可是還沒準備好，遠遠未及。」刑玉陽用這個簡單的結論潑了我一身冷水。

「留給警察和李心玲父母去傷腦筋吧！需要請高人他們自然會去請。」他冷淡地說完這句話後轉身準備回去睡覺。

我猛然揪住刑玉陽衣角，做好被對方反射性出招放倒的心理準備，他是沒有出手，只是身形微微一側，然而瞬間迸出的殺氣令我彷彿被幹掉一次，冷汗都逼出來了。

「還有學弟啊！就算鬼怪不能亂碰，但他總歸我管不是嗎？我答應你和主將學長絕對不衝動亂來，就陪著葉世蔓讓他有個身分加入關心男友的家庭。」我甩尾大轉彎打出學弟牌對刑玉陽動之以情。

「反正妳一踏出大門，我就通知鎮邦，要走就快點，別浪費我的睡眠時間！」

刑玉陽乾脆地賞我一抹背影走回房間關上門，讓我的罪惡感更深了。

「薇薇……我是不是回得很爛？剛剛應該怎麼說才好？」蘇晴艾嚴重缺乏盟友內部分裂時的談判經驗。

「笨蛋，妳一開始就要臉紅，看著他十秒鐘不說話，直接轉頭離開，讓他因爲擔心妳而跟妳一起去啊！」現在換許洛薇用看著空飼料袋的眼神鄙夷我。

「非要來這種公主又腦殘的反應，我還不如去單挑刑玉陽，就算會輸慘也要證明我的覺悟。」我握著礦泉水瓶，瓶身發出喀嚓變形聲。

「是喔？那妳現在正在做的事算哪一種？」許洛薇翹起鼻子哼笑一聲，我正將背包裡的淨鹽水分裝到手提袋減輕重量。

「只有腦殘？」

□

火車將我帶往殺手學弟目前所在地，手裡捏著林梓芸給我的遺書照片影印紙，身體猶存有被不明鬼怪暗算的車禍傷痛，已經長出圓潤新指甲的指尖還記得戴佳琬用尖嘴鉗施加的酷刑，以及脖子被童軍繩勒住的窒息感，不知何時空中還會飛來盆栽將我的頭砸開大洞。

這些都是我踏出「虛幻燈螢」後可能出現的威脅，就連在火車上睡覺休息，都得擔心身體會不會被惡鬼入侵操控，在下一站下車，走到沒人注意的鐵軌段躺著赴死。

儘管許洛薇在我身邊守衛，但我並不相信也不希望她永遠留在蘇晴艾身邊，恐懼仍是如影隨形，或許不是現在，未來我終將獨自面對迄今所作所為招惹的一切凶惡之物。

我不希望李心玲也揹負這份噁心的恐懼，等找到那個拐走她的鬼，我要簡單而粗暴地解決這件事，就算只能換得幾年安寧，那隻鬼會轉而找我麻煩也在所不惜。

破罐子不只能破摔，碎片還能割惡鬼呢！

有股迫切的饑渴燒得我渾身發疼，忽然意識到自己渴望成功拯救一個人，和良心正義無關，經歷這麼多打擊後，我需要一份安慰，那份失而復得的正常人生即使落到另一雙手上也無所謂，我一樣感到開心。

「薇薇，妳這次可以動手狠一點嗎？」

「好啊！」她爽快地答應後趴到我肩膀上問：「妳不是對那白目說不衝動亂來？」

「我仔細想過了，我們一次就殺到李家那隻作祟惡鬼幾年不能動，所以要爭取時間慎重制定對策，這樣不是很讚？」

「反正被罰跑圈和伏地挺身的人不是我，頂多是花點時間淨化。」許洛薇現在有了神奇小水溝完全有恃無恐。

倉促與心焦如焚的李心玲父母打過招呼，我將名義上的弟弟葉世蔓抓回來，以免他在男友身邊不自覺地過度親密啓人疑竇。搜尋失蹤少女的人馬分成兩組，我和殺手學弟，李嘉賢和他父親，至於李母則留在家中等待女兒聯絡或任何目擊消息傳回，我們也將心玲失蹤的協尋通告放上網路了，科技與人肉搜索的力量通常比陰陽眼靠譜。

還沒開始找人，李家人就對我謝了又謝，其實他們該謝的是殺手學弟才是，希望這件事有好的結果，將來殺手學弟和李嘉賢想向家裡公開關係也有良好基礎。

「學姊，妳想到辦法了嗎？」殺手學弟既喜出望外又擔憂鬱悶地看著我，表情眞豐富。

這次是前乩童、兩光靈媒和紅衣女鬼的組合，能幹些啥呢？我搓著下巴沉思。

「失蹤整整一天，照理說早就該醒了自己找路回來，或被人發現送回來，說不定不是附身鬧一場這麼簡單？」我仰頭問殺手學弟，他看過的鬼附身案例應該比我多很多。

「我希望心玲只是不想回來，不是『回不來』。」殺手學弟低低說。

「深度附身很耗時間，也許那隻鬼還在某個地方爭奪心玲身體的掌控權，許洛薇當初想附我身花了整整一個月，我第一次被冤親債主操控自殺時，那惡鬼也搞了半天才能驅動我去跳樓，再說我有教心玲用意志力專注抵抗的技巧。」我試著將事態往好的方向分析。

「或許她只是單純離家出走。」他呆愣片刻跟著應和。

「這句話有像刑玉陽會說的話。」我忍不住笑了一下，讓彼此不那麼緊張，然後說出我和許洛薇在路上商量好的搜索方向。

「租書店、圖書館、書店、百貨公司……任何國中生喜歡逗留又不太需要花錢的地方都去看看，不過現在還是大清早，我們先去附近廟宇，尤其是土地公廟報備案情，就由殺手學弟你代表吧，我和薇薇還是盡量別進廟裡刺激對方。」

「我覺得帥學弟男朋友家真的很糟糕耶，都出過事了，家裡還沒有半點防護，明明要他們看好小妹妹了，還是讓她半夜開門走掉，這太誇張了！」許洛薇剛剛跟我們進去李家，忍不住搖頭數落。

「可能他們家的人都身心俱疲了，看護工作單調又痛苦，再說百密總有一疏，我們自己的例子就是這樣。」不用我提出問題，李家人看丟女兒就已經萬分懊惱自責了，許洛薇這時候提這個不太厚道。

她似乎看出我不贊同的想法，趕緊追加補充：「上次妳和李嘉賢說鹽水多少有點用，他們也沒做，只是掛那面一點都沒用的八卦鏡，點不知哪來的廉價檀香還不如用蚊香，還佩帶一些鬼畫符，聽說都滿貴的，百分之百是遇到神棍啦！」

我將許洛薇的發言轉述給殺手學弟聽。

「嘉賢說家裡的確找到一位據說很靈驗的道士，但都是爸媽在聯絡，他問起也被搪塞小孩子不需要知道，心玲出事後，那道士有來家中勘查，但那時嘉賢還沒回家，沒看見那道士的模樣，後來就是我們去嘉賢家的前一天，道士本來要來正式作法，臨時取消了，後來也沒答應再來，只給了法器。」殺手學弟轉述男友那邊得來的情報。

「那名道士有沒有說那鬼爲何要作祟？」我急問。

「據說李家的劫難是冤親債主所致，嘉賢只問到這個原因。」

「又是冤親債主！都給他們玩就好啦！」我現在眞的很想找個人過肩摔，最好就是那個沒牌就出萬用卡冤親債主的神棍！

「薇薇在李家待了一星期，那道士沒發現也太誇張了，否則就是不敢惹紅衣女鬼，不是神棍就是三腳貓！」我一想到自己只有微薄的補貼就心理不平衡，扣掉車資和投入時間早就不敷成本，江湖術士卻已經爽賺一筆，事後非要會會那個道士，叫主將學長取締他不可！

「心玲爸媽大概是怕嘉賢又罵他們花錢迷信，索性閉口不提，但我兩度到他家裡感覺不出任何有效的辟邪法術。」殺手學弟附和。

「那就表示那個家過去和未來都不安全，找到心玲後還是建議他們全家避一避。」我揉揉臉振作精神，倦意仍舊一波波上湧。

用冷水洗臉完全沒用，我開始考慮路上經過屈臣氏或一般藥房時忍痛消費買瓶超涼眼藥水，殺手學弟負責騎車載我，我得睜大眼睛沿路找人。

之後那一整天我與殺手學弟就在城市裡轉來轉去，收獲的卻是一次又一次的挫折，期間接到主將學長的電話，說他下班後會來幫我，我不敢拒絕，肩膀上的壓力卻更加沉重。

「不行，她沒到過這裡。」把李心玲照片設成手機桌面逢人就問的殺手學弟按著膝蓋彎腰長長地喘了口氣。

「原來一個人被鬼弄到消失這麼簡單。」許洛薇和刑玉陽都找到過被鬼附身而失蹤的我，中間固然有些邏輯因素，但也有一定的運氣成分。

如果許洛薇和我沒有生死之際的心電感應，且又跟著小花走到學校，即使她是有能力的厲鬼，也無法在我險些被冤親債主操控跳樓時出手拯救。戴佳琬綁架我那次，就算知道拐走我的惡鬼是誰，茫茫人海又怎知我被帶去哪裡？刑玉陽當機立斷追回戴家是正確判斷，但也是很大的賭注，他可以先找他處或求神明指點，但晚一個小時甚至晚半天闖入戴家和戴佳琬談判，後果可能與現在截然不同，至少我能不能撐那麼久還是未知數。

腦力、時間、勇氣、行動力，要說第六感也行，萬幸身邊的人擁有這些特質，所以我被救回來了，被戴佳琬帶走的女人則沒這麼好運，此刻我祈禱李心玲有這份運氣。

「學姊，有句話我不知該不該問。」殺手學弟拉住我，讓我暫停搜索。

「什麼？快沒時間了，天黑更不安全。」我對開始變暗的天際感到焦慮。

「李家……眞的有鬼嗎？」他疲倦地望著我。

我沒吭聲，他於是說下去：「我們一開始就是爲了驗證有沒有鬼才干涉這件事，但學姊妳們一直都沒看見那隻鬼。調查過程發生不少怪事，所以我想可能眞的有鬼只是藏起來了，可是學姊妳今天又告訴我，我回澎湖時妳已經查出出現在ＫＴＶ大火那隻煙霧怪物的眞面目，那個女鬼想要的是服務生的命，與李家無關。現在不管那麼多，萬一李家沒有鬼，我們怎麼辦？」

「那樣不是很好嗎？表示心玲只是離家出走，她可能有妄想症狀，但至少是家人和醫學可以理解的難題，排除不可能也是推理的重要工作。如果有鬼，也得知道那鬼的身分，我們才能推測它把心玲帶到哪裡，目的爲何？」我拍拍殺手學弟的背。

「學姊，那妳認爲李家到底有沒有鬼？」

「薇薇，妳說呢？」我把問題丟給許洛薇。

「沒有，整棟大樓都沒有。」許洛薇翻白眼說。

我把這句話又傳給殺手學弟，他頹喪地垮下肩膀。

「所以有問題啊！笨蛋！」我搧了他的後腦勺一下。當學姊就是這點好，學弟就算再殺手還是得對我畢恭畢敬。「到處都死過人，一個地方完全沒鬼，連祖先和過路遊魂都沒有，肯定不對勁。再說，我和薇薇都覺得心玲很正常，不像思覺失調，只是學校那次附身惹來的騷動太大，怕她因爲這事創傷壓力過大，看精神科是預防兼治療，總之我認爲她本人沒病，而且在學校的發作是鬼附身導致。」

「到底是什麼惡鬼要如此欺負一個小女孩？」殺手學弟咬牙怒道。

「因爲小孩子敏感又好得逞吧！刑玉陽也說路過就可能被跟上作祟……就是這個，我們快回李家！」我猛然形成一個想法，拖著殺手學弟快步往他停機車的位置走。

「小艾學姊？」

「我說不定知道要去哪找心玲了！」

我們在不違反交通規則的前提下用最快速度回到李家，正確地說，是回到李家附近。

「學姊妳在找什麼？」

「李家附近的防火巷，李嘉賢說那裡死過一個補習班女老師，是他家前房客，雖然是自然死亡，但死狀不太好，應該算凶死。我在想心玲會不會就是被她煞到？」

被人開闢出來又不常使用的道路，往往會成爲異類的偏愛，之前許洛薇和我想找當地鬼魂打聽消息，防火巷就是不錯的狩獵地點，陰氣不等於有鬼，但鬼喜歡陰氣重的地方則是天性，當時李家周遭陰氣集中點也沒有高到引起注意的程度，換句話說盤據的都不是什麼大角色。

「可是我和嘉賢之前就把附近的死角全搜過，防火巷也不例外，再說小巷子是開放公共場所，怎會都沒人發現心玲待在那裡？」殺手學弟不甚樂觀。

「現在天黑了，也許差不多到了我們能發現她的時機。」

「學姊怎知死過人的巷子是哪一條？」

「陰氣重到骨頭痠痛，不然就是喉嚨乾癢想咳嗽，有時候會起疹子，之前來李家的路上，有條巷子就給我這種感覺。到了，就在前面。」我舉起手一指。

許洛薇一馬當先就要衝進小巷，被我拉住。

「萬一女鬼跑了怎麼辦？我們可沒那麼多時間一直和她玩捉迷藏。妳還是縮小躲在我身上，來個出其不意。」我這陣子被暗中活動的鬼影煩透了，早就學乖多留個心眼。

「那我呢？」殺手學弟問。

「你身上有護身符，守著巷口好了，我和薇薇殺進去。」我打定主意今次必要一勞永逸。

兩人一鬼飛快就定位，我深吸一口氣，接著放慢呼吸到自己也聽不見的程度，確定心跳慢下來了，才和許洛薇潛入伸手不見五指的防火巷。我不敢貿然打開手電筒，怕打草驚蛇，藉著巷口照入的微光，讓眼睛適應黑暗後，各種輪廓紛紛浮現。

「這裡好暗，和楊亦凱的告別式會場一樣，又濃又厚，真的是『漆』黑，我快看不見了。」縮小版的許洛薇藏在我頭髮下，抓著我的耳郭小聲說，她的手指令我想到死去雛雞的冰冷爪子。

這片濃暗與其說是視覺上，不如說是精神上的遮障，讓人感到遲鈍、鬱悶與麻木，身體像是要抵抗一般在手臂與背部爆開細小連綿的刺痛，我不用看就知道一定起了風疹。

明明只是二十來步的狹窄死巷，竟有種走在隧道的悶絕感。「等等，前面地上有團亮光。」許洛薇動手比動口還快，用力抓住我的耳朵，我繃緊腰渾身一顫，下次記得叫她不要再抓我耳朵了。

「是心燈嗎？」

活人和鬼都有這麼一盞燈，代表神魂的力量，但我的燈已經熄了，目前的狀態有點不人不鬼的感覺。看見某盞心燈也不代表前面是個活人。

「顏色呢？」

「像蠟燭的顏色，中心特別亮，應該是小孩子。」許洛薇報告。

她和我的視覺不太一樣，我就算能看見鬼魂也看不見心燈，但刑玉陽的白眼就可以，表示他的能力性質比較偏向「那邊」，那邊到底是哪邊我不知道，總之不是人類這一邊。

「這條巷子會這麼暗可能是聚集很多業障的關係。」我低語提醒許洛薇，也是爲了再度提醒我自己，蘇家族長教導過的避禍重點就是別惹其他業障，特別是像我這種已經世代業障纏身的家族後代，一旦引發問題就不是加法這麼簡單了。

不分人鬼感官皆可能受到「障」妨礙扭曲，其實到處都有障出現，像是戴佳琬的喪門障和

ＫＴＶ大火的迷障都曾困住我們，此刻散布在防火巷裡的黑障雖然不強，卻像蒙上眼睛般令人不安。

東西存在久了，往往就會造出某種障，地縛靈的障干擾到活人時就形成靈異現象，廟宇也有各自的障，有時是屏障，有時則是陷阱，最大的障往往就是自己，這一點我多次體會過了。

「難怪我的眼睛業障重啊！」許洛薇很順地接口。

「妳還有心情搞笑！」

前方倒在地上的朦朧身影到底是幻覺亦或真的是我想救的那個孩子？我既害怕去確認，又焦急地想確定。

「心玲！」我衝上去打開手電筒照亮四周，黑障順著手電筒的光線炸開遁入縫隙與光圈邊緣，李心玲衣衫不整失去意識，全身冰冷，萬幸胸口還是暖的。

她身上現在沒有鬼附著，撲了場空，我立刻攬抱起李心玲上半身，今天下過雨，她衣服半濕，不知失溫多久了，得立刻送醫！

「學弟，叫救護車！」

殺手學弟從我手中接過少女，將她抱到路燈下，我則聯絡李家找到失蹤的女兒了。

chapter 08 / 福禍無門

李心玲被發現時失去意識，大腿滿是抓痕和瘀青，手臂上的咬痕深到冒血，眼睛紅腫，臉上都是淚，離防火巷最近的李母立刻趕到，我永生難忘那名中年婦女驚駭的表情。

李母跟上救護車陪伴昏迷不醒的女兒，我則和殺手學弟機車雙載也前往醫院，大夥約好先在醫院碰頭再說。此外，我聯絡主將學長告知人已找到，但後續檢查結果可能需要找女警幫忙，我繼續留在醫院協助李家人，順道給殺手學弟打掩護。

主將學長立刻表示要來醫院接我，我推說醫院很遠，他回答正好，等他抵達醫院我再熱心助人也差不多該退場，主將學長打算帶我回他家強制休息，至於殺手學弟一個人住旅館沒差。

「唉呦，腹肌黑帶一定是不想讓妳和巧克力小鮮肉一起睡旅館或BL眼鏡家，妳就從了他吧！」許洛薇一句話裡可以塞入這麼多糟糕綽號，我都不知該佩服還是爲她的人格感到悲哀。

殺手學弟住旅館，李嘉賢就能找個空檔過去相會，沒有我這個大燈泡更好。倒不是說他們這時候還有心情做不純潔的事，只是我認爲這兩個男人需要眞正的獨處時間喘口氣互訴相思，商量一下日後對策，尤其今天匆匆一瞥，我覺得李嘉賢似乎快到極限了。

平平都是無神主義者，主將學長通過了大宇宙的試煉，李嘉賢顯然被石頭壓得喘不過氣，成見之所以會是成見，就因爲我們必須靠在那玩意上頭取得安心感，愈是僵硬沉重就愈安心。

他要是現在崩潰對大夥都沒好處，這般考量過，我對主將學長不由分說來帶人的安排大表歡迎，今晚我大概睡不著了，正好可以網路連線告訴刑玉陽我的付出終究是有收穫的。

接下來，我將注意力集中在李心玲，直到身體檢查結束她都沒有醒來，她並沒有受到侵犯，身上的傷痕也是自己弄出來，大約一個多小時後李心玲醒了，仍舊毫無記憶。

「這種事到底還要來幾次？我受不了了！受不了了……」少女的母親走到病房外抓著丈夫袖子哽咽。

李嘉賢緊緊抿著唇，站在病床旁，李心玲先是茫然注視著周遭，等她意識到自己的脫序行爲再次傷害家人，不由得哭了起來，我怎麼勸她都沒用，她將自己裹在棉被裡不停嗚咽。

差不多到了我和殺手學弟該退場的時候，有件事我還是得當面問問受害者父母，我基本上可以確定這件事裡有惡鬼作祟。

「李伯伯，纏上心玲的是個女鬼，我們就是在她死亡地點找到心玲，但她對女鬼毫無抵抗之力，這樣非常危險。你們還是快點找專家和那女鬼談判，看要怎樣她才願意離開。既然陳碧雯只是你的房客，應該談不上深仇大恨。」我從李嘉賢那邊問出補習班女老師的名字，可惜整棟公寓包括周遭都沒有孤魂野鬼方便許洛薇拷問，陳碧雯此人生前習性或死後活動情形仍是一頭霧水，看這和許洛薇不相上下的清場規模，對方應該是個強大厲鬼，我感受到的陰氣卻沒那麼濃烈，難道是障眼法？

李父愣愣看著我，甚至沒質問我爲何忽然吐出靈異話題。他看起來瞬間老了十歲，臉上布滿驚恐。

「對不起，我有陰陽眼，本身也有冤親債主跟著，我的父母就是被鬼殺害。鬼會殺人，身邊的人都不相信有鬼時，那個被鬼盯上的人可能就沒救了，請你們幫幫心玲，不要將她當成瘋子，也不要打罵處罰她，認眞聽她說話，她還只是個小孩子。」我拍拍躲在棉被下的少女，希望沒拍到她的傷處。

我的靈媒出櫃經驗就屬這次震撼效果最好，兩名長輩遲遲沒能開口回應，我趁機帶著殺手學弟告辭，改在醫院外等主將學長，他沒說幾點到，算算時間最快差不多是這時候，事情一多也可能比較晚來，我打算到對街的便利商店買杯咖啡慢慢等人。

這一整天的辛苦總値一杯咖啡吧！也得給許洛薇放飯聞香，我要殺手學弟先去附近覓間乾淨旅館，之後李嘉賢可以去找他，本想就地解散，殺手學弟卻不同意。

殺手學弟堅持開兩間房，我們三個一起住旅館，被我以沒必要浪費回絕了，拉到一旁訓他該體貼時不夠體貼，連我這外人都看得出李嘉賢壓力大到極點只是強撐。

現在是不好意思的時候嗎？男朋友女朋友一樣要顧要哄，喜歡講義氣更沒必要這時候硬捎上我，其實我這個當學姊的夾在一對情侶中間反而彆扭。

李嘉賢在我們爭執不下時捧著便利超商的咖啡過來，一杯拿鐵兩杯美式，我立刻拿走那杯拿鐵，然後叫殺手學弟快去覓好地方休息，夜深了，殺手學弟幾度想要挽留我，最後喪氣地同意我的方案。

我們目送殺手學弟快步離開，李嘉賢也保證會陪我等到主將學長來接人，殺手學弟這才放心離去，其實我倒希望一個人獨處，這樣還能和薇薇聊天。

「你還好嗎？」我感到氣氛有些僵。

「喝咖啡吧！」

「喔，嗯。」他不想多談，很好。

雖然目前常喝「虛幻燈螢」的手沖咖啡——不顧刑玉陽白眼拿來調成咖啡牛奶則是極品，我對咖啡品質並無歧視，沖泡包和便利商店咖啡各有風味，但我得時時刻刻牢記荷包額度，也就感恩地品嚐別人請我的那杯咖啡了。

我把紙杯蓋子掀開來方便許洛薇也聞點咖啡香，她一臉無聊站在旁邊。

「這是殺手學弟從澎湖帶回來的天后娘娘爐灰，他應該有給你吧？」我拿出一個小紅布包找話題。

「沒有。」他面無表情。

殺手學弟已將另一個小紅布包偷塞進李心玲枕頭下，我以為李嘉賢的份他也給了，是眾目睽睽下找不出授受機會想晚點再給？

我暗罵殺手學弟太大意，一分一秒都不該給那不懷好意的女鬼機會，將喝完的咖啡紙杯往地上一放，我不由分說抓來李嘉賢的手，將護身符塞給他。

耳畔響起輕輕一聲「嗤」，像燒紅的菸頭落入水裡，李嘉賢打掉我的手朝後一縮，臉上滿是嫌惡，我來不及深思他的特殊反應，眼前景物閃動，暈眩與睡意洶湧而來。

下藥？該死的他居然對我下藥？

「薇薇過來！」我嘶啞地低叫一聲，讓她上身先卡位再說！「他被附身了嗎？」

李嘉賢拿著有問題的飲料給我，站在我旁邊聊天的這段時間，許洛薇都靜靜看著，要是有鬼靠近，就算她看不見也能感應出來才是，她為何沒警告我？

我彎腰按著臉想固定朦朧的視野，過了幾秒鐘，許洛薇還是沒回應，我快站不住了。

用力抬頭瞇著眼睛，我驚慌地發現那抹惹眼的艷紅消失得無影無蹤，胸口傳來又輕又涼的碰撞，像一陣風透過衣服吹得我微微發寒。

這是十個月前我剛和許洛薇重逢時她不斷對我附身卻失敗的觸感，玫瑰公主得拚命撞過來，才能告訴我她還在現場，現在我卻看不見也聽不見許洛薇。

背包裡有淨鹽水，我得馬上自救，把喝下去的咖啡吐出來！

「滾開！」我摸索著背包，李嘉賢走過來捉住我的手，此舉令我暴怒。

我用力甩開他的箝制，他不以爲意，好整以暇地提起背包，這個怪異的李嘉賢很清楚我撐不過十秒就會昏倒。

這算啥踩地雷連環爆？殺手學弟給我的護身符被我交給李嘉賢，目前掉在他背後的地上，放著鹽水和其他辟邪物的背包也被拿走了，現在的我是徹底的廝瓜，看不見許洛薇也看不見附在親親學弟男友身上的髒東西模樣，他喵的就因爲我放下救命背包接過一杯加料咖啡！

沒有神兵利器又搖搖欲墜的我還能靠什麼，許洛薇的隔空移物超能力能飛塊石頭過來擊中李嘉賢後腦嗎？只能祈禱她已經在集中念力這麼做了。

「可惡……」我早就下定決心必要時得靠自己戰鬥，沒想到爲了預防鬼遮眼和附身不太認眞上的口袋保險又變成我最後的依靠。

小小圖釘穿過布料刺進大腿外側感覺很痛，我嘶叫一聲撲過去，抓住李嘉賢衣領轉身蹲低就是過肩摔！

他幾乎是被原地拔起飛過上方，下一秒背部重重撞擊發出悶哼，我反射性地提了下手臂，沒讓他的頭顱跟著砸地，這一摔也讓我滿天金星，差點一個踉蹌跌在李嘉賢身上。

整顆頭一抽一抽刺痛不斷，圖釘效果已經過去，我摸索出一瓶鹽水旋開瓶蓋像灌蟋蟀似地塞進李嘉賢嘴巴，他立刻掙扎，我還是坐在地上鎖住他脖子強硬灌了好幾口，接著把鹽水胡亂潑在他身上。

李嘉賢躺在地上開始抽搐，也許沒控制好角度摔傷他了，我已用盡氣力，甚至連出聲喊人幫忙也辦不到，只能鬆鬆箍著他，同時非常想哭——為何偏偏是我？

視野一片黑暗，我想睜開眼睛卻無能為力，有個男人抓住我的手腕，握力奇大，將我和李嘉賢強制分開，我又急又慌，淚水順勢流出來一發不可收拾。

完了！

「薇薇！主將學長！」我蠕動嘴唇語焉不詳地求救，聲音破碎薄弱得連自己都感到絕望。是冤親債主還是其他想殺我的鬼？危機一直都在，並未因許洛薇和學長們熱心相助而變少，只是我不肯或者說我不懂得怎麼做才算是面對現實？

我跪趴在地上，死賴一秒是一秒，希望哪個路人看見這一幕快點報警，那個尾隨而至的男人索性一把抱起我快步往前走。

我死命揮手蹬腳掙扎，頭頂傳來一聲怒喝：「蘇小艾！」

瞬間，我驚喜又委屈，眼淚像山洪暴發，不受控制嗚嗚哭了起來。

「既然會哭會怕就不要多管閒事！」刑玉陽又罵，但昏昏沉沉覺得安全了的我什麼也沒聽進去，只是語焉不詳要他找醫生幫我驗血。

我有太多要告訴刑玉陽的緊急消息，卻不知放上輪床被交給醫師護士推走前到底成功交代多少？

我的靈能力忽然消失，看不見也感應不到許洛薇；李嘉賢到底怎麼了？是哪個鬼操縱他來害我？既然我被攻擊，獨自去找旅館的殺手學弟會不會也遇上危險？

失去意識前最後一幕是停車場角落站著的黑衣男子，在楊亦凱的告別式上驚鴻一瞥，連句話也沒說上，為何我會覺得他就站在那裡目睹一切發生，而我更早前無聊地東張西望時明明確認過周遭無人？

急診室腳步聲和說話聲砰砰作響，我想到許洛薇唯一一次帶我去夜店見世面，到處都是閃光煙霧還有亂七八糟的音樂，我縮在角落，聲音和人群的氣味仍不斷襲來，要不是得當護花使者我早就奪門而逃了。

閃光，煙霧，吵鬧，黑暗。

感謝老天，終於打烊了。

□

不知昏睡多久，我睜開眼睛第一件事就是搜尋那抹玫瑰色身影，直到在病房牆邊發現淡紅透明的許洛薇才鬆了口氣，雖然很模糊，但我沒有失去發現她的能力。

「她醒了。」主將學長的聲音。

我抓著被角打量四周，在病房裡醒來這件事倒不教我意外。刑玉陽坐在家屬陪睡床上讀一本書，主將學長則坐在床邊看護我。

「我被下了什麼藥？」我衝口就問。

「小艾，妳意識不清時堅持自己被李嘉賢下藥，要醫師替妳抽血檢查，妳的情況的確不對勁，我們就在旁邊監督讓護士替妳採血了，阿刑也撿回掉在地上的咖啡杯請他們化驗，結果是沒有藥物殘留。」主將學長低頭嚴肅地望著我。

我愣了一下問：「那李嘉賢呢？」

「他被妳過肩摔後也昏迷不醒，大約二十分鐘前比妳早恢復意識，卻說離開妹妹病房後發生的經過完全不記得了，現在葉世蔓負責看著他。」

我掙扎著想坐起來，主將學長扶了我一把，讓我靠著床頭坐好。我的頭還是痛得要命，身體沉重又僵硬。

「妳有一點發燒和白血球數量上升，幸好還在正常範圍。」主將學長摸摸我的頭。

「可是我覺得很不舒服，剛剛昏倒時也是。」

「不是剛剛，妳昏睡了七個小時，現在是凌晨三點。」刑玉陽驀然道。

我失去意識那麼久？

「關於李嘉賢，妳打算拿他怎麼辦？我和他的家屬說等你們都醒了就好好對鎮邦交代來龍去脈，他是警察，有必要時會替妳報案。」刑玉陽朝主將學長揚了揚下巴。

「我只是想知道發生什麼事，沒有怪罪李嘉賢的意思呀？喝下來路不明的加料咖啡很恐怖好嗎？」看也知道李嘉賢被髒東西操控了，我不懂刑玉陽幹嘛選這時候威脅李家人。

「事情已經失控了，這戶人家一定有人瞞著什麼事，他或她不說，就遲遲無法解決作祟，以及這件事為何會牽連到妳？既然我們有警察在，不妨施加一點壓力。」刑玉陽對好友使了個眼色，主將學長打開保溫瓶倒了一杯淡綠色茶水給我。「既然沒中毒也查不到迷幻藥的證據，我就沒讓妳洗胃了，這杯馬上喝下。」

我想也不想接過去一飲而盡，才發現根本就是熱鹽水，只是放了某種草藥看起來才像是茶水顏色，而且喝起來還有點苦。

「你加了什麼？」

「現在才問不嫌遲了嗎？」刑玉陽啪一聲闔起書，嘴角懸著冷笑。

這句話害我起雞皮疙瘩，雖然我百分之百相信刑玉陽，但我剛剛一樣絲毫沒提防李嘉賢，刑玉陽也看出這一點，用他特有的幽默啄我。

「馬鞭草。」他還是給了答案。

「檸檬馬鞭草？」但我沒喝到那招牌的香甜味道呀！因爲很喜歡那款香草我還特地從「虛幻燈螢」後院藥圃裡剪了好多枝條水插發根，拿回許洛薇的老房子種，加在沖泡包的咖啡或奶茶裡感覺味道變高級了。

「不同植物，傳統野生品種。」

「有啥特效？」

「清熱解毒袪邪兼淨化靈魂，如果妳信的話。」

「信，我當然信，挺有效的。」信白目，得永生。刑玉陽又救了我一次，他出現攔阻李嘉賢帶走我的時機簡直神了！

紅影走到床的另一邊對我比手畫腳，又用力指著刑玉陽，刑玉陽皺眉，他看著許洛薇的時間太長了，可能會引起主將學長的懷疑，他到現在還不知道許洛薇的存在。

「你怎麼會這麼巧剛好趕到？」我趕緊將話題集中在刑玉陽身上，主將學長總算偏頭看他。

「妳說呢？」

「你跟蹤我？從什麼時候開始？」

「妳後腳離開店門。」

太會演了，我還以為他真的放任我一個人去找失蹤的李心玲。

「幹嘛這樣？」

「我想知道是什麼潛伏在妳身邊作祟。」刑玉陽打開白眼說。

刑玉陽就算看不清非人模樣，能夠知道大概輪廓顏色對判別敵人身分就很有用了，暗算我的鬼為了不被我和許洛薇發現，說不定沒空提防黃雀在後的刑玉陽，他這麼會跟蹤實在令我有點發毛。

或許刑玉陽就是利用白眼和人群死角從許多遠比他強大與奇形怪狀的非人眼皮下溜走，才培養出這種泯然眾人的隱匿功夫。

「那你看到了嗎？」我興奮地追問。

「只有驚鴻一瞥，是個女鬼，對方知道我們看得見她，盡量挑人類無法透視的死角跟著妳，有時像我一樣把距離拉得很遠地觀察妳，我只能憑直覺認為她還沒放棄。」刑玉陽說。

「小艾，記得妳說過，妳的冤親債主是個老人，這女鬼可能會是誰？」主將學長開始過濾嫌疑犯。

「我不太確定，可能是戴佳琬或另一個……我最近剛得罪的女鬼，也可能是我干涉李心玲的事導致那個補習班女老師纏上我。」仔細想想我身邊女鬼還眞多！

「不是戴佳琬，我認得她的氣息，以她的慣有目的來看，我不可能跟蹤戴佳琬而不被她發現，而且半吊子偷襲也不是她的風格。」刑玉陽幫我排除了一個。

戴佳琬的目標主要是刑玉陽，想到這個不鬼不魙的怪物心眼之多，我忍不住抖了抖，又因爲跟蹤我的女鬼沒戴佳琬厲害而鬆了口氣，雖然想置我於死地這點已經夠可怕了。

「那女鬼的身材比較像十七歲正妹還是三十歲女人？她從李嘉賢身上逃跑時你應該有看到吧？」我虛心請教刑玉陽。

「蘇小艾。」刑玉陽的聲音聽起來像是即將失去耐性。

「有！」

「李嘉賢從醫院出來，買了飲料接近妳時，他身上沒有任何鬼，否則妳以爲我會放任鬼上身的男人靠近妳？」他的眼神像在看一個白痴。

「我就看不見附在人身上的鬼，你確定眞的沒看漏？」

「絕大多數鬼上身都會露一截甚至大半邊在外面，魂魄與軀體不符，那種內化到完全重疊的例子，起碼都遭附身作祟好幾年，神智幾乎被取代，外表早就不正常了，不需要有陰陽眼也知道有問題。」刑玉陽說。「另外，活動力強又完整的鬼魂通常也有心燈，有時候從心燈數量就能直接判斷附近非人多寡。」

白眼雖然視物模糊，果然還是有它的威能。所以他是發現我反應不對勁才結束跟監衝過來阻止忽然變得怪異的李嘉賢，此外總覺得李嘉賢好像是想綁架我。

「如果沒被鬼上身，那是李嘉賢有裏人格嗎？」我舔舔乾裂的嘴皮問。

主將學長忽然握住我的手，我嚇了一跳，卻安心許多，學長本尊起碼抵得上一卡車淨鹽。

一瞬間，我竟聯想到李嘉賢可能對那名補習班女老師做過可怕的事，這是一切的起因，畢竟他是房東兒子，要窺探獵物有太多機會。

性侵陳碧雯的犯人迄今仍未落網，陳屍地點附近沒有監視器，女老師身上也沒留下任何ＤＮＡ證據，受害者在遭施暴途中心臟病發，永遠無法開口指認凶手。

可以理解陳碧雯爲何怨氣沖天，如果犯人近在咫尺就說得通了。李嘉賢是同性戀，我壓根沒懷疑過他會襲擊女人，萬一他裝成異性戀瞞過所有人，又裝成同性戀瞞過親密愛人，李嘉賢的眞實性向其實是更扭曲的類型呢？

全身遍寒，我只能反握住主將學長手指。惡鬼不也是活人先造的孽？人往往比鬼要可怕太多了。明明該去審問那傢伙，我卻黏在床上動彈不得。

「我看得見心燈，企圖帶走妳的並非李嘉賢，而是另有其人。附身是不同魂魄的燈靠在一起彼此干擾，李嘉賢的心燈卻被霧氣暗影遮蔽，說不定……等等，八成是『術』，迷魂術之類的邪法也可以控制活人。」刑玉陽嫌惡道。

我就被下過符，效果不太一樣，共同點是身心失去控制。刑玉陽保證不是李嘉賢本人想傷害我，和我先前推測一致，李家長子只是受到操縱，這一點讓我鬆了口氣。

但我已經從「表裡不一」的關鍵字聯想到陳碧雯的怒火可能是針對凶手一家，倘若李嘉賢沒有傷害補習班女老師，嫌疑犯只剩下一個人……

「是老符仔仙說話不算話又陷害我們？」我拉了拉手指筋，還是先處理今晚的襲擊，總覺得我被不明術士攻擊和其他作祟事件背後存在某種關聯。

「老符仔仙不至於違反毒誓，就算他是鬼，使用符術表示他也受那一行的禁忌束縛。還沒發現嗎？李嘉賢和妳中的法術比老符仔仙強多了。」刑玉陽一語當頭棒喝。

我愣住了。

「蘇福全，我的冤親債主應該不會法術，除此之外，我不知道和哪個道士法師有仇。」話是這麼說，我心中卻浮現楊亦凱告別式上出現的那對夫婦，以及令我特別在意的黑衣男，總覺得譚照瑛父母可能有接觸邪術。

父母如何面對子女的死？那些我們看來奇特的言行反應或許對本人來說理所當然，像許洛薇父母想認我當乾女兒彌補空缺，堂伯成為蘇家族長無所不用其極延緩雙胞胎死亡宿命，某對父母不擇手段想為女兒復仇。

掀開被子，我遲緩地將雙腳放到地上套進塑膠拖鞋，按著大腿站直，有些搖搖晃晃重心不穩，走路大致上還成，動不動就受傷昏迷的日子何時才到頭？

「小艾，妳需要休息，李嘉賢那邊讓阿刑處理就好，他也比妳懂該怎麼問問題。」主將學長大有把我隔離殺菌晾乾的氣勢。

「我是要去探望心玲妹妹，剛離開她一會兒就出事。雖然本人遭到操控，動手的還是她哥哥，我昏了半天，得確認她的情況。」

兩個學長找不到阻止的理由，只好跟著我一同移師，踏出門口時我才意識到自己睡的是單人病房，到底誰出錢？讓人好不安。

才踏入另一間病房，少女的母親立刻對我啜泣著彎腰道歉，保證她會負擔一切醫療支出，請我不要報警毀了她的兒子，我嚇得連連搖頭，正要說我不怪李嘉賢，主將學長從背後拍了我一下。

不能馬上表示原諒，我們還得套出李家和陳碧雯之間的眞實恩怨。我只能閉上嘴巴，讓學長們去施壓，默默對李母感到抱歉。

旁敲側擊半天，李母的反應無懈可擊，期間李心玲一直瞪視我們。

最後打破僵局的竟是這名傷痕累累的少女。

她說：「你們明明知道害我的鬼是誰，爲什麼她要害我？」

語罷，她胸口上下起伏，瞪大眼睛強忍不哭出聲。

「我不知道爲什麼她要害妳，但妳在陳老師的陳屍地點被發現，這樣應該算很明顯了吧？」我看著李心玲，實則是對一臉震驚的李母說話，她是眞的沒發現還是在演戲？

「我們哪裡得罪她了！她要這樣害我們家？」李母激動地大吼。

「妳眞的想不出來嗎？」刑玉陽問。

「有任何不對勁的地方都可以提出來，大家集思廣益，錯過線索損失最大的還是你們。」主將學長幫了一句腔，微微瞇起眼睛，我猜他在觀察李母是否說謊隱瞞。

李母被兩名殺伐決斷的鎮定男子震懾，還眞停下來細想，可惜片刻後李母仍然堅持陳碧雯只是單純的房客關係。

「那麼伯父有沒有瞞著妳偷偷和房客來往呢？」我這句話的暗示夠露骨了，李母用憤怒的眼神回擊我。

「不可能，租房是我負責管的，女房客有需要也是聯絡我，需要修繕都是我和老公一起去，沒事我們不會打擾房客，永義下班都待在家裡，他做什麼事情我很清楚！再說她一個三十五歲的單身女老師，長相漂亮、收入穩定又不缺錢，看得上我們家的老男人嗎？」李母恨聲強調。

既然都撕破臉了，乾脆多問一點吧！

「但是嘉賢說，陳碧雯遇襲當夜，另一個房客剛好返鄉不在，妳帶心玲回娘家玩，只剩下李伯父獨自一個人。」

「他整晚都和朋友去釣魚，還打電話給我，妳要人證嗎？」

李父當晚有活動的事李嘉賢倒沒說，他可能完全沒懷疑自家父親，我也是剛剛才發現李永義外型硬朗性格強勢，論起犯案能力相當充分。

殺手學弟說，李家很傳統，有個大男人卻負責任的父親，李永義也期許兒子用功讀書踏實工作，找個嫻淑的妻子，生一對乖巧兒女傳宗接代。

這種一輩子都循規蹈矩的男人，會不會哪天爆發獸性？坦白說我沒有答案。

「是到屍體被發現之後都和朋友在一起嗎？」我追問。

整晚是很曖昧的說法，況且三年前的事了，除非是警方筆錄，否則憑記憶確認不在場證明我才不信。

「沒有，那又怎樣？我相信他！整棟大樓住那麼多人，其他人嫌疑不是更大？那女的快天亮了還在外面遊蕩，被流氓混混強姦也不奇怪！」李母握拳叫道。

「既然如此，妳何必因為小艾懷疑妳的丈夫和房客有染如此激動？也許檯面上沒有證據，但李永義事後言談舉止的確有些異樣，被妳發現了，妳問過他？吵過架？他堅持一切都是妳想太多，然後用工作太累或身體不適的理由拒絕多談，有沒有這類情況發生？」刑玉陽說完，李母臉色迅速灰敗。

「真有私情又怎會鬧成室外強姦？但沒有私情又怎麼解釋陳碧雯死後獨獨找上他的子女報復？」刑玉陽半是自言自語，最後用大家都聽得到的音量輕輕說：「所以妳當真什麼線索都沒有？」

「你只說中他不想談那一天的事，房客出事善後麻煩一堆誰會高興？我女兒還在這裡，你污衊的是一個好爸爸、好老公，他為了這個家付出一切，可以連命都不要，你們或許以為我護短，但沒人比我了解李永義這個男人，他不會外遇，也不會強姦女人。」李母斬釘截鐵道。

「我也相信爸爸！你們不要這樣說他壞話！」李心玲猛然大聲道。

「對不起，心玲，我們只是想找出原因，如果連妳們都沒有線索，我不知還能問誰了。」我誠心誠意地道歉。

李母苦笑。「也對，說起來你們是來幫忙，又沒欠我們，我兒子還對不起妳，我在發啥脾氣呢？」

「學長只是用刪去法在做推論，若問題出在三年前李家和陳碧雯兩方之間有過仇怨，嘉賢那時還在學校，心玲才國小，也不是妳，自然只剩下伯父的部分可以問了。」我見她態度鬆動，這次說之以理。

她微不可見地點頭，表示有把我的話聽進去。

「只有一件事要說有古怪也行，但好像又很正常。」

「請妳快說。」

「那位陳老師家屬來帶走一些遺物後，那些帶不走的物品和原本就是我們提供的家具，永義堅持要自己收拾，他說女人家膽子小，要我甭插手，被他這麼一說，我也覺得心裡發毛就由他去了。」

我腦海裡瞬間飄出「湮滅證據」四個大字，眞是太不妙了。

許洛薇還在一旁用口形加肢體語言大力鼓吹「就是他！」、「就是他！」

這種心有靈犀卻不想和室友站同一邊的心情到底是爲何？

「事已至此，請李永義先生當面解釋更好，否則他兒子再出現類似迷昏擄人行爲恐怕就得吃官司了。就算小艾願意原諒李嘉賢身不由己，醫院一旦報案，轄區警察也會來關注。」主將學長平鋪直述地說道。

李母好不容易恢復一點血色的臉再度慘白。

「伯父在嘉賢的病房嗎？」我保持尊敬有禮的語氣不是因爲相信李永義的爲人，而是爲了心玲和殺手學弟，不想把場面搞得太僵。

「他人不太舒服，臉色很差，說要回家休息，我要他早上再過來。」李母期期艾艾道。

「他什麼時候離開的？」刑玉陽沒料到會聽見這個消息，冷靜一瞬崩裂，氣急敗壞逼問。

「大約……半小時前。」

「目前誰都不該單獨行動，教訓還不夠嗎？」刑玉陽不知怎地相當焦慮，一反我印象中的冷靜，他到底怎麼了？

李母回過神，發現他們又落入詭異的點名缺席迴圈，膝蓋一歪，軟倒在地。

「媽——」心玲下床伸手欲扶。

「我沒關係……請問我老公是不是出事了？」李母虛弱地說。

「妳現在就打家裡電話，沒人接也不要掛斷，就讓電話一直響。另外，無論如何都不要離開病房。」他下完奇妙指示，確定李母會如實執行，然後轉頭問我：「蘇小艾，妳還能趕路嗎？」

「可以！」

「很好，妳帶路，我們現在就去李家。」刑玉陽起身。

「捉鬼嗎？」我屏住呼吸問。

「某種意義上，沒錯。」他這樣說。

主將學長沒有多問，從他同樣肅穆憂心的表情看來，或許已經明白刑玉陽的想法了，我則永遠搞不懂兩個學長的默契。

儘管情況緊急，刑玉陽還是轉進李嘉賢的病房，摘下眼鏡正無力躺在床上的青年見了我來立刻掙扎而起想道歉，卻被刑玉陽截斷話頭。「剛剛你父親有無來過？他看起來如何？」

李嘉賢愣了愣，老實回答：「爸爸臉色不太好，我以爲他會勃然大怒，但世蔓說我和心玲都是被鬼附身操控，他似乎深信不疑，要我堅強點照顧媽媽和妹妹，然後就離開了。」

「葉世蔓，看好你男朋友，可以的話把他母親和妹妹也找來，四個人一起等我們聯絡，別讓他們離開你的視線。」主將學長以不容抗拒的口氣道。

「到底出了什麼事？」殺手學弟不安地抬頭。

「爸爸他不在心玲的病房嗎？」聽李嘉賢的驚慌語氣便知，他認知中的父親離開，只是離開這間病房，回去陪伴妹妹或到附近買些食物飲料之類。

「據說李永義回家了，我們得確認他的行蹤。」刑玉陽不想在李嘉賢面前說太多，也不給他發問機會，立刻啓程。

殺手學弟最後叫住了我，說他把小紅布包給了男友父親，我點點頭，要他和李嘉賢各自小心。

主將學長租了一輛汽車來接我，原本應該是打算上高速公路縮短趕路時間，也方便我在車裡休息，卻意外發揮作用讓刑玉陽也能同車趕往李家。

我和刑玉陽坐在後座，主將學長毫不猶豫踩下油門時，我跟著慣性往後一靠，趕緊抓住許洛薇，沒有心理準備的她險些被甩落車外，接著我們這輛租來的銀灰色TOYOTA就用很接近飆車的感覺奔馳在道路上。

「打電話是哪種特殊儀式？」我一坐穩立刻追問。

「算是精神施壓吧？」刑玉陽說。

我眞是雲裡霧裡一團亂，只知道李嘉賢父親的行動在刑玉陽預料之外，且已有危險了。

「主將學長，你看他啦！現在是賣關子的時候嗎？」我對只看了一眼導航系統就記住路線專心開車的前輩抱怨。

「眞的不妙了。」許洛薇也在我耳邊說。

妳是不懂裝懂還是眞的和他們想到同一件事？我很想這樣問許洛薇，偏偏主將學長在場無法開口。如果李嘉賢父親在醫院被陳碧雯的怨靈綁架，許洛薇應當不至於完全沒發現，也就是說他是自願離開，問題是有哪個老爸會在兒女出事這個節骨眼一個人回家休息？

「小艾，李嘉賢的父親可能要自殺了。」主將學長握緊方向盤道。

「咦!?」這是我和紅衣女鬼的驚呼。

「他對人生還有留戀，說不定會遲疑一段時間，選擇死法或寫遺書，我們還有機會阻止，但一定要快，因爲陳碧雯會等在那裡作祟，堅定李永義非死不可的念頭。」刑玉陽咬牙說。

「哪裡？」

「她眞正斷氣的地方。」

刑玉陽石破天驚的發言就那麼兩句，接著閉目養神不爲所動，可能是跟蹤我時全程開白眼已經到極限了，誰知忽然又闢了個新戰場。

趁著這段趕路時間，我飛快將李家截至目前爲止的種種資訊重新梳理組合。

被姦殺的三十五歲補習班老師衣衫不整地陳屍於防火巷中，陳碧雯恨房東一家，從李心玲開始作祟，接著是長子李嘉賢，一步一步壓迫目標，她針對一家之主的男人這點已沒有懸念，問題是，李永義到底對他的房客做過何種惡行？他的妻子又包庇幾分？或者她從頭到尾都被蒙在鼓裡？

照刑玉陽推測，陳碧雯是在自家租屋心臟病發去世，而房東一家住在樓上，基本上可以算是同一處地方，她的屍體在戶外被發現，可以確定李永義至少做出棄屍行爲。

「眼鏡他爸會想自殺，果然是心虛了。」許洛薇說。

「我認爲整件事存在著無法靠推理推出來的部分，需要當面對質，一定得趕上才行。」我說出聲，刑玉陽動了動，主將學長則從後視鏡短暫看過來。

「那就祈禱我們能趕上吧，有一件事是我們能向李永義確認的，也非確認不可。」刑玉陽總算開口賜話。

「什麼事？」

他再度停頓，直到車子因紅燈靜止，刑玉陽才接續下去說：「當時這個男人拋棄的到底是屍體，還是近乎死亡的病人？」

原來他不是存心賣關子，而是這些推測本身就令人反胃到不想說出口。

再度回到李家，這回換了不同角度思考，我竟覺得這片以李家爲中心、無鬼淨空的區域令人毛骨悚然，明顯針對有陰陽眼且習慣找鬼問話的特殊人士，害我和許洛薇宛若走入手機訊號死角，探測不到有用的靈界訊息。

李嘉賢疑似中符，表示有個懂得法術的幕後黑手不僅暗中窺伺，還拿李家人當棋子使，首先這幕後黑手肯定不是好人，另外我後知後覺意識到自己說不定已經捲進一場鬥法。

莫非靈異人士身邊帶著一隻紅衣厲鬼就像習武之人綁黑帶一樣，有刺激同道手癢切磋的效果？

敢得罪我蘇晴艾，小心我拖怪盧死你！

上樓時並未遇到鬼打牆，我已經知道眞正有喪門障盤據的地方是防火巷，喪門障主要分爲兩種，一種類似強化地盤使某間房子變鬼屋，另一種讓鬼受困成爲地縛靈。

陳碧雯死在租屋處，卻在附近戶外小巷成爲地縛靈，再返回房東家作祟，爲何遭遇慘事的她不直接原地報復凶手？李永義給我的印象實在不像是會強姦房客再拋屍的中年變態，就算是好了，東窗事發他不是逃亡而是畏罪自殺，我實在搞不懂。

「鑰匙！」主將學長朝我伸手。

「喔！學長小心。」我趕緊往口袋裡掏出李母交給我的住家鑰匙，以防萬一需要還有樓下租屋鑰匙，於是整串一起交給主將學長。

在叮噹作響的鑰匙串撞擊聲後，大門開啓一條縫，主將學長謹慎地側身進入，我則叫許洛薇趕在主將學長之前先閃進去探探情況，然後是刑玉陽也踏入玄關，最後是我。

客廳裡，淒厲的電話鈴聲響個不停，有如一聲聲家人的呼喚。

刑玉陽伸手擋住主將學長，兩人站在客廳入口，許洛薇則站在幾步遠開外，亦是默立不動，風扇中央垂下一條打了圈套的繩子，又是打算掛在風扇上！眞是受夠了！我越過他們看見李永義跪在椅子旁淚流滿面，貌似沒有立即生命危險。

一道模糊身影站在他旁邊，僅剩臉部較爲清晰，女子姣好灰黑的臉上有著血淚，面無表情地俯瞰仇人，有如他只是一隻下賤卑微的蟲子，即使許洛薇到場示威也沒能使陳碧雯忌憚。

「沒問題，我打得過。」許洛薇評估了一下陳碧雯厲鬼的實力後高興地說。

我朝她呶嘴微微搖頭，示意許洛薇先等等聽他們怎麼說。

「不許接電話，快點去死吧！」女鬼對男人低語。

「讓我最後一次聽家人的聲音，求求妳，一句就好！」李永義哀求。

「不，你會反悔，別忘了你已經答應我，這是你欠我的！」

「我會去死，我保證！都是我的錯，妳不要再去找我的家人！」中年男子崩潰了。

我小聲將一人一鬼的對話轉述給學長們聽。

「住手！」主將學長怒吼一聲，陳碧雯驚懼縮向牆角，溢滿血淚的怪眼恨恨地瞪過來。

「學長，不能隨便驚動厲鬼！」我抓住他的袖子緊張地說。

「我看不見鬼魂，不過那男人快瘋了。」主將學長大步走過去，揪起李永義衣領晃了晃。

「這時候不是該你先出手嗎？」我問刑玉陽。

「我看情況善後。」刑玉陽的白眼仍不離貼著牆蠢蠢欲動的女鬼。

「薇薇，妳去和她溝通看看，盡量溫柔點，她好像眞的是冤屈重大才變成厲鬼。」我招來許洛薇用氣音說。

「我試試，但不保證成功喔！」許洛薇歪著頭說。

「反正不要讓她跑掉，就說我們會幫她找申冤管道，請她不要再胡亂復仇。」我想了想這樣吩咐。

許洛薇點點頭後用某種輕得我聽不見的音量朝陳碧雯說話，慢慢走近，主將學長則將李嘉賢的父親拖過來我們這邊。

刑玉陽接起電話，向彼方焦急的妻子報告男人暫時平安了。

「小艾，她要李永義當面自白三年前他幹了什麼好事，讓我們都當證人，還要他向她父母下跪道歉。」許洛薇朝我喊道。

「可是他現在這個狀態能好好解釋嗎？」我很懷疑。

刑玉陽蹲下朝癱坐在地的李永義問：「人是你強姦的嗎？」

他如遭電擊搖頭否認：「我沒有！我沒有！那天一定是鬼迷心竅，我不是故意要對陳小姐不禮貌！對不起！對不起！我只是不希望樓下變成凶宅……」

陳碧雯狂怒嘶吼，李永義跟著一縮，不好，他能看見鬼也能聽見鬼聲，表示他時運低到破錶，隨時死掉或受重傷都不奇怪，自我保護力量一減弱，先前造的業馬上就招來冤親債主了。

「你發現她時，她已經死了？」刑玉陽強調語氣問。

李永義點頭如搗蒜。

「從頭說起。」主將學長一手按在男人肩膀上，像是保護他不受女鬼侵擾，也命令他坦誠相告。

第一次與李嘉賢的父親寒暄時，只見一個嚴肅陽剛的老軍人，如今他卻像個受了驚嚇的孩子。說李永義老只是相對於我們這些年輕人，他保持從軍時的運動習慣，平常鍛鍊有素，五十幾歲的他要扛起一個女人不成問題。

李永義於是款款說起三年前陰錯陽差的那一夜。

正如妻子所說，李永義當晚和友人去釣魚，可惜毫無斬獲，眾人心情不佳提早散會，約莫凌晨三點，他爬上樓梯，本該回到七樓的家，卻少數一層來到六樓出租房。他拿出鑰匙，低頭瞥見門口鞋櫃上放著的女鞋，這才醒悟走錯樓層了。

正要轉身，卻發現大門沒關好，他擔心遭小偷，喚了幾聲無人回應，心想自己是房東得確認屋裡的情況，便走進去關切，這一探卻看見女老師倒在房門口。

李永義一看女老師的倒臥姿勢就覺得她沒救了，檢查後發現她已沒有呼吸脈搏，但還有體溫，顯然剛斷氣不久。

他雖跟著妻子拜拜，實際上不怎麼相信鬼神，只當傳統習俗遵照辦理，因此當時李永義第一個念頭是房客死在租屋處，以後沒人要租他的房子了，就算想脫手也沒辦法升值，他怎會這麼倒楣！

李永義忽然想到老婆此刻就在樓上等他回去。他可以找老婆商量，或自己解決這個麻煩。老婆膽小多慮，不管怎麼做兩人都會吵架，多一事不如少一事，再說人死了就只是具屍體，他只不過挪挪位置而已。於是李永義拉起女老師的手搭在脖子上，頓時聞到她身上的酒氣，他用力撐起斷氣的房客，裝作扶著酒醉女人，其實是半扛半拖著她，雖說深夜通道無人，萬一遇到目擊者也容易交代，推說帶人送醫就好。

不知該說幸或不幸，李永義沿途沒遇到半個活人，或許是正做著虧心事腎上腺素爆發，短短五分鐘內他就把陳碧雯的遺體帶到附近防火巷，安置她靠牆坐在地上，一堆雜物剛好遮住路過者從巷口往內望的視線。

李永義覺得那個姿勢勉強可以說有尊嚴，像是有個人累了正在休息。

然後他掉頭離開。

聽到這裡，我們臉色凝重，幾乎可以猜到接下來發生的事，而陳碧雯終於找到傾聽者，對著我說出接下來的不幸事件。

約十分鐘後，一輛紅色房車停在路邊，半醉的車主砰一聲甩上車門，走進防火巷中找了處角落撒尿，轉身卻發現彷彿醉倒在地的標緻女子，一時起色心，搖晃叫喚她都沒反應，喃喃罵了兩聲賤貨，拖倒女人拉開雙腿提槍就上。

或許是酒力影響，那人抽插幾十下便疲軟不堪，並未射精，男人心有不甘，又扯開衣襟粗暴揉捏女人雙乳，留下許多瘀血，冷風一吹酒醒不少，紅色車主忽然心虛緊張起來。

「半夜還喝這麼醉，躺在這裡一定是欠男人幹啦！」他粗聲粗氣說完跑出巷子，鑽進駕駛座迫不及待地駕車遠颺。

陳碧雯承受了一切，以及那抹鑽心的紅，她發出無聲尖叫，一盞路燈跟著損壞熄滅，濃郁黑暗湧進防火巷，陳碧雯一心記住那名強姦犯開著紅色車子，即便她沒穿紅衣自殺，卻也成爲厲鬼，同時被困在陳屍之地。

「雖然每個人情況不同，不過短從幾個小時，長到幾十天，只要魂魄還沒脫離身體，本人其實有感覺，還很敏感，因爲六根大混亂，會有特別集中某種感官的現象，除非有練過，否則魂魄脫殼很辛苦也沒那麼快。」許洛薇走到我身邊，輕輕拉住我的左手。

我的心已經跟著陳碧雯的自白縮成一團，倘若非死不可，我希望迅速安靜並且有尊嚴地走，最起碼是被救護車送到太平間，不是被房東扛到小巷裡丟棄。

眞相居然是貨眞價實的「撿屍」。

「我還記得小艾在太平間牽著我的手的感覺，很強烈，好像到現在都沒放開似的。」許洛薇忽然補上這一句。

我將眼淚逼回眼眶裡，如果我三年前過於心痛忍不住碰觸許洛薇遺體的舉動讓她如此牽掛，可以想見那些污穢遭遇帶給陳碧雯多大痛苦，她完全有理由暴怒怨恨，但我無法認同她因此開始害人還想殺人。

對了，陳碧雯可能無法離開小巷又找不到強姦犯，不是每個鬼都像戴佳琬那麼厲害，就連我剛帶回許洛薇時也很害怕她掉進水溝被沖走再也找不到路回來。活生生的警察要抓一個沒留下證據的強姦犯就不容易了，行動困難、腦袋還不清楚的新手厲鬼想找仇人只能吃土，當然要遷怒。

「那一晚，我只是幫朋友慶生喝了點酒，回到家開門時忽然嚴重胸痛，手機沒電想用電腦求救，結果來不及就死了，卻被媒體寫成放浪形骸、醉倒暗巷才遭強姦，生活糜爛因此得心臟病。」陳碧雯五官僵冷，這段話她不知醞釀了多久。「明明我是工作壓力大到睡不著又無法正常飲食，身體不好病死我認了，但是現在這樣，大家卻以爲我是個爛女人，父母還得忍受親戚朋友的『關心』，他們憑什麼！懂什麼！都是他害的！」

李永義流著眼淚不停哽咽。

「那個強姦犯呢？」我不得不指出陳碧雯的指控中居然沒提這個加害者。

她身邊的空氣出現一陣扭曲。

「我看不清楚！只知道他的車是紅色！」

六根指的是眼耳鼻舌身意，或許陳碧雯死後魂魄尚未離體時是觸覺特別敏感的類型，只能說那天深夜最壞的可能性都湊在一起了。

Chapter 09 / 解冤

「陳老師，妳聽我說，李永義雖然有錯卻罪不至死，這一點妳很清楚，而妳把他的一家人都拖下水這種做法也沒有比較好。讓李永義去向妳父母陪罪，若令尊令堂想告他，就讓他們告，他不是毫無良心的人，給他一次贖罪的機會吧！」我頓了頓，希望陳碧雯能想清楚。

女鬼眼眶中流出更多血淚，兩個似乎是瞳孔的黑點幽深空洞地盯著我。

「就算他做什麼都無法彌補妳的傷痛，但殺了一個國二小女孩的父親，妳打算用多少代價贖罪，下輩子嗎？妳無法拿自己也不確定的東西擔保，期望來世再賠償一個小女孩被剝奪的人生。」我無法不想起自己被冤親債主追殺的惡劣經驗，這類混蛋根本不投胎了。

「不！妳是他那邊的人！」陳碧雯叫道。

「我哪邊都不是！但我最看不起沒本事就牽拖別人還欺負小孩的傢伙，妳可以選擇繼續任性，但我不會容忍厲鬼害人，不是要妳吞冤情，而是公平一點行嗎？」

「我的身體被燒了，沒有留下任何證據，警察抓不到那個強姦犯，就算抓到也不可能讓他在法庭上被判刑，我永遠也不可能得到公平！」女鬼發出沙啞漫長的哭號。

「會膽大在路邊撿屍的人不會是第一次，也不會是最後一次，就算是為了阻止其他女孩受害，我們也會想辦法逮住這混蛋，相信我，也許無法馬上有成果，但我們會想辦法找出凶手，讓他得到報應。」

好，我知道刑玉陽瞪過來了，難道要我說很抱歉幫不上忙，妳的想法沒錯，抓到強姦犯機會渺茫，三年前的路口監視記錄應該早就被洗掉了，更別說無人看見嫌犯的臉，放棄比較好？

沒有「人」看見，人以外的存在又如何？凡走過必留下痕跡，我偏不信揪不出犯人，其實也不需要事事我出手，只須起個頭，要付出努力與陳碧雯和解的另有人在。

不管怎麼說，我眞心想幫陳碧雯抓到加害者，就是這些小頭爛掉的垃圾害得許多女生不得不恐懼著某天落到自己身上的不幸，或者忍受已經發生的不幸，最糟的是還會催生出許多厲鬼。

「妳先離開這間屋子冷靜冷靜好嗎？我在防火巷那邊等妳，有什麼想說的，我們女生私下聊。」我不懂專業驅鬼法，再說我一直很好奇某個問題，土地面積就這麼大，先不管善惡好壞，你是能把鬼驅到哪裡去？

陳碧雯沉思良久，穿過大門隱沒。

「她就這麼走了？」半瘋狂的李永義不可置信問。

「她既然能來就能走嘛！殺人不是那麼容易的事，也許陳老師在等一個被阻止的契機吧？」我說完偷偷朝許洛薇勾手指，正要跟上去換個地點談判，卻被主將學長抓住手腕。

「小艾！妳要一個人去和那女鬼談判？」

我和許洛薇是兩人搭檔，只是主將學長不知道，他以為我喜歡獨自行動，然後莽撞出事，只能說許洛薇不是神隊友也不是豬隊友，算是兩者兼具的神豬隊友。

我轉轉眼睛，有了。「刑學長陪我去，他在附近伺機而動總行了吧？麻煩主將學長把李伯伯送回醫院，他家人現在一定很擔心。」

主將學長皺眉微微噘起嘴，每次他不說話又冒出這副表情，就表示他非常不認同。

我趕緊靠近主將學長向他低聲諫言：「三年來李嘉賢父子都很鐵齒，為何現在能被作祟又看見鬼了？李永義的時運走到低點或有其他厭世誘因，就算趕跑陳碧雯，他可能還是會自殺。他的家人必須知道這些事，支持他贖罪，不然他活不久了。」

「小艾，妳總是這麼受傷下去能撐多久？」他輕嘆一聲。

我瞬間鼻酸，也很難過每次都得麻煩主將學長，即使不說肉體奔波勞累，一次又一次讓他操心擔憂我的處境，換成我根本受不了這種壓力。

主將學長再一次扛起人民保母的沉重形象護送李永義回醫院，我則千方百計央求刑玉陽不要離我太近，以免惹怒願意和我談談的陳碧雯。

接著我們回到防火巷，由於身邊有紅色小BOSS許洛薇杵著，談判過程倒是一點都不煽情，我告訴陳碧雯我們這邊有陰陽眼、警察、紅衣厲鬼、王爺、神明代言人、地方頭人，這陣容絕對比她孤軍奮鬥豪華多了，把那個強姦犯列入黑名單，日後時機對了說不定還能找到其他受害者出面指認。

「就算妳弄死那個撿屍強姦犯，社會大眾根本不知道他是誰或幹了什麼，或許妳還剝奪其他受害女生討回公道的機會，這種人渣就該讓對方身敗名裂、痛苦到死。」我從同理心的角度勸陳碧雯報仇要有長遠眼光。

對，我不是博愛聖母，心裡有個腐爛的傷口，傷害自己的人還在某處故技重施得意洋洋，不清創就想痊癒？只會爛進骨子裡吧？更別說那些要受害者放下的大方言論有多麼噁心，連我這個從小低調生活的孤僻邊緣人都受不了。

很多被害者自殺，不是因爲他們不堅強，而是太虛弱，心靈傷口根本沒有清洗，更遑論痊癒。這是誰素行不良或特別倒楣的錯嗎？才不是！錯在掠食者的天敵不夠，狩獵環境太舒適，加害場所甚至就是自己的家。

短短一年我小小的活動圈子裡就接觸了數起女性受到性侵的例子，有些得逞如戴佳琬和眾多神棍的受害者，有些未遂但也留下一輩子的嫌惡驚恐，如戴姊姊，就連我也差點被陳法師強暴，性侵其實就是這麼普遍，只是受害者往往有苦難言。撿屍——典型不上白不上的食腐動物心態，更別提那些處心積慮想吃女人的壞蛋了。

復仇得到的是空虛，但硬逼自己吞下去，身心因毒素腐敗難道比較好？愛和理智也許可以清洗創傷，也許不行，所以這是因人而異的事情，例如我自己還是要復仇的，只是會針對凶手，搞不好我成功幹掉冤親債主後會很滿足呢！畢竟人生本來就有很多空虛。

「嗯。」陳碧雯輕輕應了一聲，讓我覺得這個女鬼實在過得很委屈。

我一直覺得陳碧雯可怕是可怕了點，但不是眞正的壞鬼，否則我也不會不假思索提議和她在喪門障黑得像垃圾袋的防火巷中交涉了。

「小艾，快點問她李嘉賢中邪和暗殺妳的事是不是她幹的？」許洛薇貼在我旁邊說。

「妳不會自己問？」

「我要維持高冷形象嘛！」

「妳蔬菜啊！」我沒好氣地吐槽一句，還是問了，陳碧雯回答她眞正下手的只有李永義和李心玲，很現實的一點是李家只有這兩人時運低到她能干涉，她還很奇怪爲何會問到我身上。

鬼故事裡都說厲鬼有時會無差別攻擊，我保險起見也得一併懷疑，事實誠如許洛薇說過的，陳碧雯作爲厲鬼不是眞的很強，意識也沒那麼自由敏感，只能注意到仇人與仇人的親族。

「我一直被困在這條巷子裡，最近好不容易終於走出去，才作弄一下那個小女孩報復李永義，李家卻請法師作法讓我進不了公寓，直到剛才李永義想死，我忽然又能跟著他走進去。」

我像是被一片冰涼蛛網纏住，呆呆望著許洛薇，她也發覺不對勁了，我們都以為李家請的道士是冒牌貨或廢柴，以至於許洛薇完全無感，但陳碧雯和其他雜鬼竟然是被完全擋在委託保護範圍外。

等等，到底是法師還是道士？陳碧雯可能認不出來，但法師的稱呼比較廣義，我還記得李嘉賢很明確地告訴我家裡找的是道士。無論如何，有個扮豬吃老虎懂得法術的傢伙必須留意。

或許陳碧雯的實力沒有那麼低落？根據她的自述，她也是有能力附身一個活人操縱或勸誘對方自殺的厲鬼，問題來了，實力相差再怎麼大，能擋住陳碧雯的結界也該讓許洛薇有感才對，她不懂長驅直入，還自在舒適地待了一星期。

可能性只有一個，我們被盯上了，這是陷阱。對手動機不明時只能小心防守，我需要找專家從長計議。

「妳有看到那名法師的模樣嗎？是男人還是女人？」我連忙追問。

「我看不清楚，他被很多人影團團圍住，我覺得很恐怖，他看了我一眼，我立刻就被逼回巷子裡，他發現我了。」陳碧雯聲音愈來愈低，竟顫抖個不停。

那法師知道作祟惡鬼的真面目，故意不聞不問，看來真是衝著我們來了，我好像知道對李嘉賢下符的凶手是誰了。

「那麼，妳看見他的心燈是什麼顏色？大小亮度火力如何？」我看不見心燈，但鬼魂和刑玉陽似乎可以看見這玩意，至少留個辨識參考也好。

一陣詭異沉默過去，陳碧雯一直看著我，兩三滴血淚落到地上，化爲淡紅色的煙氣，仍然散發著螢螢微光。

「那是我最害怕的地方，那個法師是人是鬼我完全分不出來，他像妳一樣暗得幾乎看不見，但是妳很溫暖，我知道妳是活人。」陳碧雯說。

我張口結舌半天，終究沒能爲此辯白，只能將陳碧雯提供的情報默記在心。

「最後一件事，妳綁架心玲將近兩天，帶她去哪裡、做了什麼？妳想讓她遭遇和妳一樣的悲劇來報復李永義嗎？」我必須幫李心玲確認附身過程，否則她這輩子都會被這段失去的記憶折磨。

陳碧雯咬唇不語。

「我會催李永義快點上門謝罪，眞相大白，讓妳的父母早日來接妳超渡，妳也不要欠太多業障困住自己，否則到時候想走也走不了。」我警告她。

「我想殺了她。」她嘴裡像吐出一隻毒蠍陰狠地說。「只有這樣，那個男人才會覺得痛，我帶她去許多地方，樓頂、海邊、橋上……」

「但是妳下不了手？」

「她只是孩子，而我以前是個老師。」

陳碧雯最後說了這句話，走入黑暗中。

□

當初我直覺李家有人會出事，沒想到是李父差點被逼死，他那間茶行近年投資失利外加生意慘澹，還借錢進了一倉庫賣不出去的普洱茶，時間流逝債務擴大，不敢告訴家人自己正處於可能要動用老本的危急狀態。

李永義放下矜持，向妻子兒女告白棄屍罪行與三年來啃嚙他的經濟壓力，一家人抱頭痛哭，決心共度難關。我建議李永義發誓將找出那名撿屍男作爲畢生志業，萬一發現犯人可以找主將學長支援順便讓他賺業績，還債添點利息才顯得有誠意不是嗎？其實我額外考量的是，有個困難目標李永義比較不會輕生。

這部分退伍軍人的李永義倒是爽快，咒誓會去尋找褻瀆陳碧雯的眞凶，比起空泛無力的道歉，有事可做反而能救點自尊回來，就算眞犯人暫時找不到，我敢肯定其他撿屍客要倒楣了。

有的人只將家人當成私有財產，想怎樣就怎樣，有的人卻為家庭做過了頭，失去判斷好壞的標準，一次行差踏錯差點全盤皆輸。我想到戴佳琬的父親，不知他現在有沒有好好工作生活？是否轉念想積極尋找行蹤不明的老婆，愛面子真的會害死人。

解決完李家作祟事件，我和許洛薇才回到老房子，丟下行李、沖澡、癱在床上看舊漫畫，不到一個小時又被林梓芸緊急CALL出門，還要我記得帶換洗衣物，我那塞滿髒衣服的背包只好緊急重新打包，我一樣不忘塞幾瓶淨鹽水進去。

她居然直接騎車到「虛幻燈螢」堵我，可惜我和刑玉陽都不在，咖啡館暫停營業，只好繞到鎮上找過夜處打發時間。我看到林梓芸的來電記錄後有回撥，但她不知是正在忙還是訊號不好沒接到，然後又錯過一次來電，我判斷不是很重要的事，否則她早該用簡訊解釋來意或者多打幾通，再說那時我還忙著救人。

結果最新一通來電居然是催我立刻拔營？而且不肯在電話裡說清楚，堅持當面談。

「鬼也有鬼權，一例一休！一天超過八小時要給加班費！」許洛薇的加班費指的就是腹肌照片或把小花抱到有貓控的主將學長懷裡，為她的腹肌探索計畫護航，雖然線條不明顯，卻是柔道界痛電桃花眼小帥哥的硬底子貨，物競天擇的王者腹肌有必要進行深度研究。

「我要告訴殺手學弟妳覺得主將學長的腹肌比較好。」

「舉手之勞助人爲樂，志工服務讚讚讚！解謎是吾輩的天職，跟上！巴絲克琳・華生！反正本小姐上次也沒發揮實力。」

「呵呵。」

我們約在「虛幻燈螢」見面，事實上林梓芸還是從店長刑玉陽那邊打聽到我回家的消息。楊亦凱的母親忽然相信兒子的魂魄還困在KTV火場，借錢找法師到現場「解救」楊亦凱，那名神棍獅子大開口，供養套餐就要六位數，儀式是今晚子時，距離時限還有半天時間。

林梓芸之前也很掙扎是否要麻煩我，便決定先動身，保留反悔空間，路上再考慮要不要放棄找我，反正白跑一趟就當出來玩。林梓芸覺得我在靈異之事上比她有經驗多了，當時她還不知道楊亦凱的母親要在今夜招魂，還是在陰暗髒亂的火災現場，臨時從社團學弟妹那邊得到消息後，她馬上決定揪我一同阻止對方莽撞行險。

「屁啦！我明明親自送他投胎的好不好！神明接案有保障的！」我一時口快不慎洩底。

文青女孩登時一臉怒色：「妳怎沒和我說！」

「這種怪力亂神的事一般不會告訴別人好嗎？」我張大嘴長長吐了口氣，搖頭表情沉重。

「可是……可是……」林梓芸顯然覺得她有資格知道楊亦凱魂魄的去向。

絕不能告訴她，楊亦凱不但被某個女鬼害死，這名女鬼還在追獵他的魂魄，林梓芸沒必要接觸這種危險，再說，譚照瑛是我的獵物。

「反正是好的結果，神明護航表示他下輩子應該會過得不錯。」我這般安慰著林梓芸，將話題焦點又移回楊亦凱母親身上。

我們一致同意立刻趕到楊亦凱母親身邊，儀式子夜才開始，但勸服需要時間，最好能在出發前就勸楊母放棄招魂。

既然她是騎機車過來，我決定也騎機車陪她前往阻止楊亦凱母親，早知如此，還在李家時就該機靈點主動打回去確認，幸好回程是刑玉陽載我，沒耗太多體力。

向刑玉陽報備我去阻止神棍騙錢，這回他忙著開店懶得跟蹤我，確定許洛薇有跟上就不管我了，只有一件事我必須遵守，絕對不能踏入ＫＴＶ火場大樓，溫千歲已經警告過，那裡有死者怨念形成的「劫」，就像塞滿毒蛇的洞窟，就算毒蛇已經沒了，洞窟還在那兒，會不會又躲進新的髒東西不好說。如果我只是單純去找楊亦凱的母親，阻止經濟困窘的她被騙錢，那樣就沒問題。

刑玉陽知道我對沒能挽救楊亦凱耿耿於懷，以及我和許洛薇送小男孩魂魄投胎的事，此時自然不會阻止我送佛送上西天對楊亦凱的親人盡點道義。我沒有當大善人或積功德的野心，幫李心玲、楊亦凱母親，甚至陳碧雯的鬼魂，最直接的理由都是不想留下遺憾，也許和正港的修道者相比只是微不足道的小case，卻可以讓我睡得好一些。

萬一哪天這條小命玩完，起碼能說蘇晴艾沒有白來世上一遭，我還是對社會做出貢獻了。

兩輛機車一前一後出發，本以爲會遵循前往李家的原路線，畢竟ＫＴＶ大火在李家所在的城市，楊亦凱就在那裡打工應該不會住得太遠，母子相依爲命，找他的母親等於回到我先前調查李家的活動範圍，豈料林梓芸說楊亦凱的母親受不了喪子之痛已搬出租屋處，暫時借住在朋友閒置的鄉下產業，過往是貴婦人的她這方面人脈總是有的。

那處農舍別墅的距離倒是比李家要近，但我們得騎上兩小時省道，再切入橫跨兩個縣市邊緣的山區公路。那是蓋在觀光區附近的新房子，沿途住家不多，或者零星分散在山谷裡，道路兩旁都是樹叢，偶爾才有沿著路邊搭建的老舊民居和小村落，其實是愈騎愈荒涼的感覺。

林梓芸顯然認爲地圖顯示沿省道和有名的觀光公路移動應該很好走，豈料道路比我們以爲的要蜿蜒狹小，地勢高低起伏，大多是一線道，前進時間竟比預期要多花了一倍以上，這樣下去我們要趕在楊亦凱母親開車去招魂現場前勸止她可能有難度，但這種路線沒辦法搭大眾交通工具，林梓芸懊悔我們應該叫計程車時已經來不及了，然後我開始覺得有點累了。

其實就算她一開始就堅持包車我也不會同意，經過種種附身事件，我可不想把自己和同伴的人身安全交給一雙握著方向盤的陌生之手。

難得跟我長距離騎車放風的許洛薇卻認為是美好的一天，頻頻在後座誇讚森林之美，芬多精很棒，磁場超曼妙等等，至少我們之中有一個很開心。

「通常就是荒涼難走的地方才要主打觀光收入，這邊有名就是因為車流量不多，單車族很愛來。」早在前段苗頭不對時就趕緊要林梓芸買容器特地繞了點路去加油，以免深入山區卻面臨缺油熄火的窘境，此時我一邊小心分配著汽油，抬頭憂慮地望了望天色。

雖說眼皮撐不下去時還有許洛薇代工，天黑前若不能抵達楊亦凱母親所在地，我事後一定要去買烤雞蹂躪洩憤！

「妳說的有道理。」林梓芸全神貫注地盯著我手中的汽油，彷彿希望我把剩下的油全倒進她的油箱。「我們為什麼不兩個人合騎一輛機車，這樣也比較省油？」

「機車騎山路更容易出狀況，萬一引擎熄火或電池沒電，還是最常見的輪胎破了，至少還有備用交通工具，出來玩是無所謂，但現在我們趕時間，汽油的話用完也可以和農民買，可能貴一點，因為他們開農機具或割草機通常都會放點汽油在家裡。」我沒想過兩人一鬼三貼，更不想讓她離許洛薇太近，許洛薇不喜歡陌生人，尤其對方又沒有腹肌。

她一臉敬佩地對我點頭稱是，殊不知我也是個蝸居多年的理論派旅行者，只是先前準備機車返鄉之旅時有模擬過狀況。

「小姐，妳出發前都沒查過沿途補給點嗎？」她先前還不想浪費時間去找加油站，我還得用加油站有廁所當誘餌，林梓芸顯然是不會在路邊脫褲子急就章的一般女孩子。

「我一直到打通妳的手機前才向楊媽媽問出她的現居地址，要她等我帶見證亦凱學長投胎的女生過去，她雖然答應等我們，但我們要是遲到太久，她可能心急就離開了。」林梓芸憂心忡忡道。

「那還是快一點吧！」我帶著安慰口吻說。

正當我收好空蕩蕩的油桶，兩人準備發動機車繼續趕路，頭頂上忽然傳來此起彼落的鳥鳴聲，尖銳又急促，我們被一群白尾八哥包圍。

「怎麼回事？這麼多黑色的鳥對著我們叫？牠們的叫聲好奇怪。」林梓芸的五官立刻因恐懼而緊繃起來。

「那是發現掠食者在警告同伴。」自從收養小花，以及許洛薇利用小花的身體在清晨傍晚外出探險，原本生活在老房子周圍的野鳥便經常發出這種叫聲。

「那麼這附近是牠們的棲地，我們是被當成掠食者了嗎？我小時候好像也被這種黑色的鳥追過。」聽我這樣一說，林梓芸好像寬心不少。

她把八哥和凶悍的大捲尾（烏秋）搞錯了，八哥其實是種很親人的野鳥，只要有食物吃甚至會跳到人類腳邊，照理說不可能這樣衝著我們叫，害我一時之間有點發毛，但又不想給林梓芸帶來無謂的緊張。

我看著許洛薇，無言問：是妳的影響嗎？

記得許洛薇的異形模式是偏貓科動物，但最詭異的是，你又不會用貓來形容那頭異形，只能說牠長爪利齒，落足輕盈安靜，腰身柔韌，脊椎軟跳躍力驚人，眼神凶殘而無情，攻擊動作和氣質都屬於絕對的掠食者。

我無法替異形定位，甚至查不出那生物偏向何種傳說怪物，理由是異形的骷髏臉、部分變身，以及朦朧表皮，讓我直覺這個形態還不完整，像一個過渡中的蛹或胚胎。更糟的是，那是一個不完全轉換的畸形，許洛薇的魂魄應該還會繼續變形，朝終極的怪物之身演化，我想要阻止的正是這個。

「沉魚落雁現實版本，我終於美到連鳥都忍不住產生反應嗎？」許洛薇扭了扭腰。

我抖了抖嘴角，不想在這時候陪她說相聲。

「蘇晴艾，妳怎麼了？怎麼不說話停在那裡。」林梓芸問。

「沒事，可能有野貓躲在附近，八哥才叫個不停，我只是想找看看貓在哪裡，省得自己嚇自己。」我相信這是最有可能的解釋。

據說原住民用特定鳥叫聲判斷吉凶，雖然不知道祖先通婚到哪一族，反正都讓我有點原住民血統，學姊還稱讚過這在柔道上有天賦加成……扯遠了，不是一隻而是一群的淒厲鳥鳴，直覺告訴我很不妙，出門遇到凶兆最好立刻掉頭回家。

我另一種根深蒂固的習慣立刻反駁：鳥叫只是迷信，想太多。

再說，不只林梓芸在乎楊亦凱的母親，這位婦人也是我調查許洛薇死因的重要線索，無論如何不能放過與她打好關係的機會，林梓芸幫我鋪好一條路，我助楊亦凱投胎，再阻止這次的神棍詐財，應該能在楊亦凱母親心中取得不一樣的地位。

我不會讓玫瑰公主變成怪物，她是我的女鬼，最傻的最美的最變態的——最好的朋友。

「不要找貓了，快趕路，時間不夠。」林梓芸又恢復來找我時一心只有亦凱學長的焦慮狀態。

「給妳帶路，不要騎太快。」我說。

於是我們繼續前進，沒多久經過路邊一座涼亭，林梓芸未曾停下來，我瞥見一對中年男女正在休息，有些眼熟，來不及想太多，我繼續追上前方的機車，過了幾秒，我還是覺得不太對，按了幾下喇叭，打算等林梓芸停下來再轉向回去確認那對男女。

戴太太被死去的女兒拐走，已和戴佳琬正式宣戰的我還是無法忘懷這個失蹤者，隨著時間流逝，戴太太的臉孔在我心中早已模糊，不借助相片就想不起來，遇見年齡相近的婦女還是會下意識多看兩眼，這一點已成了我的習慣。

林梓芸沒聽見喇叭聲，一個勁往前騎，我從速度計上緩緩又右撇些許的指針確認她還偷偷加速了，暗咒一聲不得不跟著催油門以免她漸漸離我遠去。

我謹記刑玉陽教導的靈異調查原則，「直覺不安時別讓搭檔離開你的視線」，忍住騷動的違和感跟了一段路，林梓芸不知是太專心還是全罩式安全帽隔音效果太好，她硬是不停下來，再這樣下去要花更多時間折返涼亭，我只好自行減速靠向路肩，打算用打手機的方式通知她。

山路迎來大彎，我決定先過這個轉彎再停車，林梓芸的背影消失在另一邊，一股寒意鑽進背上毛孔，不過幾下呼吸，前方傳來刺耳煞車聲與短促尖叫，然後是令人血液結冰的碰撞聲。

「該死！」我不敢暴衝，林梓芸出事了，轉彎後等著的不知是什麼陷阱，但我非去不可。

握緊機車龍頭，許洛薇和我全神貫注，宛若化為一體，穩穩地過了轉彎，林梓芸趴臥在馬路正中央一動也不動，我的心臟彷彿也一起停了。

我將機車停在路邊跑向她，咬了下舌尖將湧出的淚水逼回去，現在只剩下我能救她，必須冷靜。

沒有肇事者的痕跡，剛剛我沒聽到第二道引擎聲，她也不像撞到什麼，卻在我的視線外莫名其妙自摔。我跑步同時手忙腳亂掏出手機打119，爭取一秒是一秒，豈料這條觀光公路上竟然收不到任何訊號！

「林梓芸！林梓芸！聽得見嗎？」我輕輕碰了碰她的肩頭，沒有反應。

一小灘鮮血從她右腿下方滲出，手臂外側也有大片濕潤血紅，我喉嚨縮緊，一股即將壓抑不住的顫抖正在上升，迄今遇過很多死亡，但這和有個人就在我面前斷氣不一樣！

我伸出指尖從安全帽下緣探近她頸側，輕輕按壓，挪到正確位置，瞬間我聽到的是自己在血管裡轟隆作響的心跳聲，過了兩秒才感受到指腹下的彈跳。我用最輕柔的動作解下她的安全帽，林梓芸雙眸緊閉，頭部沒有血跡，脖子沒彎成不自然的角度，呼吸還在，但我還是擔心她顱內出血或頸椎受傷不敢貿然搬動傷患。

我該等她自己醒來，等下一輛車經過幫我們求救，還是立刻騎車到有訊號的地方打電話找救護車？最後一點似乎比較理智，她在流血，我不該浪費時間。

望著道路兩端，我有等不到來車的預感，照理說台灣地狹人稠再怎麼偏僻的山區公路都有一定車流量，何況還是經過好幾個鄉下觀光區、溝通兩個縣市山區交通的路線，這股孤絕隔離的感覺到底從何而生？

讓許洛薇走路去求救太不切實際，我留下來卻也無法對林梓芸有所幫助，或者讓許洛薇守著她一會兒？我趁機去求援？

「不要離開她。」許洛薇冷不防說。

「薇薇？」

「這裡很奇怪。」紅衣女鬼五官像被什麼糊住一樣，模仿花貓的動作給自己洗了一通臉。

不遠處零星響起幾聲白尾八哥戾叫，像是鳥兒追過來了，不若剛剛我們在路邊手動加油環繞我們時那樣聲勢浩大，但卻讓我更毛骨悚然。

「為何我不能離開她去找人幫忙？」我問許洛薇，她有時會冒出一些別有深意或出奇奧妙的言語。

「妳離開，她就會死。我沒辦法救她。」許洛薇有點難受地說。

「我聽不懂。」我正用放在後車箱的捆物繩充當止血帶替林梓芸紮緊受傷大腿上方。

「她開始想從裡面出來，然後會有很多壞東西想進去，我對妳說過除非致命傷或死亡衝擊等重大外力影響，魂魄很難從身體剝離，但她好像是特別容易脫落的類型，俗稱魂不守舍。」紅衣女鬼蹲下來忽然朝林梓芸額頭前方虛空一搧，她的身體一陣微顫，然後再度不動。「但我不能一直把她打回去，會打壞。」

這下可糟了。我瞪著許洛薇，她無奈地看著我。林梓芸的傷勢或許不到致命，但她居然是容易離魂的體質！

「小艾，妳把手或能嚇鬼的東西放在她額頭上，看能不能擋一擋，這個我沒經驗，只是看到她的魂魄開始鑽出來了。」

我拿出殺手學弟送我的護身符，默唸一聲媽祖娘娘保佑，放在林梓芸額頭上，連同掌心一起按壓，她的額頭與我的手心都是汗。

「我們一直在原地耗著，林梓芸也很危險，我寫個求救紙條，妳能不能找個野生動物附身，叼著手機和紙條去找人幫忙，有訊號就打給我們的朋友？」我不顧這麼做是否會引發騷動，和一條人命相比這些都不重要！

「我不能離開妳們，至少現在不行。」許洛薇咬牙。

霧氣無聲無息包圍我們，白霧中混著若有似無的焦煙味，一股令人不安的肉類焚燒氣味隨之滲入，我立刻明白許洛薇在警戒什麼了。

ＫＴＶ火場的大樓不只死了楊亦凱，十年前同樣一場逃生門被堵住的大火也奪走二十二條生命。望著霧氣中的幢幢人影，我不用清點就知道應該是這個數字。

「溫千歲說ＫＴＶ大火的劫爭神明贏了，解放困在那裡的冤死魂魄，不再需要替身才幾乎無人死亡，業力形成的漩渦消散後，我以為那些鬼都去投胎了。」我蠕動嘴唇對許洛薇說，生怕音量稍微大些就會驚動恐怖的燒死鬼群。

「想得美，就像楊亦凱那樣要能投胎早投了，這些爛肉鬼一看身上都有業障啦！」許洛薇撇嘴。

其實我和她想法一樣。

我透過電話向堂伯蘇靜池請教問題時，手上都會拿著筆記本，這個習慣從我們初次見面對話持續迄今，只因堂伯提到的很多專有名詞我不得不上網搜尋原文出處，有些在他擔任蘇家族長，以及豐富學養沉澱下的鬼神見解也值得我一再深思，畢竟我現在就處於血淋淋的前線上，堂伯大概也很想要我的實戰經驗吧！

有句話就曾令我印象深刻，簡直就像被拉扯腸子一樣。

「一群人死在同一個地方絕對不是偶然。」

無法離開火場的執念，眞的只因爲死亡太過可怕嗎？還是這群大火罹難者彼此有因果未消，導致死後仍糾纏不休繼續慘澹的惡緣？

因爲意外而死的鬼魂怎會變得那麼可怕？彷彿地獄生物般，焦黑綻裂的皮肉，半燒焦的黃色脂肪，捲曲如鳥爪的手指，融化的皮膚和血紅傷口，最恐怖的是那尋找獵物的蹣跚步伐。

世人皆知，吊死鬼怨氣驚人，對燒死鬼反而沒有概念，活活燒死本來就屬於一種極不尋常的經歷，車禍死者就絕對多於火災犧牲，意外去世的人魂往往也罕有變成四處游移的厲鬼，那種「我死了就要全世界陪葬」的心理畢竟不是人人都有，所以變成迷糊的地縛靈或是游移一段時間後自然投胎，以及被家人供養才是橫死後的常見發展，說死亡瞬間的執念決定鬼魂種類也不爲過。

通常環境在活人斷氣後並不會對人體再有什麼傷害，生前執念才會成爲決定性的理由，若是有股執念是死後才出現的呢？若沒先有過陳碧雯死後才被強姦的例子，我絕對無法在這麼短的時間內就聯想到這種可能性。

根據我目前歸納的魂魄理論，心臟被捅一刀，死後魂魄同一傷處不會再痛，因爲肉體機能已經停止了，但如果立刻再被刺一刀，就會痛在不同部位，關鍵在生死交替的某一段時間在當事者眼中是連續的，並非我們活人以爲的呼吸心跳停止就瞬間切換模式，一個斷氣後還繼續躺在手術台上被搶救的病人可能以爲自己還在治療中，直到他意識到自己已經死了。

我的猜想是，若放著屍體不管，魂魄和身體的同步感覺會消散得比較快，若是從斷氣前身體就一直受到刺激，感覺就會無限放大，剛死的幾個小時是最強烈的，之後就淡化了，否則負責解剖驗屍的法醫和會動刀縫合的遺體美容師不就遭殃？

活活燒死等於不斷疊加新傷口，肉體遭濃煙窒息嗆死後，魂魄恐怕還要被燒死一次，那是漫長並且痛感乘以多倍的酷刑，而且必然發生在魂魄最敏感的初死階段，直到火焰被撲滅，高溫消失為止。

就算淹死、活埋甚至摔得粉碎，都沒有困在一棟建築物中被燒死對魂魄的折磨要深。

這些燒死鬼不只怨恨命運還戾氣沖天，偏偏找不出具體發洩對象，其實要怨KTV老闆也可以，但被痛苦沖昏頭的鬼魂智商往往有限，於是成了誰碰見誰倒楣的災難。然而，正因為燒死的感覺太強烈，強烈到無法有其他意識，燒死鬼應該不會出現到處遊蕩的行為，而是卡在原地等超渡或陰間來處理才對，為何會出現在離火場相當遙遠的山區公路上，明顯衝著我們來？

「以前，我在妳的冤親債主和其他惡鬼上沾到的是腐汁膿液，噁心歸噁心，還是可以洗掉，現在碰到那些燒死鬼，我覺得自己會跟著燒起來。」許洛薇定定望著不斷逼近的濃霧人影，焦臭味已先一步撲襲。

一股酸水湧上喉嚨，我弓著背差點吐出來。

溫千歲用圍棋比喻業障的「劫」，我一直以為只是他在玩雙關語，因為圍棋裡也有「打劫」、「劫爭」的專門術語。直到被一群燒死鬼包圍，我才恍然大悟，或許瘟神王爺暗示我的重點是就算棋子被某方吃掉，棋盤上大局底定，黑子還是黑子，白子還是白子，並沒有哪顆棋子忽然洗白。

如同一樣被燒死的楊亦凱鬼魂化爲可愛小男孩，他沒被困在燒死之處，而是從火場躲避譚照瑛的獵捕逃跑。黑與白，厲鬼與善魂仍然被一股龐大無形的力量調節著，維持世間某種你我無法理解、往往也不喜歡的平衡。

或許楊亦凱也跟著我們從那扇終於被殺手學弟撞開的逃生門出來了，只是慢了點，沒帶著身體，而我們沒望向背後，消防隊員看不見。我想把這段想法告訴楊亦凱的母親，對她說她的兒子眞的沒受苦，這是很難得很稀有的福分。

前提是我還能從這段山路清醒地活著回去。

不敢放開壓著林梓芸額頭的手掌，我被這個女生受傷昏迷的身體拖住跑不了，她的魂魄倒是急著想開溜。

「這點痛而已，忍住啦！」不管她聽不聽得進去，我俯身大聲命令。

林梓芸還是沒醒，難道摔車時撞到頭了？

一旦這麼多燒死鬼開始附身攻擊，她只能靠自己防守軀殼，我都自顧不暇了。

「薇薇，我們是不是遇到鬼打牆了？」居然在白天車輛往來的山路上，這日子沒法過了。

「欸，好像是耶！」許洛薇弓起背，目光緊鎖那群皮焦肉爛的燒死鬼，我不懂她這個姿勢有何含意？

燒死鬼白晝現形至少意味著一件事，它們和許洛薇一樣都對日光有抗性，換言之，有某種能力，和許洛薇之間的力量差距比我們之前打交道的孤魂野鬼要小。

問題是，差距有多小？

「小艾，不用擔心，我會把它們全幹掉的。」許洛薇勾起一抹嗜虐的微笑。

那不是生前許洛薇會有的笑容，她會對帥哥邪笑，對腹肌傻笑，但絕對不會笑得那樣冷血。

我卻沒有立場要她醒醒，大家一起逃跑，反而必須祈禱許洛薇能打贏，否則我們的下場會更慘。

最差的情況是一個人戰鬥，我已經夠幸運了。

「看來這次我要完全變身才能拚看看了。」許洛薇說。

「妳可以自己變身了？」我吃驚地反問。

「如果小艾希望我變身就可以，不然等我氣到失控可能太晚了。」

但我非常不想讓她變身，這一變不曉得我的玫瑰公主還能不能回來？

「小艾不希望我變身嗎？」許洛薇感覺到我的遲疑而出口詢問。

「該動手的時候我也會一起打，再等一下。」我暫時放下林梓芸，走到許洛薇旁邊，我們兩個像是一座小小的柵欄，守著身後隨時可能被奪舍的傷患。

燒死鬼在距離我們約三十公尺外停下腳步，霧氣環繞著皮焦肉爛的鬼影，好幾個燒死鬼腳掌只剩下光禿禿的棍狀物，有的鬼還飢渴地嚼著自己的手臂。

「等什麼？」

「等一個我叫得出名字的惡鬼現身。」一滴冷汗滑下我濕透的鬢角。

名字自古以來蘊含強大的力量，招魂必須呼喚一個人的名字，詛咒亦然，不知此時喚出這個名字會有何種後果，與其死得不明不白，我寧可面對面打上一架！

Chapter 10 / 對面不相識

「有種露臉啊！譚照瑛！把這群燒死鬼從火場帶出來的是妳吧！在學校偷襲我的也是妳對不對？」

纏繞著燒死鬼的霧氣——應該說宛若火場濃煙般的怪物凝聚成少女的身形，漸漸浮現照片中的譚照瑛模樣。

腳下地面一震，皮膚像是被熱砂潑中一樣，一股灼熱在我身邊爆發，回過神來許洛薇已經變身了，比初次變身更加龐大的赤紅異獸，這次她光是四足著地背高就將近兩公尺，額頭上還長出角，爪子也變成黑色，看起來好像有毒。

異獸對著譚照瑛發出貓一般的嘶氣低叫，卻比虎豹怒吼都更讓人毛骨悚然，黑氣從牙縫間淌流滴落。

「妳終於看見我了。」譚照瑛理了理披在胸前的長髮說。許洛薇護在我身前，我不管三七二十一捉住異獸前腳附近的毛皮，像握著一團火，沒有實體但感受驚人，明明是緊張時刻，我卻瞥見赤紅異形背上有兩個骨肉小團，那個部位該不會以後會長出翅膀？許洛薇妳到底要給我升級成什麼模樣！這種超級形態我照顧不來啊！

「薇薇，不要激動。」我再度警告許洛薇。

她發出一聲嗚叫，已經沒剩多少人類意識了，她純粹和一切威脅我的敵人過不去，誰敢靠近我就會被她撕成碎片。

這時，譚照瑛則因那句「薇薇」轉而看我，臉龐是水泥的顏色，渾身散發一股讓我非常噁心的氣息，像是無數血液、尖叫、垂死呼吸和被拉扯扭曲的痛楚堆在一起，最噁心的是她的眼神，她以爲自己已經贏了。

「薇薇交到朋友了呢，可是妳這個朋友好像不怎麼樣。」譚照瑛邊說邊領著燒死鬼隊伍逼近，我們這邊卻因爲昏迷的林梓芸無法撤退。

她像在測試靠得多近許洛薇才會反撲，最後在離我們十步遠左右的地方停下來，得意地昂起臉，爲了將許洛薇的獸形頭部看得更清楚。

「妳怎麼變成這個樣子？還是妳本來就是怪物呢？早知道妳的眞面目這麼地……噁心，我就不用辛苦地找到妳，嗯，不過看看不一樣的薇薇也很有趣。」譚照瑛毫不掩飾她的滿足與優越感。

她敢嘲笑許洛薇？她憑什麼看不起許洛薇！

我簡直快氣瘋了。「妳才是怪物，醜死了也不照照鏡子！之前在火場妳就像大便糊出來的髒東西！妳以爲自己很重要？薇薇根本不記得妳！」

戳下去叫一個準，譚照瑛閒適模樣崩了一角，霧氣鬆開缺口，立刻有隻燒死鬼從缺口冒出，跌跌撞撞朝我衝過來。

我強忍著恐懼立定不動，赤紅異獸在那頭燒死鬼接近時便不看譚照瑛，等到燒死鬼快撲上我時一爪將其攫走，壓在地上開始撕扯，我則絞盡腦汁想著脫困辦法。

我不信譚照瑛可以一個人控制二十二個厲鬼，或許她根本命令不了它們，而是利用燒死鬼極度瘋狂盲目的特性將它們引誘來此，再用霧氣迷惑鬼群，讓它們暫時看不見獵物。

如果譚照瑛不能保持這團煙霧，她自己也會有麻煩，這一點或許是我們唯一的機會，但是要跑的話我必須扛著林梓芸，我沒自信扛得起來。

我早就知道會有和譚照瑛正面相碰的一天，只是沒料到這麼快，對手甚至不在某處偏僻農舍埋伏，陷阱設在半路使我們無從防範。

是她殺了許洛薇！我甚至不想多此一問，讓她有嘲笑我的機會，楊亦凱的死就是最好的例證，這個不幸青年也忘了仇恨和死因，她先花了幾年弄死許洛薇，接著又花幾年弄死當初喜歡的男子，企圖連魂魄都佔爲己有。

我們送楊亦凱投胎壞了她的好事，譚照瑛這回帶著充分武力前來，就是想把許洛薇變成她奴役的僕人和寵物。

「譚照瑛！」我再度叫出她的名字，眞希望我能將淨鹽水潑在她身上。可惜我手邊的淨鹽水有限，如果要逃就不能浪費在畫結界，得留著斷後，就算林梓芸的魂魄不幸被搶走，我也必須把她帶到醫院先治療再想其他辦法。

「啊！蘇晴艾，我一直很好奇，爲什麼只有妳看得見我？」譚照瑛歪著頭，與我對上視線。

我靈機一動，難道她是從火場跟蹤我回家？因爲我能看見她又是許洛薇的好朋友才頻頻暗殺我？譚照瑛說只有我看得見她這句話不太對勁，不經意說出的話往往包括最多眞相，難道她的意思是其他陰陽眼和鬼魂看不見如今的譚照瑛？

現在有什麼招都得使出來，對付譚照瑛這種病態的控制狂，只能先擾亂她的策略。

我不需要看透人心的天才，只要看透我的好友就知道曾經欺騙又傷害她的優等生變態到底是什麼垃圾，被害者與加害者往往是一體兩面的關係。

譚照瑛從不欺負弱小，甚至對你很好，只是深信你一輩子都得匍匐在她腳邊，否則，她會利用你的信任和好感，讓你體無完膚，任何威脅她崇高地位的人都是背叛者，死不足惜。

「妳嫉妒許洛薇，她樣樣都比妳強，這是事實。」我忍住不看旁邊那隻燒死鬼的慘況，譚照瑛放出那隻燒死鬼不只是爲了攻擊我，更是羞辱許洛薇，看她露出野獸的醜態。「不管她變成什麼樣子，她都是我最好的朋友。」

「妳問為何只有我看到妳，答案很簡單，因為大家早就不在乎妳是誰！而我剛好在調查一個叫譚照瑛的亡者，妳沒發現嗎？薇薇是看到『我的敵人』，她從頭到尾沒有認出妳！」我愈說愈快，冒出復仇的快感。

「妳胡說！」譚照瑛大聲反駁。

「妳以為在薇薇面前自殺可以害她內疚一輩子，看來妳沒有重要到列入死後的記憶名單哪！許洛薇連當過她學分的教授和欠她錢的酒肉朋友都記得一清二楚，妳是有多影薄呢譚照瑛？」我直覺認定這會是譚照瑛的地雷。

我揪著一把赤紅異獸的毛皮，彷彿能從中得到力量。

「我告訴妳為什麼！因為薇薇一點錯也沒有，她是很難過失去一個好朋友，但不會為妳的死負責，那是妳自找的！還有，她大概已經看穿妳的眞面目，才會乾脆把妳忘了，不值得嘛！多虧妳用自殺這麼蠢的方法提醒她。」我猜想，譚照瑛說不定還幻想過許洛薇會跟著自殺。

許洛薇不但沒這麼做，還變成大美女又黑皮地追逐腹肌，最後來一個打臉絕招「我忘光光了」，現在輪到我火上加油，譚照瑛氣壞了。

女鬼陰惻惻地說：「我要妳死掉。」

「妳不是第一個這麼說的鬼，隨時奉陪。還有，我要叫許洛薇把妳剁爛，就算會造業，我也要和她一起承擔。」我輕蔑地賤笑，輸了人數不能再輸了氣勢。

自己都是厲鬼了還認為弄死一個活人就算贏，這種邏輯實在太天眞。我看著眼前的譚照瑛居然有點想笑，她還是高中生的模樣，在我看來就是個要人命的中二小屁孩。

此時此刻蘇晴艾會站在這裡，一定是命中註定我要協助失去記憶的許洛薇親手復仇。目前最大的優勢是我還眞不怕死，要是萬一掛點，本人變成鬼絕對不好惹，到時候去他的冤親債主、譚照瑛還是這群燒死鬼，我就無牽無掛跟著許洛薇大鬧一場。

赤紅異獸已將第一隻來送死的燒死鬼撕成一堆碎肉，肉屑仍持續冒著惡臭焦煙，我的心也跟著隱隱作痛。我不想讓許洛薇這麼做，也不想對那群燒死鬼這麼做，然而，選擇戰鬥意味著我不會乖乖等死。

「譚照瑛，妳只敢躲在人群裡，眞是狗改不了吃屎。」我剛說完這句話，赤紅異獸低頭湊過來，許洛薇的角差點扎中我，她好像還不知道自己有角一樣，偏了偏巨大的頭顱，用眼睛周圍的部位想磨蹭我。

就算變身後的許洛薇還算不上眞正的實體，至少也有半實體了，渾身散發出蒸騰熱氣，碰到她的手已經發紅腫痛。不過她這支角倒是給我一個想法，若能把譚照瑛串到上面去固定，我的淨鹽水就可以毫不浪費地潑上去，再留許洛薇斷後，或許我還眞的能夠帶著林梓芸脫離鬼打牆範圍攔車求救。

剩下的問題是，我能命令許洛薇攻擊她昔日的好友嗎？即使譚照瑛用自殺對許洛薇情緒勒索，現在的許洛薇不記得她，難道不是被傷得極深才忘得乾淨？我嘴上奚落譚照瑛不重要，其實我懂她在許洛薇心中的特殊位置，萬一之後玫瑰公主恢復記憶，她會怎麼想？

如果她記得往事歷歷而選擇報仇當然沒有問題，但卡在失憶的節骨眼事情就變得有點不道德。

這段思緒在我腦海中轉了不到一秒，我就鬆開揪著赤紅異獸的手。

「薇薇，刺穿那個女生！」

對方都動用人海攻勢，我還想著道德倫理才是活得不耐煩，當然是卯起來打回去！

許洛薇得到鼓勵，興奮地仰頭發出一聲長嚎，接著毫不浪費時間撲向譚照瑛，譚照瑛立刻化爲煙霧後撤，露出被她千里迢迢誘來消耗許洛薇戰力的燒死鬼群，這些瘋狂的厲鬼一擁而上，用露出白骨的指尖摳抓赤紅異獸，我則拖著昏迷的林梓芸拚命往後退，爲許洛薇留出一塊戰鬥範圍。

赤紅異獸固然戰力驚人，燒死鬼群卻像許多支鉗子同時抓向目標，許洛薇好幾次不得不猛力扭腰彈跳翻滾才沒被抓死無法動彈，我以爲玫瑰公主的獸性佔了上風，她卻來回截住燒死鬼，不讓漏網之魚靠近我和林梓芸，這樣下去正中譚照瑛下懷，許洛薇必須一一殲滅所有燒死鬼才能觸及譚照瑛。

在許洛薇身後潑一條結界應能減輕她的負擔，但我直覺認為要突破鬼打牆需要淨鹽水，彈藥必須省著用，許洛薇為我爭取這段寶貴的時間，我立刻打開背包，拿出刑玉陽給的檀香點燃，中和一下燒死鬼的腥臭瘴癘，打開一包還沒泡水的淨鹽擺在林梓芸身上據說陽火最旺的部位，即肩膀、胸口、腹部等位置，她的額頭上已經壓著護身符了。

接著我拿出唯一的紅蠟燭，點燃放在林梓芸頭側，供神的那種厚玻璃杯式紅燭，防風又穩固，雖然現在是白天，林梓芸的生魂眼中景象說不定是黑夜或茫茫大霧，我等於把能想到的裝備都用上了，希望穩住她的魂魄。

「雖然我心燈滅了，梓芸，妳要把這道亮光當成我，不要亂跑知道嗎？」我摸了摸她的臉頰，有點涼，很怕她失血過多，不敢鬆開止血帶。

倘若我沒有拿怪力亂神引起這個女孩子注意，她本來不會被捲入這場無妄之災，至少我能為她爭取一點機會。

赤紅異獸在燒死鬼還剩下五隻左右爆走了，變身果然會奪走許洛薇的人性，我以為她要追擊靠近我的燒死鬼，豈料她越過敵人撲向我，我舉起雙手擋住頭臉，千鈞一髮之際，一把摺扇擊中赤紅異獸，她在半空中恢復人形，和扇子一起掉在我面前。

我伸手去撿那把眼熟的摺扇，豈料指尖剛摸到扇柄，摺扇卻化為青煙。

溫千歲來了？

「薇薇？妳沒事吧？不舒服就附到我身上來！」她還沒清醒，連話都講不出來，我因溫千歲出手而安心的錯覺在仍被燒死鬼和譚照瑛包圍時碎得乾乾淨淨。

是我奢望了，既然回絕代言人邀約，就不該怪人家沒罩我，何況溫千歲還救了我兩次，王爺廟那次被精怪包圍，剛剛又從許洛薇爪牙下護了我。

「小……艾……？發生什麼事？我不是在打架，怎麼頭昏昏的？」她宛若被高壓電電過似地躺在我懷裡口齒不清。

「許洛薇！妳看著我啊！我贏了！」譚照瑛發現許洛薇的視線不在她身上，吐出更多焦臭霧氣蒙住剩餘的燒死鬼怒道。

許洛薇置若罔聞。

「她在裝嗎？這是怎麼回事？」譚照瑛朝我尖叫。

論驚訝我未必會輸給她。「薇薇妳剛剛不是看見她了嗎？」

「誰？」許洛薇眨眨眼睛。

「譚照瑛！」

她轉著眼睛似乎在回想這個名字，好幾秒後才應道：「那個名字妳說過，好像是我的高中朋友，她在這裡？那些燒焦流湯的鬼其中一隻是她嗎？」許洛薇盯著剩下的燒死鬼。

她從頭到尾都看不見，也感覺不到譚照瑛的存在。

我恍惚地想到，說不定這種復仇才是最狠的。

譚照瑛的反應就像有人捅她好幾刀，激動地質問許洛薇：「爲什麼妳不是一個人，爲什麼我死後妳沒來找我，妳跟我明明說好要一直在一起！」

然後她灰白的眸子轉向我，我脊椎一冷。

煙霧封住我的口鼻，我空出一隻手想揮開鬼霧卻嗆了滿喉嚨焦煙，驚天動地地咳起來，許洛薇掙扎著想要再戰，她現在變身就回不來了，我用力箍住她，自己卻也喘不上氣。

五隻燒死鬼開始爬到我身上，我只想著忍到解脫就換它們倒楣，頭頂忽然炸開震天價響的鳥叫，一股陰冷濕軟滲出身下地面，隨即纏上那些燒死鬼，燒死鬼的慘叫與鳥叫混成一片，許多鳥從身邊飛掠而過，翅梢不斷掃打到我，其中出現最多的是白尾八哥和麻雀，這些好像在攻擊我的鳥群颳散了讓我窒息的煙霧。

燒死鬼被拖到一旁沉入黑泥，揮舞著血肉模糊的雙手，下半身有如被黑泥啃咬，痛得它們劇烈扭動，我的背後鑽出一個人，越過頭頂朝譚照瑛伸出手。

譚照瑛恐懼地向後退，從我背後出現的是連惡鬼都會害怕的存在。

生靈化魙、自我虐殺的戴佳琬。

她那神經質的嗓音依舊沒變：「這傢伙只有我能欺負。」

我似乎是幻聽了。

許洛薇從喉嚨發出「咕」的一聲痛苦悶哼，似乎是憋笑憋的。

天色迅速變暗，吸飽水的天空彷彿在我們正上方破了大洞，黃豆大小的雨滴瘋狂直墜，被霧氣封閉的山路再度出現和外界接通的感覺。

剩餘燒死鬼哀叫地竄進兩旁樹林，許洛薇製造的滿地碎屍則在雨水中漸漸變淡消失，周遭枝枒上棲息著數十隻眼睛肅穆明亮的鳥兒，不受雨勢影響一動也不動地看著我。

譚照瑛見大勢已去便朝來時山路遁去，她離我愈遠，身形就愈顯得模糊臃腫，最後變成我最初看見的火場怪物。

我願意不惜一切讓某個紅衣厲鬼固定成「許洛薇」，但譚照瑛身邊並沒有這種外力，一離開我的影響範圍就無法維持生前模樣，只剩一個勉強的人形。

譚照瑛快逃出我視線範圍時，戴佳琬才似恫嚇又似想滿足狩獵衝動地緩緩追去，我叫住她。

「慢著！戴佳琬！」

她沒有轉頭，我看不見她的面孔，雜亂長髮間隱約有灼灼目光逼視而來。

我沒問她爲何幫我，或許她跟著我本是要趁機相害，只是不爽被攔胡；或許她從鄧榮和吳耀銓那邊拷問出我爲了抓神棍差點被性侵控制的遭遇產生共鳴，或許是最不可能的，爲了報答我在她自殺前自以爲是的幫助與安慰。理由怎樣都好，她及時出現在我面前卻是不爭的事實。

又或許她與我都希望彼此的立場可以更清爽地敵對，我也想把帳算清楚。

「妳知道陳碧雯吧？那個巷子裡的地縛靈。」她鐵定有用什麼方法監視我，或者說監視刑玉陽身邊的人事物。「要是妳能找到那個撿屍強姦犯，將他繩之以法，妳綁架我還拔我指甲的事就一筆勾銷，我與妳兩清。」

我不知哪來的衝動一股腦兒喊出口，她沒回我好或不好，在氤氳昏暗中眨眼後無影無蹤。

林梓芸被雨水淋醒細聲呻吟，我連忙過去爲她披上雨衣，她試著動了動卻連連呼痛，根本無法站立。

「妳到底是怎麼摔車的？」她抽噎個不停，我只能坐在地上攬住她，許洛薇則趴在我背上，兩人一鬼全靠一支小小的摺疊傘庇護。

「有條蛇掉到儀表板上，媽的我嚇死了——」林梓芸哭訴。

鬼打牆被大雨沖掉後，第一輛來車發現堵在路中央的我們趕緊聯絡救護車，我們被送到醫院急救，林梓芸右小腿開放性骨折，還有些嚴重擦傷和腦震盪，還好傷勢並不致命。

沒能成功趕到度假農舍，楊亦凱的母親等不到林梓芸帶人前去解釋便叫車出發去火場招魂，卻接到我的通知電話，知曉林梓芸爲了阻止她被神棍騙錢才出車禍，她二話不說改道來醫院照顧雙親出國的林梓芸，就結果來說我們也算達成目的了。

我陪林梓芸和楊亦凱母親在醫院過了一夜，順道說明送楊亦凱去投胎的經過，對於許洛薇的存在和起霧山路惡戰略過不提，用單純車禍帶過，雖然她們都不信我的說法。

理由是我爲林梓芸點的那杯蠟燭在傾盆大雨中一直沒熄。

「我不是大師也沒有神器啊！只會泡泡鹽水點蠟燭而已，是神明保佑好人啦！」我口沫橫飛澄清N遍她們才半信半疑接受。

多虧有這段神蹟小插曲，楊亦凱母親對我的投胎報告深信不疑，除了哀悼外不再糾結兒子的死。

我倒是趁楊亦凱母親外出買食物和住院必需品時，私下提醒林梓芸去收驚，挑破她是容易靈魂出竅的體質，信不信看她，這事我沒法兒幫忙，只能以後生活上多注意。她張大嘴巴愣愣聽完，似乎想起什麼似地摸著那杯燒了三分之一的紅蠟燭。當天晚上在醫院我不能免俗地被兩位學長隔空唸了一頓，但這次我是被動遭偷襲，事前也盡力防備了，總算規避掉處罰。關於KTV大火的燒死鬼怎麼連到我被暗殺埋伏的過程說來話長，求了好久學長們才答應我可以回「虛幻燈螢」後一起解釋。

我要編妥給主將學長聽的刪節版本，還有讓刑玉陽不會罰我跑步的和諧版本，這還眞需要不少腦汁，此外，我總有事情還沒結束的討厭預感。

隔天我決定去牽回機車，沒有代步工具我啥事都做不成，堅持主將學長和刑玉陽不能再爲了幫我影響工作，林梓芸也找來昔日網球社的後輩來幫她牽機車，我們正好同行，就是那個我曾在楊亦凱告別式上遇見的韓星頭學弟。

主將學長認爲我和林梓芸的學弟兩人仍不安全，更別說獨自騎車，而我立刻就想牽車帶許洛薇回家淨化休養，正僵持不下時，戴佳茵一通電話拯救了我。

我個人對戴姊姊的拮据處境有萬分同感，她的收入幾乎都給了日用和房租，及二手汽車的維修開銷，雖名義上是戴家管理員，但我們不鼓勵她獨自住在那間迄今還沒找到房客的空屋。

「小艾，我臨時辭掉工作又搬家，可以暫時借住妳那邊嗎？不方便的話，給我一塊空地搭帳篷也行。」戴姊姊期期艾艾地說。

戴姊姊比我獨立太多，她非到山窮水盡不會向外人提出這種要求。

「呃，發生什麼事了？」我很自然地問。

「被已婚上司性騷擾，對方還跟到我的租屋處。」

「好慘，有沒有告他拿精神賠償？」戴姊姊似乎有吸引色狼的基因，我們才幫她逮住騷擾十年的跟蹤狂，沒多久居然又來新的了。

「有蒐證，正打算找妳一起商量，我沒其他朋友了。」她喪氣地說。

「來來來，告告告！我們許家律師團免費借妳用！」許洛薇大樂，馬上開始起鬨。

我想立刻說好，可惜自己也是寄人籬下，走到窗邊假裝看風景再度確認許洛薇歡迎戴姊姊來暫住，許洛薇還要我別太老實向她爸媽報告。要是許洛薇沒說我還眞準備好詢問許媽媽了，畢竟他們才是法律上的屋主。

於是我從善如流，戴姊姊一聽說我在外地醫院，正在困擾牽車問題，自告奮勇要來載我，有她加入成功堵住學長們的嘴，我請她先繞去接林梓芸的學弟，再來醫院接我，結果當時在告別式上認識的網球社後輩二人組都來了，女生買水果來探望林梓芸，男生順理成章被使喚和我一起去牽車。

看來林梓芸也是一個了不起的社團社長，才會畢業多年後仍受到老社員如此關愛，我對她多了幾分敬佩。

戴姊姊載著我們前往發生事故的山路路段牽車，當時我匆匆跟上救護車，也沒確定林梓芸的機車損壞程度，只記得拔起鑰匙帶走，她的學弟乾脆叫機車行開小貨卡一起前往，直接將機車載回店裡修理檢查，兩輛車浩浩蕩蕩出發，膽氣也壯了不少。

沿途天朗氣清，不見半點霧氣，我放心不少，戴姊姊開車前導，我負責指路，下午兩點左右終於快抵達目的地，經過前一天瞥見中年男女的涼亭，卻發現那裡停著救護車與警車，通常這兩種元素加在一起等於……

「有屍體。」許洛薇睜大眼睛說。

如果是傷患，救護車早就開走了，我趕緊要戴姊姊停車，不顧韓星頭男生一臉囧樣，下車便往圍繞在涼亭路邊的當地人打聽。

有股強烈預感，這件事和我們有關，我找了個看起來很健談的六十來歲老伯打聽。

「小孩子不要亂問，沒什麼好玩的。」

眾人怪異的表情更讓我確定這不是一樁單純意外事故。

「我們昨天在前面發生車禍，現在是要去牽車，剛好路過有點擔心才來問。」我耐心解釋，希望降低當地人防備心。

「幹，原來你們是第一個出代誌那批，人有沒有怎樣？」老伯關心道。

「受皮肉傷而已，我朋友出車禍前經過這座涼亭，那時涼亭裡有一對叔叔阿姨，我本來想找他們求救，但朋友受傷又走不開，等救護車來載我們，經過涼亭就沒人了。」

當時雨勢極大，腦袋清醒的人應該都會留在涼亭躲雨，要走也會等雨停再走，更何況我看見那對中年男女時，他們並沒有馬上離開的打算，正悠悠哉哉休息，這一點也頗耐人尋味。

「阿妹仔，妳還記得那兩個人的長相嗎？」老伯眼中精光一閃。

他這麼一回問，我就知道中獎了。

「騎車經過沒看清楚，不過一個穿米色長外套，另一個好像穿墨綠色的夾克。」

「那就是了，妹妹妳等等和警察說一下看見他們的時間，不會太麻煩啦！」

「好。」我乖乖答應，內心卻烏雲密布。

原本只是想向當地人套一下中年男女行蹤，沒想到卻套來死訊。在我爽快配合等待警察和醫護人員將屍體運上來時，老伯和幾個村民也湊上來與我攀談，戴姊姊和林梓芸學弟則好奇旁聽，許洛薇趁機衝向山路外側下方斜坡果園進行現場調查。

農民早上去園子裡工作時，驚見金棗樹下倒著一對衣衫不整的男女，衣物完全被撕成碎片，彷彿被一群動物瘋狂地撲上去啃咬，全身上下都是大大小小的齒痕傷口，臉孔也被啄爛了，發現者剛好看見一隻黑鳥停在男人臉孔上啄著空洞眼窩裡的碎肉，眼球不知去向，嚇得他沿途尖叫差點沒尿褲子。

果園道路崎嶇狹窄，靠農機出入，救護車進不去，屍體情況又怪異，村民都認爲這是報應的死法，聚集不散議論紛紛，等屍體被抬上來已經是一個小時後了。

警方從證件上確認死者是譚照瑛的父母，又從停在涼亭邊的汽車裡找出裝有動物血液和燒焦殘片的皮箱，皮箱裡還放著一尊令人毛骨悚然的美麗人偶，髮型眼睛和譚照瑛一模一樣，確認死因和邪教崇拜有關。

我和網球社學弟確認遺體年齡與體型特徵，的確是譚照瑛父母，卻不能解釋這對夫妻和我們爲何先後在同一條公路上出事，警方在網球社學弟提及高中時譚照瑛父母曾爲愛女自殺和網球社發生衝突，推斷接任社長的林梓芸變成遷怒目標，譚照瑛父母跟蹤林梓芸上觀光公路後，以開車優勢超前我們在涼亭守株待兔，乍看符合邏輯，唯獨死法太過離奇。

我們把這個謎題留給警方傷腦筋，沒人想在這條邪門山路上多費時間停留，機車行早就先把林梓芸的機車載走了，更好心幫我的車現場快速檢修一遍，保證我回程騎車無礙，等警方一說我們可以離開，我和戴姊姊就揪著路人學弟與沉醉懸案氣氛的許洛薇溜之大吉。

□

回到老房子已經過了晚餐時間，我們在路上買好食物，雖然戴姊姊很客氣地說她借沙發睡就好，卻不知沙發如今是許洛薇的棲息地，我推說小花都睡沙發上面，沾滿貓毛不乾淨，請她別見外自己打掃客房，我則有事要去「虛幻燈螢」一趟。

至於去刑玉陽那邊蹭飯兼被罵的例行作業就不用說得太白了。

許洛薇則附在小花身上，在戴姊姊身邊跟前跟後賣萌，一度懷疑玫瑰公主是不是厭倦我了，畢竟同居那麼久她從來沒邀請過任何客人進入我們的城堡，不過戴姊姊的確有股奇妙魅力，讓我每次見到她都油然湧出想憐惜又想撒嬌的衝動。

難道因爲我和許洛薇都是獨生女又同年還一樣幼稚，才會對姊姊類型難以抗拒？

預期會過夜，我洗了澡才過去，微妙地意識到自己完全不會不好意思呢！「虛幻燈螢」還在營業時間，有點擔心又看到主將學長在店裡等我，結果一樓咖啡館裡除了臭臉店長外空無一人，我心道警察果然很忙的同時又爲刑玉陽的營業額默哀一把。

「所以我討厭非人。」刑玉陽從大門監視器發現我來了，遠遠地就勾手指要我直接到吧檯邊，開口先來了句沒頭沒腦的抱怨。我還以為他會直接逼問蘇小艾近日的靈異事件，結果意外得知了一個「虛幻燈螢」的大祕密。

要是晚上九點後一個客人也沒有，連續半小時還是乏人問津，接下來出現的第一個客人十之八九不是人類，而且對方來店期間刑玉陽也別想有其他入帳了，更慘的是，要是這位客人看書或批公文忘了時間，他還不能關店。

「靠，那我要不要拿棍子幫你？刑學長，我最近想到一招，把淨鹽黏在棍子上打起來應該很痛快。」非人就算了，妨礙營業擋人財路這點不可取。

「要我教妳杖法，順便讓妳試試在棍子上面黏粗鹽妳的掌皮會掉得有多『痛』又多『快』嗎？」刑玉陽順手拿起橫掛在櫃檯下方的長棍撫了撫光滑表面，瞬間推高棍頭指向我，右手滑到棍尾包握住比了個撞球動作，堪稱電光石火。

我用力搖頭，面對停在喉嚨前的棍尖，冷汗都飆出來了。「我揮劍還不夠順，先專精一種呵呵。」用食指輕輕把棍子推開。

合氣道三段兼修劍道的刑玉陽和柔道帝王的主將學長最恐怖那一面通常不會昭告天下，比如說柔道社就很少看主將學長發動寢技，我迄今還沒見過刑玉陽使過合氣道杖法，但從主將學長口中得知他們自由對打都是以寢技和杖法決勝負就知道必殺技是怎麼練成的了。

換句話說，倘若主將學長沒在刑玉陽拿到木棍前就壓倒他，後面基本上只能認輸，有這種魔鬼對手，主將學長實戰想不強也不行，沒有人天生就是英雄，主將學長也說他是極度的熟能生巧，據說刑玉陽為了讓他遇到持械歹徒不怯場，一搶到兵器都是使勁打。

「學長，等等要怎麼辦？」

「算了，通常打烊前單獨前來的客人都是讓人拿香拜拜的那種，也都乖乖付眞鈔，一般雜碎還不敢進我的店門。」這個悶虧刑玉陽必須吃，偏偏又不能和主將學長訴苦，他有時候會在九點半前就把我趕上樓不讓我幫忙收拾的謎底總算揭曉了。

都不想問他到底有多凶殘，只求他多教我幾招。

「那我今天要不要也迴避一下？」許洛薇不在身邊心裡有點虛。

「不必，對照妳到家時間和近日出的事，這位即將出現的客人說不定是來找妳，蘇小艾，妳不是常說自己需要增加靈異經驗嗎？」刑玉陽不懷好意地說。

小白學長你露犬齒笑的樣子很恐怖啊！

「我還沒吃晚餐。」蘇晴艾抽出神聖的餐券轉移話題。

刑玉陽說只有隨便的豬排蛋餅，對我來說已夠豪華，我懂他不想離開吧檯太久，便打起精神幫他顧店；刑玉陽很快端出蛋餅和一大碗蘋果沙拉，我邊吃邊說昨天的遭遇，帶入我在調查許洛薇死因的部分，好不容易查清殺許洛薇的凶手就是譚照瑛，總算能找個人分享這份鬱悶。

冥冥之中諸事都牽扯在一塊兒了。

「譚照瑛父母皮箱裡的邪術布置妳記清楚了嗎？」刑玉陽問。

我點頭。「我也想弄清楚譚照瑛到底怎麼影響那些燒死鬼，她的味道和火災現場燒死的屍體很像。」

「那對夫妻看來是養鬼超過自身負擔，遭到某種死亡反噬。」

「他們供養譚照瑛支持她復仇？」我感到荒謬的同時，卻又發現人心的確只接受自己喜歡的答案。楊亦凱對譚照瑛的玩弄之說根本是子虛烏有的一場誤會，從雙親的角度來看卻是令人憎惡的事實，有錢少爺玩弄普通人家的好女孩，好友許洛薇也該死，這個心機女和楊亦凱演了場好戲後還奪走原本屬於譚照瑛的燦爛生活。

做父母的看了女兒的兩封遺書的確可能產生這種懷疑：學校裡有人為了好玩就逼死愛女。畢竟前途光明廣受愛戴的好學生沒理由自殺，更別說用自殺來傷害自己的好友。

眞的是這樣嗎？

譚照瑛故意在許洛薇面前跳樓上吊，多深的惡意才會讓一個少女這麼做？

我不信智商甩許洛薇幾條街的譚照瑛會不知道玫瑰公主對網球王子沒興趣，更別提相信這兩個人私下交往，眞正的引爆點應該是許洛薇考試贏了譚照瑛。

不過現在最大的問題是……

「到底要怎麼找到逃走的譚照瑛報仇，她的父母也死了。」我趴在吧檯上呈癱瘓狀態。

簷下響起一波風鈴聲，刑玉陽立刻張開白眼肅容以待，下一秒古裝雪白麗人直接在我身邊坐位顯形，嚇得毫無防備的我直接閃身滾到地上。

「本王眼線遍布全台，小艾何必如此見外？」溫千歲托腮歪靠吧檯，低頭笑看我，一點風流，十分風情。

刑玉陽想也不想轉向我：「蘇小艾，翻譯。」

「和乖姪女說說體己話也要被閒雜人等打擾嗎？」溫千歲綿裡藏針的話讓我吞得很痛苦。

他爲了裝年輕把我的輩分縮水一大截這點也很誇張，明明是高祖母的私生子。

溫千歲不急不徐地拿起Menu，瞄了瞄刑玉陽才對我說話。「上次直接進結界，認識的神明有意見，叫我別把難得能外出辦公的店搞壞，這次本王便按在地規矩來，叫這小子給我來杯烏巴奶茶。」

溫千歲根本是故意提前包場來妨礙刑玉陽做生意，難道神明界也有國民旅遊卡特約商店？

我忽然好奇起刑玉陽怎麼做那些特殊客人的生意，難不成眞的要對方能顯形溝通給眞錢才願意上飲料？話說回來，那些客人還眞的把咖啡喝下肚了？

將溫千歲的需求轉告刑玉陽，他臭著臉轉身去燒水泡茶了。

「那天你明明在場，爲啥不乾脆把譚照瑛和那些燒死鬼辦了？」還要人家叫他王爺叔叔呢！這算什麼靠山？

溫千歲的明亮大眼笑成兩彎月牙，本來就一副稚氣秀雅的少女容貌，打過獸化許洛薇的摺扇又回到他手中，如同蝴蝶翅膀一樣微微搧動。

「這事得從頭說起，上回本王來這間店的緣由小艾可還記得？」

我抬頭用力回想。

「小艾莫非忘了？」溫千歲眼裡沒有笑意，我抖了抖。

「沒，我只是需要整理一下印象。」其實我記憶最深的是溫千歲擅闖「虛幻燈螢」當夜，超級不爽的刑玉陽子時一到就說得驅逐疫氣，要我拿火把打頭陣裡裡外外繞了快三個小時。

「王爺叔叔你說被委託到我們這邊鎭場子，來處理一隻外地入侵的壞東西？」

「然也。」溫千歲笑得更歡了。「妳就沒想過，本王爲何要來店裡告訴妳這件事？」

「你不是順路來看我混得怎樣嗎？」我有種被玩弄了還傻傻說再見的不好預感。

「那隻髒東西是跟著妳才入侵本地，貴寶地境主希望本王在該物釀災前將其驅逐，我的確這麼做了，恐其捲土重來，私下也做了番調查，小艾妳幹得不錯，本王光是派手下旁觀報告便理解大概了。」

我查炻泉高中查得要死要活，被溫千歲坐享其成了，感覺頗複雜。

「你打跑的髒東西就是譚照瑛？」這也太巧。

溫千歲有如看出我的想法：「妳認爲是巧合嗎？本王倒覺得是上位者有意安排，上回說過了，這件工作不在預定行程內。何況本王擅長捉妖罕有治鬼，這次料理的對象相當踩線。」

「是吊死鬼和燒死鬼啊！不然呢？」我一頭霧水。

「我們這種沒接天旨的王爺不能制裁人魂擾亂生死，自古以來『鬼』字指的就是某種肖似人的異形，『魂』與『靈』才是地府的管理目標。只不過現在突變混合種也很多。」

「譚照瑛是什麼突變種？聻嗎？」鬼死爲聻，據說是種眞菌瘟疫似會寄生腐化眾生的瘋狂怪物，甚至法術也不太有用。

「勉強要說，算是妖鬼，因爲那吊死之女的父母殺了許多動物當祭品，硬是把一個神識薄弱的人魂衝等弄成了非厲非妖的混合物，祭品堆起來差不多有一棟別墅大小，活生生放血浸屍，骨肉燒爲灰燼，如此驚人的禽獸怨氣也把譚女魂魄侵蝕得亂七八糟。」溫千歲幫我科普了一番非人常識，以免我老是濫用分類。

至於祭品來源，放生動物和山產店要多少有多少，活豬血量多，宰過最大的動物是一頭黃牛，邪術似乎對動物的種類性質也有所要求，鳥類代表移動能力，譚照瑛父母固定下單的放生鳥店主要提供就是白尾八哥和麻雀。

我聽得頭皮發麻。「難道譚照瑛的屍體沒下葬嗎？」

記得許阿姨說過她有去參加譚照瑛的喪禮，之後那對夫妻賣掉房子下落不明，據說搬到鄉下退休平復喪女之痛，如今看來是爲了低調飼養鬼女兒。

溫千歲微笑。「這部分就不歸我管了。」

境主對地盤劃分很嚴格，治下卻非正式神明轄區，說得白一點，就是神明不想管或管不著的地方自然會有境主冒出來，目前經常可見多位境主和正神共處一地，採專長分工，像溫千歲這麼傳統的獨立境主現在是少數了，傳統歸傳統，高手還是得當救火員。

「妖怪的眷族經常是禽獸，這種污穢祭祀犧牲很容易引起妖怪方眾怒，來找陽間地祇或地府官員麻煩，說不定有些妖禽已經暗中出手？那對夫妻似乎深信等女兒殺死仇人，法術便算大功告成，本人還能復活。」

「眞的嗎？」屍體復活？我有點恍惚，彷彿看見躺在薔薇之海中蒙著面紗的許洛薇。

「當然是迷信。」瘟神王爺搖扇說。

「那譚照瑛又會變成什麼怪物？」

「從她聚攏鬼群的傾向，未來走向大概會變成一隻大魙，對妖怪和地祇來說也很麻煩，妥當作法是事先防範，那邪術的性質使譚照瑛特別容易接近火災與焚化場，從中拐帶魂魄。那些燒死鬼已經由不同境主瓜分帶回管理了，目前也只能這樣。」

「邪術的出處呢？我和許洛薇前陣子也被人用法術暗算，好像被術士盯上了。」

「這可難說，路數不像是漢人。」溫千歲凝視那杯烏巴奶茶。

我以爲他會拿起來喝，結果不然，果然他還是沒有實體，可能是用吸菁華的方式搞定。

「你還沒回答爲什麼昨天都到現場卻沒動手，你將譚照瑛從我們這邊驅逐過一次，表示她算可攻擊對象吧？」他唯一揍的人是許洛薇，我眞是搞不懂，許洛薇事後一定會更討厭溫千歲，這事我還不敢對她說。

「本王是境主，除非得到其他境主或正神許可，否則不能隨意越境，更別說動手了，妳有沒有跨過一條小山溝？」

「林梓芸摔車前我們是有經過一座小橋沒錯。」我懂了，滿臉黑線。「打許洛薇就沒關係？」

「我教訓晚輩的使魔於理有據嘛！」溫千歲輕鬆地說。

我嘆了口氣，決定繼續瞞著許洛薇，還得感謝溫千歲阻止許洛薇失控。

「王爺叔叔，我找到殺許洛薇的凶手了，要怎麼樣才能讓薇薇恢復記憶？還有你說上頭會出手，這表示我和薇薇不能再對譚照瑛做什麼了嗎？」

溫千歲意味深長地盯著我，忽然拿起杯子，戲弄我似地湊近聞了聞香。

好吧，他的力量比我以為的要變態一點。

「小艾，妳說這許洛薇何時死的？」

「快三年前。」正確來說是畢業前夕，但我實在不想說出精確時間，這會讓好友的死變得太眞實，我有時候還是會假裝跳樓的那個許洛薇和我的玫瑰公主是同名同姓的不同人。

很愚蠢的幻想，但這麼做總是讓我舒服一點。畢竟她就好端端地窩在老房子沙發上看電視和我聊天打屁，爲何我要去數她死了多久？

「我去問過楊亦凱生活地的境主，該位境主之前一直以爲譚照瑛只是在境內徘徊的遊魂，還魂魄不齊形態朦朧貌似無害，直到她利用KTV大火的劫數害死那個青年又拐帶走燒死鬼群，境主才發現代誌大條，在這之前譚照瑛已對目標作祟好幾年，讓求職不利、需款孔急的他應徵上KTV服務生，爲的就是把楊亦凱引進那場大火。」溫千歲道。

「我明白了，那許洛薇就是譚照瑛更早以前……」

溫千歲一副恨鐵不成鋼的表情。

「那時她還在父母供養下妖物化並追逐楊亦凱，就說是新手期好了，若她先過來這裡殺了一個人又返回當地，楊亦凱的境主便會提防了。事實上綜合所有因素，譚照瑛殺一個活人就是極限了，很明顯地她缺乏直接犯案的能力，邪術負作用會讓她的魂魄日漸崩解，連找尋目標都很困難，才要靠妳這個中間人的微弱業力接近下一個對象，又靠父母攜帶替身指路。」

我愣了半晌才發現溫千歲繞著彎只是想表達一句話：「許洛薇不是譚照瑛殺的？」

「哦，以譚照瑛的情況不可能在三年前的時間點殺任何人，倒不是說她不想，只是還在努力的路上。」

頹然坐著，我好不容易堆起來的「眞相」又塌了。

仔細想想溫千歲的話沒錯，譚照瑛一直都是借刀殺人。

「王爺叔叔，那到底是誰殺了許洛薇？」胸口火燎一般，我眞恨自己無能爲力。

「小艾，還記得我們第一次見面時，我說過妳得注意提問的方式吧？」溫千歲意有別指地說。

那一夜的惡鬥刻骨銘心，我立刻回想起來，當時我問的是冤親債主，現在我想知道殺害許洛薇的凶手，溫千歲不會直接回答，因爲天機不可洩露，也因爲我提問的方式不對。

「妳該問爲何譚照瑛的父母出現在那裡？」

我無意識地望向刑玉陽，他正從我的發言推敲這段對話內容，我討厭猜謎，卻得配合溫千歲，否則他不會告訴我更多情報。

「譚照瑛的父母爲何出現在那裡？」我大聲自言自語，果不其然，邢玉陽立刻深思起來。

「小艾，妳不能自己動動腦？」溫千歲嘴角抽搐。

「你不是要我問嗎？」我無辜地說。

「妳可不是次次都能搬救兵，若妳看不見後果，我就不該告訴妳前因。」雪白王爺語氣嚴肅。

原來溫千歲也能這麼像一個長輩，雖然關心方法彆扭了點。

「譚照瑛都可以自己找來學校丟我盆栽了，嗯，她是自己來的吧？不然我和許洛薇發現她的父母機率不小，活人不容易隱藏行蹤，他們也不是特務，尤其那個媽媽看起來很少出門，更不用說當時主將學長和我在一起，他對嫌疑犯超敏感的。」連我都能在楊亦凱的告別式上注意到譚照瑛父母，當時我和許洛薇又四處尋找偷襲者，這對夫妻要是跟著我很難不暴露自己。

溫千歲頷首。「譚照瑛是感應到妳的呼喚，加上妳與許洛薇的羈絆很強烈，才握住這條線頭跟上去。」

我在呼喚譚照瑛？這麼說好像也沒錯，那段時間我在調查許洛薇的高中黑歷史，對這個名字日思夜想，誰曉得居然這樣也中標？

「那對夫妻帶著一個皮箱，裡面的娃娃顯然是替身，是要就近進行新儀式嗎？他們當天就死了，還被當作祭品的動物報復，應該是邪術出了差錯。」我只能這樣猜。前天環繞著我與林梓芸的白尾八哥其實是來警告掠食者就在附近嗎？

溫千歲加深笑意。

「譚照瑛畢竟還是被施術的對象，有某件她做不到只能由施術者去做的事，所以她父母才會在附近埋伏。」我期盼地望著溫千歲。

「接近了，是什麼事呢？」溫千歲用看著喜憨兒的溫柔眼神注視我。

「我要是知道邪術怎麼使還用得著這麼辛苦嗎？」我想翻桌。

刑玉陽看不下去。「是獻祭，邪術即將失敗，他們在尋找新祭品，想在法術逆風前放手一搏。」

這就說得通了。「新祭品是啥？台灣黑熊嗎？」

溫千歲用扇子蓋著眼睛，刑玉陽聽不到他說話，看見大概動作還是沒問題，這兩位男性一致對我嘆氣。

「是妳或林梓芸。」刑玉陽低沉地說出答案。

「活人血祭？」這下我眞的嚇到了。被鬼殺我已經不意外，但素昧平生的一對夫婦要殺我？或許應該這麼說，譚照瑛建議他們殺我。渾身起雞皮疙瘩，驚慌無力的感覺從腰椎透到後腦勺。我現在就需要喝杯熱奶茶，心底冷得難受。

倘若出車禍昏迷的是我，那就一石二鳥了，譚照瑛用燒死鬼群對付許洛薇，她的父母對付我，至於林梓芸受不受傷都不妨事，畢竟對方可是兩個人。

我幾乎能看到冷漠堅定的譚父箝制住林梓芸，而內向畏縮的譚母劃開我喉嚨的恐怖畫面。或許一個祭品不夠，兩個更有保障，反正他們不可能留下目擊證人。都已經殺過那麼多活牲，我相信這對夫妻殺人不會手軟。

我不禁懷疑他們依賴的邪術最終就要走到殺人這一步，否則施術者得賠上自己的命。

「把人綁回鄉下風險太大，不排除譚照瑛父母帶著替身打算就地舉行儀式。」刑玉陽說。

「至於他們爲何知道妳和林梓芸的行蹤，換成我，會特別留意接觸楊亦凱母親的神棍，那人知道楊亦凱母親的落腳處，甚至可能誘導林梓芸去找妳，就像楊亦凱一樣，妳們兩個女生也踏上被設定好的死亡路線，或許那個神棍根本就不是人。」

「難道是我的冤親債主？」拜託別眞的是那個扭曲祖先，我一直以爲被許洛薇殺傷的蘇福全少說要休養個幾年，倘若眞是冤親債主在這個節骨眼出手陰我，我的表現就像個白痴。

「這部分要調查才知道，也許對方發現計畫失敗早就跑了。」刑玉陽迅速潑我一桶冷水。

「多想想吧！小艾，敵人可不會等妳做完一件事再出手。」溫千歲說。

冤親債主可能利用我調查許洛薇死因的行動來害死我，這是我之前想都沒想過的危機。

「我會更小心，眞的。」這次我結結實實地被嚇壞了，溫千歲提醒我的可怕狀況只有毫釐之差就會應驗，而且當時我正火力全開追查許洛薇的死，別人說什麼我都聽不進去，溫千歲乾脆讓我學個教訓。

「明白就好，本王差不多要回去守著崁底村了，奶茶就當是看護費用，要付眞鈔哦！乖姪女。」

居然是要我買單！

其實溫千歲的身分應該不方便隨意出手，他幫我這麼多眞的是額外施恩，這點費用簡直算不上一根毛。我點頭如搗蒜。

「等等！爲什麼許洛薇看不見譚照瑛？」我緊急叫住差點就要消失的溫千歲。

溫千歲佻達地將長髮掠到耳後，對我點了點太陽穴，踏上鬼卒抬的轎子在部屬開道下架式十足地回家了。

我沮喪地縮回來問「虛幻燈螢」裡的靈異智囊：「刑學長，你知道為什麼嗎？」

玫瑰公主的魂魄發展不見得就有多正常，她把譚照瑛當空氣，某天是否也會意識不到有我蘇晴艾這個人？

我把和溫千歲之間的對話重新報告一遍好讓他參考，聽完後刑玉陽對我伸手，我心痛地給出一張餐券——本來可以換比一杯烏巴奶茶更多的食物，但我的現金存款已經快彈盡糧絕了，只能厚著臉皮用餐券抵，之前一直盼著譚照瑛和李家的事告一段落積極找工作，現在我也只能走一步算一步了。

刑玉陽沒說什麼，接過餐券欲言又止，我也不敢多問，我們之間最好不要多談經濟問題，刑玉陽雖然有房有店，他的負債和工時卻比我多很多，目前相處情況剛剛好，我隨時可以撤退回老房子，也有些靠山願意幫我，只是我壓根不打算放棄和玫瑰公主的同居生活。

他摸摸我的頭，我不禁抖了抖，接著刑玉陽猛力一壓，我來不及反抗就趴在吧檯上齜牙咧嘴，你說這是幼稚還是無聊呢？

「妳讓我和鎮邦操心得要命，他又怪我沒攔住妳，腳長在妳身上，難道我能把人綁起來不成？我長這麼大還沒揹這麼多次黑鍋，都是為了幫某個笨蛋隱瞞她和女鬼廝混的事實，她還瞞著我偷偷去調查好友死因，差點被兩個屠夫宰掉。妳說我上輩子到底欠妳多少呢？蘇小艾。」

刑玉陽笑得很好看。

大自然中，猛獸笑得愈燦爛通常表示愈危險，我想起這個法則時已經晚了。

「不管你上輩子欠我多少，我都接受你用餐劵償還，刑學長……啊啊啊不要三教……二教也不行！」我飆淚拚命甩著作廢的左手，只是想說點俏皮話緩和場面，幹嘛這麼狠？超級痛卻不會眞的受傷的關節技簡直就是拷問惡魔。

刑玉陽收走溫千歲碰過的奶茶，我才剛冒出一點討過來嚐嚐味道的心思，他就一股腦兒將奶茶倒進流理台，還煮了一鍋開水消毒杯子，刑玉陽果然很討厭瘟神。

「不過，要是鎮邦出事了，我大概也會和妳一樣不擇手段找出凶手報仇，所以我不反對妳這麼做，但妳起碼要有打贏兩三個人的實力，畢竟惡鬼的幫凶往往是活人。」他語調一轉這麼說。

「我會努力加強柔道的！」我感動地回答。「學長，關於剛才那個問題……」

「有緣千里來相逢，下一句是什麼？自己想。」

「虛幻燈螢」店長宣布打烊，出去關庭院大門並巡邏環境，我則坐在原位用指尖沾了水生植物玻璃罐裡的水在吧檯上寫下答案，刑玉陽那句話讓我開心又倍感酸楚。

——無緣對面不相識。

尾聲

逃跑的譚照瑛有官方同意收尾，李家作祟事件也在一家人團結下順利邁向解決之路，雖非圓滿化解，至少不會再鬧出大事了。許洛薇一早就上進地跑去土地公廟後面的小水溝淨化，打算坐足一天洗掉先前肅清燒死鬼沾染的焦臭，提議陪她卻被拒絕，幸好陰天無雨，玫瑰公主不需要我幫忙撐傘，雨滴對鬼來說就像天上亂砸石頭。

這時殺手學弟約我出來報告兼商量後續發展，我爽快地答應了，殺手學弟帶了兩杯熱拿鐵現身，我們騎車到一處老河堤上坐下來喝飲料看風景交換心得。

「眞不公平，同樣是殺人厲鬼，譚照瑛有境主和官方願意處理，我的冤親債主就沒有，戴佳琬好像也沒人管。」我忍不住對前乩童抱怨。

「學姊，神明資源有限，這種事只能case by case，譚照瑛的例子我猜是他父母舉行邪術祭祀手法踩到官方底線，一定得給出交代才優先抓捕。阿公幫媽祖娘娘辦事這麼多年，他常說神明不全是人形，只是我們常接觸的勢力專門管人類而已。」殺手學弟說。

「我懂，虎爺就不是人。」我伸展僵硬身體，車禍舊傷還沒好，又在山路上淋雨，害我在「虛幻燈螢」和溫千歲對話完的下半夜就發燒病倒了，看醫生吃過藥整整睡了兩天才好一些。

許洛薇怕身上穢氣影響到我，這幾天離我遠遠的努力淨化，想和她靜下心說幾句話都不好辦。唯有赤紅異獸的祕密我沒告訴任何人，許洛薇覺得反正都要打，變大隻一點比較酷炫，聽她這麼說我實在很想把貓食碗倒扣在她頭上。

殺手學弟踟躕許久，丟出炸彈。

「我和嘉賢分手了。」

身爲學姊必須穩住傷心的後輩，以免他做傻事，我抹抹深感自己不靠譜的冷汗，拿出和主將學長對戰的魄力扮演同志學弟的貼心小棉襖。「怎麼回事？他不小心出櫃了？家裡不諒解害你們吵架？」

桃花眼小帥哥搖搖頭。「我提議分開，從此不再聯絡，他沒異議。」

這下我傻眼了。「你不是很愛他嗎？還爲他的妹妹做這麼多。」

殺手學弟黑白分明的眼看著我，憂傷又落寞。「我們很久以前就常常吵架，學姊看見我們在車棚接吻那次，其實那天我很氣啊！才故意在外面親他，我自己也不想出櫃，祕密交往？行！但單身太久後大家開始說閒話，他就打算畢業後交個女朋友，對工作環境和家裡也有交代，還說很多同志都這樣做，他將來要結婚，不希望隨便找個女人生孩子，至少不能太醜也要懂得持家。」

「學弟……」

「我不能逼他放棄家庭，只是希望他好好想清楚，當時他也答應我會仔細考慮不傷害任何人，都一年了他還是不死心，老是說很多夫妻沒有愛也能結婚，還不是爲了共享資源，大家各取所需，這樣就算完成人生大事了，感情上他只對我忠實。我也太心軟，拖了這麼久終於想通，我和他已經不適合走下去。」殺手學弟吸了吸鼻子說。

我手忙腳亂想找面紙，幸好他沒流鼻涕，只是低頭喝了口熱拿鐵茫然望著滿是礫石芒草的乾涸河床，好像還不需要我出借肩膀。既然不用依偎在一起互相取暖——老實說我也不想跟一個男生哪怕是gay這麼做，退而求其次的紓解方式就是痛快地幹譙敵人。

「葉世蔓，我能罵罵李嘉賢嗎？有件事我本來不想說，但實在不吐不快。」

「當然。」

「那個啊～」我回想起來依舊一陣惱怒。「李嘉賢打電話來問我要不要和他以結婚爲前提假交往，還說如果對象是我，學弟你就信得過他，也不會有人受傷。」

「什麼!?」殺手學弟相當震驚。

原本想當笑話說說，沒想到他反應這麼大，連帶我也有點尷尬。

「他說喜歡我對朋友和他的家人都很好這一點，交往期間他可以全額負擔生活費，要是相處愉快走到結婚這一步，我願意和公婆同住，他就把薪水的一半送我當零用錢，隨便我怎麼花都行，不列入家用開銷。」

「學姊，對不起！妳別聽這傢伙胡言亂語。」

「他不是你什麼人了，你大可不必替他道歉。我只是猜測他去學校打聽過我，知道我從大一就經濟拮据，現在還是缺錢又找不到工作，既然我一直單身，他好心想提供我一個輕鬆的賺錢管道。」只是李嘉賢不知道這一點正中地雷。

「學姊妳沒答應吧？」殺手學弟小心翼翼地問。

我大翻白眼。「我像是會答應的人嗎？我也相信學弟你有足夠的智慧處理好這段感情，不會姑息養奸當男小三，果然你沒讓我失望。」

「如果嘉賢能醒悟就好，勉強找女人結婚是不會幸福的。」殺手學弟沉重地說。

「我覺得學弟你太理想化了，結婚的確不需要眞心相愛，我只是反對拐騙感情，還有我自己不喜歡賣身討好別人，也有那種單純想要小孩和提款機的女生。不過我原則上反對同性戀找異性結婚生小孩，雖然這一點很多異性戀也沒比較好，但小孩子又不是道具。」我再度讓殺手學弟受驚了，眞不好意思。想了想，我拿出手機低頭按了按。

「學姊妳的想法好開放……」他結結巴巴地說。

「還好啦！」反正對婚姻沒興趣，這輩子我也不可能結婚，觀念開放點又有何妨？如果結婚對男人和女人都不公平，這個婚姻就有問題。

「總之學姊拒絕了就好，我會叫嘉賢以後不要打擾妳。」殺手學弟信誓旦旦保證。

「沒關係！我們說好會保持聯絡當朋友，李嘉賢很高興我將他介紹給敏君學姊，他們好像今天約好在台北見面的樣子，既然你們分手了，我就傳個簡訊給學姊讓她自由發揮，要走要留都可以。」我有點擔心殺手學弟一再被衝擊會不會傻掉？

「介紹給誰？」

「敏君學姊。」

「柔道社創社元老之一，和主將學長同期畢業，江湖上人稱掃蛋蛋女俠……啊不，內腿高手的敏君學姊？」殺手學弟無意識夾了夾大腿。

「學弟你果然清楚我們的社團傳說，在大學裡除了許洛薇，我最熟的人就是敏君學姊了，當初就是她邀我進柔道社，主將學長很忙，大部分技法都是敏君學姊指導我，我們是固定練習搭檔。畢業以後還有聯絡，她還是許洛薇的中文系學姊，以前在台北當參考書編輯。」我熱情地向他介紹柔道社裡我最喜歡的前輩，可惜和光芒萬丈的主將學長相比，這位學姊反而是沒人想提起的暗影刺客。

「柔道社老人都說敏君學姊找不到人願意和她對練才愛和白帶學妹混，她的內腿太殘暴了，總是瞄準男生要害。」殺手學弟皺眉說。

「主將學長也不喜歡和她練習，對敏君學姊的評語是『毫無運動家精神』，除了內腿很強其他技法都亂七八糟，主將學長和教練屢勸不聽，敏君學姊說練柔道就是爲了防身，以後絕對不怕犯規也要讓色狼痛不欲生！其實女生該邊被掃到也是很痛。」我心有餘悸地說，那位初次見面就誇我漢草絕讚的學姊用內腿出陰招已經成了本能，和她對練的女生常常也無法倖免。

「學姊，怎麼妳好像很高興？」殺手學弟單手摀臉。

「因爲她是社團裡唯一能威脅到主將學長的人，又是黑帶女生，再累再操都不抱怨，而且長得很漂亮耶！要不是其他技法不行，本來要讓她當副社長，不過她內腿的入身簡直就像鬼一樣，沒有不能插的角度！什麼失敗動作都可以用內腿補救！內腿萬歲！可是主將學長禁止我和她學內腿，說矮子練內腿沒優勢，強制我必殺技只能學他的過肩摔，不然我差點就得到學姊眞傳了。」我故意連珠砲說個不停，殺手學弟被逗笑了。

「我看錄影記錄就覺得敏君學姊讓人毛骨悚然，而且社團留言簿上好多都是針對她的抱怨投訴，妳怎會想到把嘉賢介紹給她？她答應假裝同性戀的女朋友這種荒謬的事？」

「說到這裡我要先向你道歉，敏君學姊知道你是李嘉賢的男朋友，現在是前男友了，我把李嘉賢介紹給她時無法不提到你。公平起見，敏君學姊願意讓你知道她的重要祕密，她是個腐女，學弟你知道什麼是腐女嗎？」

「我知道。」殺手學弟鎮定地點頭。

「那就好辦了，這件事只有天知地知，你知我知，她還要我轉告一句話，你的隱私她撕破嘴也不會說，但她的祕密要是洩露出去，你就準備和前面的性福永遠說再見囉！」我誠懇地警告殺手學弟，他一臉囧樣。

「小艾學姊妳還沒說把敏君學姊扯進來到底意欲爲何？」

「也不算扯進來，只是仲介特殊服務。我想給李嘉賢一個教訓，又不希望破壞你們的關係，決定請達人出馬讓李嘉賢死了這條心。」我冷笑兩聲。「敏君學姊外表和演技都很完美，中文系搭配編輯身分，介紹時拿得出手又有文靜居家感，李嘉賢可滿意了，也不用爲了報恩委屈自己選擇我。」

「小艾學姊明明很好！」殺手學弟憤怒地說。

李家上下同心彌補過錯邁向未來確實令人感動，李嘉賢想當讓父母放心的正常人——有擔當有魅力吸引女性的好男人，前提是犧牲殺手學弟的幸福和尊嚴我就不能忍，柔道社一直是我心中的大家庭，至少我要讓殺手學弟相信他來到這裡後不會被拋棄，更不是孤伶伶一個人。再說，我一點都不覺得同性戀不正常，反而是找生孩子機器或妻子飾品和老公提款機比較有病。

「謝謝學姊。」殺手學弟的笑容燦爛得我都要心痛了。

「下個對象一定要找可以讓你開開心心笑著的人，不然我不能放心，知道嗎？葉世蔓，你自愛的觀念很好，以後找到喜歡的人，努力點去國外結婚，憑你的意志力一定辦得到。」我不忘鼓勵他。

「其實……我有其他喜歡的人了。」他小聲地說。

「嗄？居然是你先劈腿？」我嗆到了，別這麼快就破功啊！

「當然沒有！我……我還沒告白，不過對象是她，在國內結婚也可以……」他音量愈來愈低。

下半句我沒聽清楚，好像是殺手學弟想和新愛慕對象結婚，年輕人振作的速度眞是快。

「那你還不快去告白！」我用力拍拍他的背。

殺手學弟雙眼亮得灼人。

「好的，小艾學姊，我喜歡妳，請妳以結婚爲前提跟我交往。」

「明天才是四月一日，你記錯時間了哈哈！」我也有滿滿的計畫想對柔道社施行。

「沒開玩笑啊學姊，要不我可以親妳來證明。」殺手學弟還眞的湊近。

我連忙一把揪住他衣領用拳頭將人抵回去。

「葉世蔓你喪心病狂喔？要衝動告白也選個男的啊！」

「我雖然喜歡男人，但學姊是例外，就算妳是女孩子我還是喜歡妳。」

我努力想找出對方正在演戲的證據，哪怕只有一絲絲，殺手學弟充滿侵略性的眼神卻讓我渾身發毛想拔腿就跑。不行，現在跑了面子何在？我可是大他六歲的學姊！

「那好，說說你到底喜歡我哪裡？」難道這就是敏君學姊常常說愛情不分性別的耽美逆轉版，「我不是異性戀，只是喜歡的對象剛好是女生」？

「其實小艾學姊除了生理性別外，身材外表個性都是我的天菜，我們還有相同的柔道嗜好與類似的靈異背景，各方面都能互相理解，妳又對我這麼好，和妳在一起的時候總是開心又放鬆，還有很多驚奇冒險，我可能再也遇不到這麼棒的對象了，妳不是也要我找能夠讓自己開心大笑的人嗎？」殺手學弟熱切地握住我的手說。

現在抽手好像很不禮貌，再者我覺得目前的事態發展實在太神奇，不由得想聽下去。

「那個，學弟，你剛分手太孤單寂寞，便移情到對你好的人身上，那只是一時衝動。」

「可是我去年就醞釀著要和嘉賢分手然後向學姊告白，只是還不確定自己的心，也想過對學姊動心實在太荒唐了，試過和男朋友修復關係，最後還是不行，所以我給自己設了一個考驗，要是我能對嘉賢仁至義盡和平分手，而小艾學姊也讓我有告白的衝動，在這之後我就要盡全力追妳。」殺手學弟說。

資訊量太多，我的CPU要炸了。「那個考驗就是幫助心玲？」

他笑著點頭。「而且我也想趁機認識更多小艾學姊的不同面貌，妳對私生活眞的很保密，要不是偶然在崁底村知道妳和薇薇學姊的交情，作爲柔道社後輩可能一輩子都不會發現小艾學姊這麼有趣。如果妳當時沒和我一起去找心玲，我大概就不會告白，但我很確定小艾學姊不會拒絕去幫一個被惡鬼欺負的小妹妹。」

「我大你六歲。」

「我喜歡年紀比我大的人，這是必要條件。」他爽快地招認。

我滿頭大汗想起敏君學姊在電話裡幫新社員分類時，評論過殺手學弟是標準的「年下攻」，那時我還跟她一起哈哈大笑，如今回想簡直在作死。

「學弟啊，我就坦白告訴你，學姊我這輩子都不打算交男朋友，你也知道我的情況比較複雜，我不想拖累別人，對談戀愛也沒啥興趣，不如說覺得很累又有壓力。」我誠實地說。

他嚴肅地思考了一陣後說：「認識小艾學姊這麼久，妳的情況我大概看得出來，我認爲自己可以幫妳，至少能分擔一些壓力，我就是喜歡這樣的小艾學姊，不用擔心我會逼妳，等我能獨當一面後再在一起也可以。但妳要知道我在追妳，還有讓我對妳好。」

臉頰在發燒，殺手學弟再繼續攻擊下去，我的腦袋可能就要火山爆發了，殺手學弟的情話根本就是男女萬用款。再怎麼說也是第一次被告白，對方不但帥還很強，我——蘇晴艾，二十四歲，總算有一個人生成就了。虛榮歸虛榮，我沒有暈船。

「葉世蔓，我很感動，眞的，可是——」我現在著實需要許洛薇的厚顏無恥。「你應該不是柏拉圖戀愛的體質吧？喜歡女生太不自然了，我會擔心你這樣勉強自己對身體不好。」

殺手學弟歪頭若有所思地用手指撫著嘴角。「的確不是，小艾學姊眞了解我。可是我挺挑嘴的，小艾學姊幾乎就是我的理想型，我完全不勉強呢！」

「眞的假的？」我快要不能相信這個世界了。

「學姊，同志也沒那麼容易遇到符合喜好的對象，我喜歡像台灣黑熊幼熊嬌小凶猛又單純可愛的感覺，但這種對象實在可遇不可求。」

好，我們現在可以排除殺手學弟是雙性戀的可能性，我是不介意他說我是熊，反正我也沒打算培養啥女性魅力，還因爲被比喻成猛獸有種飄然的小得意，不過我開始擔心殺手學弟的性癖了。

「學弟你的口味眞獨特。」

「我明白喜好和交往是兩回事，再說男生腦袋和身體都比較骯髒，作爲獵物的話提不起胃口，嘉賢好一些，但他終究還是變成我沒興趣的那種人了。小艾學姊，每次練柔道妳對我撲過來的時候，我都好興奮。如果妳是男生我早就就地正法了，但女孩子還是需要浪漫的追求過程吧？」殺手學弟聳聳肩。

我剛剛是不是聽到「獵物」兩個字?他一個同性戀對女生興奮個啥?哪裡興奮了啊喂!還有男女待遇差這麼多，學弟你性別歧視？

聽了半天，我還是覺得殺手學弟對我只是幻想居多，他被自己迷惑了，性傾向不是那麼容易破除的框架，換成我，打死都不可能和女生滾床單。

話說回來，對象是男人我也死都不行。默默幫自己也點根蠟燭。

「我在你心裡是男生還是女生？」我希望他面對現實。

「都有。」殺手學弟居然臉紅了。

我滿臉黑線。「Why？」

「我總是要按照自己的喜好想像一番嘛!但否定學姊的性別太失禮了，喜歡就是要接受對方的全部，我有信心讓妳幸福又滿足，妳眞的不試看看？」

「性騷擾扣分，學弟。」

「哦，學姊同意我有得分資格了？」他很開心。

可惡!被抓住話柄了!

「沒有，我也討厭傳言弄得大家很尷尬，可以的話我很希望你別喜歡我，但我沒神通廣大到控制別人的感情，而且這樣做等於不尊重你的感情。我承認對你的態度比較特別，不只是學弟關係，因爲我很擔心你之前的情況，但那是把你當弟弟！弟弟！」我低吼，然後猛然被攬入一個散發淡淡香水的有力懷抱。

「我可絕對不當妳是姊姊。」殺手學弟在我耳邊呢喃。

「葉世蔓，放開。」我冷下語氣。「我討厭趁亂佔便宜的男人，你以爲我爲何要學柔道？就是想對許洛薇這麼做的智障很多，告白就能強吻熊抱亂摸？」

他立刻鬆開雙手作投降狀。

「我會很乖的，學姊，妳怎麼要求我都樂於配合。」

不愧是調情高手，知道怎麼做讓我拿他沒輒，蘇晴艾深感功力低微，這時只能先使出拖延大法，再回去找姊妹淘求救。

「總之我希望你不要影響課業。」

「我成績很好，打算第一名畢業後馬上找正職工作，到時候養小艾學姊。」殺手學弟說。

通常男生說要「養」女生會讓我感到被冒犯輕視，雖然我找不到工作，不表示我不能吃苦，也打算自食其力一輩子，但我卻覺得殺手學弟這句話沒冒犯我，爲何呢？

因爲他的口氣聽起來像發願拚命賺錢「飼養」稀有動物啊！我又汗了。我在飼養小花和許洛薇的立場上居然和殺手學弟產生共鳴。

「我不期待也不想被男生養，只希望不影響我們在柔道社裡的關係，學弟，你知道這個社團對我很重要，還有，爲了不刺激你的……呃，興奮點，以後不跟你練習柔道了。」他很失望，我則狼狽地騎車跑掉。

□

我向許洛薇訴苦殺手學弟驚嚇告白事件，她淡定地問：「有沒有親親？」

「他敢？」我睜圓眼睛。

許洛薇比殺手學弟還失望。

「等等，爲什麼妳一點都不意外？」我總算發現事情不太對。

「這小弟弟不簡單！我還是第一次體驗射將先射馬，自己先被射的感覺唷～」

我才欣慰許洛薇終於受教化開始知書達禮，這陣子當鬼還挺正常，她就是有辦法立刻糊我一臉大便。

「姓許的，妳到底站誰那邊？我之前幫妳擋蒼蠅擋到草船借箭都快變刺蝟，妳還有心情看笑話？」我有點怒了。

「告白而已有那麼嚴重嗎？哦呀？因爲是初體驗？」許洛薇吊兒郎當一臉邪笑。

「許洛薇！」

「我不是看笑話，是高興得快哭了！我們家小艾終於要掛牌上市，第一個大股東就是極品腹肌，雖然心痛不捨，我也是拱手相讓啦！」紅衣女鬼盤腿坐沙發，抹著根本沒有的眼淚。

會信她的鬼話我就眞是熊了。

「我在『虛幻燈螢』重感冒躺平的時候，殺手學弟有來找妳？」

「他帶貓罐頭來擲筊，禮貌告知我他要追妳，希望獲得我的同意，還問怎麼做比較好？」

「妳說什麼了？」

許洛薇往後一躺，雪白大腿撩人地交叉疊起，充滿埃及艷后的慵懶。「我要他去房間開機直接用電腦打字回應比較快，說妳不可能會答應告白，小艾不想交男朋友，乖乖當學弟反而對他比較有利，起碼表面上還能親近培養感情，事情一旦戳破，妳一定會提防他。」

知我者莫若許洛薇，我還以爲她會出一堆餿主意，等等，她已經出餿主意了！

「他拒絕暗渡陳倉，學弟說妳太遲鈍，他要從正式追求開始才能早日感化冥頑不靈的目標，挑戰違反本能天性的對象，一下就上hard模式還鬥志滿滿，真是高端玩家！高啊！」許洛薇居然露出欽佩的表情。

「去妳的！反正我不喜歡他！」不對，這是違心之論，我當然喜歡殺手學弟，還對他偏心到不惜朝主將學長和刑玉陽嗆聲的程度，只是很清楚這不是男女之間的喜歡。

「小艾，妳這樣真不像比他大六歲的姊，反而像是不停地說『我討厭你來追我來惜惜我』的國中小朋友。」許洛薇嘆氣。

「我覺得情感諮商找戴姊姊比妳靠譜，等戴姊姊去面試回來再問她，反正我已經拒絕殺手學弟了，要追那是他的事，我不接受。」雖然還不到中午，我決定先洗洗睡了。

「喂！蘇晴艾，本小姐還沒進入重點妳就要逃了喔！我們不是要針對妳被告白的重大事件討論一整天嗎？人家期待好久了耶！」許洛薇立刻爬起來纏住我。

「我寧願去逛人力銀行網站找工作。」

「妳感冒都還沒好，給我乖乖休息！」許洛薇硬是把我推到沙發上鬼壓床不讓我起來。

「這幾天我想了很多，第一次被告白，女生都很傻，總是想得很嚴重，不是真愛就不要，如果是現在我就乾脆答應和楊亦凱約會了，他可不輸我交過的男朋友，就這樣錯過高中生黃金青春肉體……」許洛薇悲傷地趴在我胸口發出吸口水聲，我翻白眼給她一根中指。

「小艾，不要重蹈我的覆轍，學弟眞的一點機會都沒有嗎？」她嚴肅地問我。

我說：「我負擔不起，現在就是我的極限了，妳別搗亂。」

「既然這樣，我就不用遵守朋友『肌』不可戲的規矩了，阿彌陀佛！」

許洛薇繼續不正經地朝我擠眉弄眼，我卻從她裝瘋賣傻的笑容中瞥見一絲悵然。

楊亦凱對高中時代的許洛薇來說就是個普通異性朋友，連曖昧都摸不著邊，還是好友單戀對象，許洛薇初次被告白的反應是秒逃裝死。

「妳在意楊亦凱的事？」我忽然問。玫瑰公主想起這位可憐追求者了嗎？

「就是覺得他挺倒楣，喜歡的女生對他沒興趣，又被不喜歡的女生害死。」許洛薇彆扭地轉開視線。

「換個角度思考，還好他曾向妳告白，才得到火場最後一次相遇，死後再見妳一面的機緣，妳則用心保護他投胎。」緣分無比奇妙，如今回想，我相信眞有這種可能。

許洛薇不語良久才揉揉臉頰說：「討厭，小艾妳要害我哭喔？我不愛他啦！他要是沒喜歡上我，說不定就不會死了。」

看來許洛薇也意識到當年炻泉高中的三角關係，其實是兩個女生之間的致命角力。

「也許譚照瑛愛的人其實是妳，嫉妒楊亦凱，只是她沒意識到這個事實，把兩種激烈感情調換了投射對象。」連遲鈍的我都這麼懷疑了，許洛薇不可能沒想到這裡。

「唉，雖然還是想不起來，我也覺得是這樣沒錯。」許洛薇不是第一次被女生暗戀甚至告白，她不只白富美，還是狂霸跩的紈褲千金，在蕾絲邊和異性戀女生中有一定市場。

「如果當年譚照瑛對我告白，我就交過女朋友了喵！」

「妳腦袋壞掉了？」

「妳今天才知道嗎？嘿嘿。不開玩笑了，以前的我一定會覺得與其便宜不熟的男生，乾脆和好朋友在一起更舒服，不過女生沒腹肌，我應該不會超過二壘。」許洛薇托腮自我分析。

許洛薇的變態今天也正常運作中。

「……我不是蕾絲邊。」我趕緊澄清。

「我也不是好咩？才不想和有作案動機的女生同居，在家裡還得包得緊緊的，像我這種可攻可受的大美女，沒有蕾絲邊能忍得住不夜襲的啦！人家要交的是眞正的朋友！」

眞正的朋友拿起過期雜誌將她搧到地上。

「話說回來，戴佳琬那句救場發言超經典！『能欺負這傢伙的只有我！』太激情太帶感！難怪殺手學弟輸鳥哇哈哈哈哈——」許洛薇立刻復活爬起來，一邊狂笑一邊閃躲我的追殺。

殺手學弟的話題不了了之，我則因爲許洛薇笑我只想逃避撒嬌，放棄找戴姊姊訴苦的打算，憂鬱地躲進房間，同人小說眞是太療癒了。

半個月後，敏君學姊來電說她和李嘉賢正式交往了，約會算時薪，簡訊／聊天軟體按字收費，回男方家見家長費用另外算，連敏君學姊都說沒見過這種傻子，但人家捧錢來求，爲了不讓李嘉賢禍害到無辜女生，以及充飽荷包對抗次文化消費的黑暗深淵，幸好李嘉賢模樣還可以，敏君學姊勉爲其難坦了。

幾乎隔不到一天，主將學長帶來另一個勁爆消息。

有個精神失常男子開車衝撞派出所，員警將人拉出來後才發現他的褲襠和座位上都是血，男子不斷說有女鬼要害死他，正在備勤的主將學長順手接下這樁事故，不等救護車到來，男子就吼叫著一連串女性名字並不停哭喊道歉，主將學長順手抄下那些名字，其中赫然見到陳碧雯三個字。

雖然主將學長曾聽說我與戴佳琬的荒謬約定，但他並不相信戴佳琬會眞的去逮性侵陳碧雯屍體的撿屍犯，沒想到戴佳琬實踐約定的速度快到爆錶。或許身爲性侵受害者的她同樣無法忍耐這種罪犯逍遙法外。

自宮男子叫黃致英，正如我們所猜想的是撿屍慣犯，即使他對陳碧雯做的壞事只能算侵害屍體罪，但其他受害人卻是活生生的人，除了一個人報案，其他女子都忍氣吞聲，那名報案者曾是黃致英的下屬，卻因證據不足沒能起訴他。

被男子自行閹割丟棄的生殖器官找不回來，醫院只能替黃致英縫合傷口，醒來後他完全不記得自己說過哪些話，主將學長訊問時也表示不認識那些女子，主將學長在黃致英癲狂狀態下抄錄的名單，字音多有錯漏，只好先問出他近十年常去的夜店酒吧和活動路線，和警察朋友開始調查受害者身分，放出風聲勸她們出面指認撿屍慣犯。

調查告一段落時已經是初夏了，警方一開始在住家和工作地點都搜不到黃致英的獵艷日記，後來才在他老家倉庫角落找到被害者裸照與個資筆記，上頭寫著不堪入目的玩弄心得。多達三十來個已知受害者中只有不到七人願意指認，大多數受害者都得了憂鬱症和創傷壓力，兩人已經自殺，不幸中的大幸是，調查過程中剛好阻止其中一位受害者輕生。

會不會是戴佳琬或已經自殺的受害者不想讓警察看見這些受害女子的不堪畫面才藏起證據呢？無論如何戴佳琬一定是先看過獵艷日記，才能用那份名單激起警方關注。

黃致英出院那天在地下停車場被一個蒙面男子飽以老拳，只得再回到病房，只差一點他要去的就是太平間了。主將學長給我看監視器錄影畫面，我覺得蒙面男子的體型挺像李永義，不過李嘉賢說老爸當天在家睡覺，還說他只會這樣告訴警察，假設真的有警察會問起這件事。

主將學長說他們很忙，還沒把被害者和受害時間都對上號呢！那陣子有幾個撿屍犯和強姦犯在夜路上被狂揍或出嚴重意外，然後都莫名其妙來投案，指名要找主將學長，還求主將學長救救他們，爲了保命什麼都招，大家於是幫主將學長取了個小關公的綽號，認爲他正氣凜然到冤鬼有口皆碑。

戴佳琬搞不好對抓犯人有點欲罷不能，如果能用這種方法消耗她的精力，說眞的我還挺喜聞樂見，至於會有幾根骯髒丁丁消失不是我在意的地方。

果園雙屍命案客串目擊者的我被資深靈異控老刑警盯上了，一直說很想見我一面，還好那陣子主將學長的光環太亮轉移老刑警注意力，直說要認主將學長當乾兒子，還問我們是不是有個靈異家族？以後有需要能不能幫忙通個靈之類？

就算被猜中我也絕不承認。

在李家設局陷害我和許洛薇的術士依舊行蹤成謎，我懷疑他就是那個誘導楊亦凱母親的神棍，想得更遠些，或許連譚照瑛父母的邪術也是他教的，十足是個大壞蛋。

殺手學弟在我的強烈鎮壓下總算安分回到從前的模樣——只限公開場合，私底下經常跑來老房子作客，不是脫掉上衣在庭院裡拿水管澆菜，就是帶早餐宵夜來傳情，許洛薇爽得眼睛都要飛出來了，我只能無奈再無奈，打定主意得快點幫學弟找到新男友。

我還是想找出許洛薇的死亡眞相，距離赤紅異獸變成完全體大概不會超過一年，到時候神明或許就不打算再容忍這樣的存在了。

電話聊天時許阿姨知道原來我是ＫＴＶ大火的倖存者，氣得派出律師團幫我們爭取賠償金，原本ＫＴＶ幕後擁有者想叫地方議員來和諧掉輿論和賠償問題，在殺氣騰騰的檢察官外加幾個社會記者出現後，議員和可疑黑衣人乖乖縮回去，聽說檢察官是許阿姨朋友的老公。原本不知猴年馬月才會給付的賠償金也用最快速度全額入帳，稍微解除了我的燃眉之急。

別說大火是燒死鬼群的錯，一想到那扇鎖死的逃生門我就認定ＫＴＶ老闆完全罪有應得。

林梓芸傷癒後沒再聯絡我，我想她總算學乖了，默默為她感到高興，不過後來漫漫人生中她還是有向我求助過幾次。

人的一生無論直接或間接總難免遭遇靈異事件，大多數人寧可信其有，堅持不信有時也沒什麼，只是對人類以外的族類，常識以外的世界，那股惶然懷疑始終在那裡。有朝一日遇上了，或許你改變看法……

又或者你會成為它們的一分子。

《玫瑰色鬼室友．昔日病因》完

下集預告

哥德風千金小姐華麗來襲！囂張的刑玉陽終於踢到鐵板，咖啡店生意一落千丈，蘇小艾出陣護航！學長們的前女友紛紛出現，委託小艾傳遞愛的訊息，這樣眞的可以嗎？

少女帶來塵封已久的祕密，妖神封印即將破裂，作爲集團總裁私生子，白眼的價值使他成爲一樁陰謀的成敗關鍵……

玫瑰色鬼室友

vol.5 血緣重聚

今年秋日 熱烈登場！

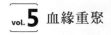

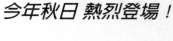

國家圖書館出版品預行編目資料

玫瑰色鬼室友.卷四,昔日病因 / 林賾流 著.
——初版. ——台北市：魔豆文化出版：蓋亞文化
發行，2018.08
面； 公分.（Fresh；FS158）
ISBN 978-986-95738-8-7（平裝）
857.7 107009118

fresh FS158

玫瑰色鬼室友 vol.4 昔日病因

作　　者　林賾流
插　　畫　哈尼正太郎
封面設計　莊謹銘
責任編輯　遲懷廷　主編　黃致雲
總 編 輯　沈育如
發 行 人　陳常智
出 版 社　魔豆文化有限公司
發　　行　蓋亞文化有限公司
地址：台北市103赤峰街41巷7號1樓
電話：02-2558-5438　傳真：02-2558-5439
電子信箱：gaea@gaeabooks.com.tw
投稿信箱：editor@gaeabooks.com.tw
郵撥帳號 19769541　戶名：蓋亞文化有限公司
法律顧問　宇達經貿法律事務所
總 經 銷　聯合發行股份有限公司
地址：新北市新店區寶橋路二三五巷六弄六號二樓
電話：02-2917-8022　傳真：02-2915-6275
港澳地區　一代匯集
地址：九龍旺角塘尾道64號龍駒企業大廈10樓B&D室
電話：+852-2783-8102　傳真：+852-2396-0050
初版一刷　2018年8月
定　　價　新台幣 250 元
Published and printed in Taiwan

ISBN 978-986-95738-8-7

魔豆

魔豆